2.5次世界大战

刘慈欣 等著

北京理工大学出版社

BEIJING INSTITUTE OF TECHNOLOGY PRESS

图书在版编目（CIP）数据

2.5 次世界大战 / 刘慈欣等著 . -- 北京：北京理工大学出版社，2015.8
（2023.4 重印）

（虫）

ISBN 978 - 7 - 5682 - 0731 - 7

Ⅰ. ①2… Ⅱ. ①刘… Ⅲ. ①科学幻想小说－中国－当代 Ⅳ. ①I247.5

中国版本图书馆 CIP 数据核字 (2015) 第 134401 号

出版发行 / 北京理工大学出版社有限责任公司

社　　址 / 北京市海淀区中关村南大街5号

邮　　编 / 100081

电　　话 /（010）68914775（总编室）

　　　　　（010）82562903（教材售后服务热线）

　　　　　（010）68944723（其他图书服务热线）

网　　址 / http: //www. bitpress. com. cn

经　　销 / 全国各地新华书店

印　　刷 / 天津市天玺印务有限公司

开　　本 / 880毫米×1230毫米　1 / 32

印　　张 / 9.75

字　　数 / 180千字

版　　次 / 2015年8月第1版　2023年4月第11次印刷

定　　价 / 45.00元

责任编辑 / 高　坤

文案编辑 / 高　坤

责任校对 / 周瑞红

责任印制 / 边心超

四维夜空里那些最闪亮的星

写科幻不是一件能说得出口的事

偶尔走进书店，到处都是读懂股市、马云XX、风水、厚黑、包治百病之类的书，然后就是各种工具类图书，什么《N天让你会说英语》《怎样让孩子考100分》《C#语言决定未来》之类，等等。别看中国每年出几十万本新书，总结起来就是两本，一本是《成功学》，一本是《励志学》。偶尔看到几本科幻作品，藏头露尾地散落在奇幻和穿越里，显得势单力薄。

很长一段时间，写科幻文学不是一件说得出口的事。当有人问你出的是什么书时，你会略带羞涩低头看着大脚趾，然后用31分贝的声音说是科幻作品，同时以0.1秒的速度抬起头，脸红脖子粗地解释我这不是写皮皮鲁之类作品，我这是有科学依据的，我没有骗小孩子。对方会很体贴地说：我知道，这是儿童文学嘛！我会给孩子买一本的。当然，最后人家选择的会是《仙境迷踪》《巴啦啦小魔仙》之类，价格是你科幻作品的3倍。

"科幻中世纪"在中国持续的时间很长，甚至延伸到了现在，也许更远……在最近两代人的成长过程中，来自于各个类型的文学作品我们历历在目：汪国真的诗歌俘获了许多矫情的泪水，金、梁、古的武侠占据着男生的梦想空间，而女孩在琼瑶奶奶的怂恿下一直寻找着自己的白马王子，叛逆的一代则被王小波教化成"沉默的大多数"，被王朔蛊惑的一批年轻人则成了插科打诨的人间看客，另有一些文学爱好者又被余秋雨骗上了"文化苦旅"这条路，80后一代则被韩寒和郭敬明瓜分，还有更多的散兵游勇被穿越与奇幻作品教育成"种马"或者"花痴"……在这一波又一波的文学作品里，很少看到科幻文学的影子。可以说，科幻不要说进入主流阅读空间，就是在类型文学里面也一直非常弱势。

三维双眼寻找四维视界

但在现实和商业的时代，总有一部分人在仰望星空。

对于这些科幻作者来说，"未来+"是一个具有天然吸引力的磁场。他们对这个世界充满好奇，只有将自己的思维投影到星空世界，才能获取量子在跃迁过程中所释放的快感。在这些人的世界里，真实的宇宙比任何文学勾勒的空间都要完美。因为这是一个逻辑自洽的理性闭环，虽然神奇瑰丽但一切都可以用数学来解释。兴奋的时候，他们甚至可以在原子的世界和比特的世界自由穿梭，用三维双眼寻找四维视界。

如果认为人类对未来的想象是一片缥缈不可揣度的广袤夜空，那么这些人，就是夜空最闪亮的星星。

在这里，必须提一下《科幻世界》的"银河奖"。在过去的20多年间，"银河奖"向社会推出1300多篇优秀中短篇科幻小说，先后有120位作者登上领奖台。在这些人中间，既诞生了刘慈欣、王晋康、何夕、韩松、星河、柳文扬、吴岩这样的科幻先行者，也涌现了江波、索何夫、燕垒生、钱莉芳、长铗、阿缺、陈虹羽、夏笳、刘维佳、拉拉、张冉、罗隆翔等无数新生代作者。"银河奖"是中国科幻爱好者最后的"锡安"，在这里坚守阵地的是那些"一直在理性想象"的圣徒，而这套作品，就是从这"银河"里拾取的最美丽的珠贝。

拉长视线纵观整个"银河系"，可以说是群星璀璨。刘慈欣当然是其中特别闪亮的一颗，但远远不能掩盖其他星光的灿烂。如果说现在人们开始关注科幻的话，那中国式的科幻大片，这才刚刚揭开序幕。

王晋康的作品，在哲学思辨力上独树一帜。他"防火防盗防科学"的思想在《替天行道》里体现得淋漓尽致，对社会的反思更加贴近现实。你能感觉到他所描述的场景就在你身边而非未来，你没看过他的作品也许哪天就会被科学给干掉。

何夕的科幻则具有诗性风格，干净而美好，忧郁且悲伤。《人生不相见》和《亿万年后的来客》这样的作品给读者人文和科学上的双重体验，甚至弄哭了很多粗线条的理工男。

韩松的作品里一直隐藏着一种难以描述的瑰丽和诡异，恍惚之间你不知道科幻的世界是真实的，还是现实世界是科幻的，听说这是吸毒的深度反应。

江波的作品充满硬科幻独有的艺术魅力。这位清华大学微电子专业毕业的研究生，从事的是硅系半导体研发，但一直在担心碳基生命的前途。

燕垒生则是一位从容跨越奇幻和科幻两大领域的"双栖怪兽"……

夏笳呢，则像一只从未来穿越回来的黑色蝙蝠……

长铗这是科幻界不可忽视的异类……

阿缺这个90后的作品则昭示了任何时代的思考者都不会断代……

一直说中国科幻是一个小众圈子，这也许是我们没有走近他们的缘故。就像那遥远的星辰，距离让我们觉得它渺小、暗淡，但一旦接近，却发现它是那么的夺目与璀璨。

夜空里甘愿被点燃的火柴

科幻无须正名，它天生就是文学类型作品里的王者。好的科幻必然是深邃而理性的，天然带着一种拒人于千里之外的"高冷"。如果你想成为一位真正科幻的读者，它需要你自己去用心去感受粒子流的风暴，用手去触摸一直真实地隐藏在虚拟世界的0和1。

对于一些真正的科幻爱好者来说，近年来奇奇怪怪的披着科幻外衣的作品让人跳脚，如《长江七号》这样的文艺卖萌片成了科幻经典，一个游戏公司加一个网络写手敢开拍《三体》，《来自星星的你》竟然成了进口的优秀科幻电视剧。这一切让人心生绝望，难道我们果然是一个不愿意面对真相的族群么？真希望这些"科幻银河奖"获奖作品能给那些人开开脑洞。

也许有人会说，我们并不欠科幻什么。是的，谁都不欠科幻什么，但一个相信传闻"水变油"的族群，一个连鱼都被传成转基因的族群，一个认为数学只要学到买菜会算账就够的族群，是不是特别需要科幻来恶补一下？

理性和科学，是多么珍贵的财富！

不管有多少人告诫我们要"面对现实"，但总需要一些仰望星空的人，他们是夜空里甘愿被点燃的火柴，为渴望真知的人类带来些许温暖。

——科幻作家、评论人、南方都市报：罗金海

目　录

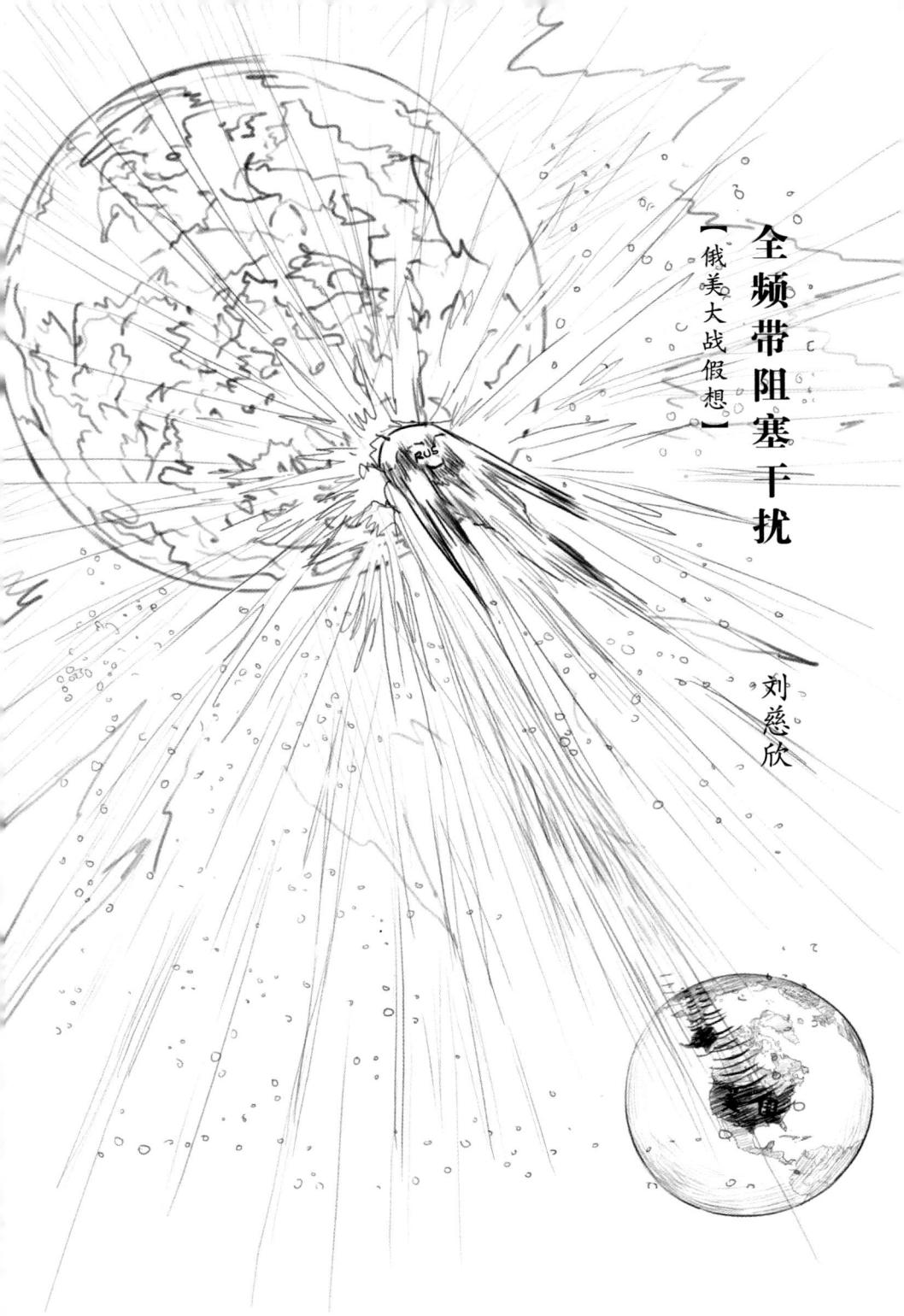

全频带阻塞干扰

【俄美大战假想】

刘慈欣

以深深的敬意献给俄罗斯人民，他们的文学影响了我的一生。

——刘慈欣

在战场电磁干扰形式的选择上，本手册主张采用对某一特定频率或信道所进行的瞄准式干扰，而不主张采用同时干扰一个较宽频带的阻塞式干扰，因为后者对己方的电磁通信和电子支援措施也会产生影响。

——摘自1993年美国陆军《电子战手册》

1月5日，斯摩棱斯克前线

失陷的城市已经看不见了，战线在一夜之间后退了40公里。

在凌晨的天光下，雪原呈现出寒冷的暗蓝色。在远方的各个方向上，被击中的目标冒出的一道道黑色的烟柱，笔直地向高空升去，好像是连接天地的一条条细长的黑纱。顺着烟柱向上看，卡琳娜吃了一惊——刚刚显现晨光的天空被一团巨大的白色乱麻充塞着，这纷乱的白色线条仿佛是一个精神错乱的巨人疯狂地划在天上的。那是歼击机的混乱尾迹，是俄罗斯空军和北约空军为争夺制空权所进行的一夜激战之后留下的。

来自空中和远方的精确打击也持续了一夜。在非专业人士看来，打击似乎并不密集，爆炸声每隔几秒钟甚至几分钟才响一次。但卡琳娜知道，每一次爆炸都意味着一个重要目标被击中，几乎不会打空。这一声声爆炸，仿佛是昨夜这篇黑色文章中的一个个闪光的标点符号。凌晨到来时，卡琳娜不知道防线还剩下多少力量，甚至不知道防线是否存在，似乎整个世界上只有她一人在抵抗。

卡琳娜少校所在的电子对抗排是在半夜被摧毁的，当时这个排所在的位置落下了六颗激光制导炸弹。卡琳娜所乘的那辆装载干扰机的BMP-2装甲车还在燃烧。这个排的其他电子战车辆现在都变成散落在周围雪地上的一堆堆黑色金属块。卡琳娜所在的弹坑中的余热正在散去，她感到了寒冷。她用手撑着坐直身，右手触到了一团黏糊糊的冰冷绵软的东西，看上去像一个沾满了黑色弹灰的泥团。她突然意识到那是一块残肉。她不知道它属于身体的哪一部分，更不知道属于哪个人。在昨夜的那次致命打击中，阵亡了一名中尉、两名少尉和八名士兵。卡琳娜呕吐起来，但除了酸水什么也没吐出来。她拼命把双手在雪里擦，想把手上的血迹擦掉，但黑红色的血在寒冷中很快在手上凝固，还是那么醒目。

令人窒息的死寂已持续了半个小时，这意味着新一轮的地面进攻就要开始了。卡琳娜拧大了别在左肩上的对讲机的音量，但传出的只有沙沙的噪音。突然，几句模糊的话语传了出来，仿佛是大雾中掠过的几只鸟儿。

"……06观察站报告：1437阵地正面，M1A2坦克37辆，平均间隔60米；'布莱德雷'运兵车41辆，距M1A2坦克攻击前锋500米；M1A2坦克24辆，'勒克莱尔'8辆，正在向1633阵地侧翼迂回，已越过同1437的接合部。1437，1633，1752，准备接敌！"

卡琳娜克制住因寒冷和恐惧引起的颤抖，使地平线在望远镜视野中稳定下来。她看到天边出现了一团团模糊的雪雾，给地平线镶上了一道毛茸茸的边儿。

这时卡琳娜听到了身后传来发动机的轰鸣，一排T90式坦克越过她的位置冲向敌人，在后面，更多的俄罗斯坦克正在越过高速公路的路基。卡琳娜又听到了另一种轰鸣，敌人的攻击直升机群在前方的天空中出现，它们队形整齐，在黎明惨白的天空中形成一片黑色的点阵。卡琳娜周围坦克的发烟管启动了，随着一阵低沉的爆破声，阵地笼罩在一团白色的烟雾中。透过白雾的缝隙，她看到俄罗斯的直升机群正从头顶掠过。

坦克上的125毫米口径炮疾风骤雨般地响了起来，白雾变成了疯狂闪烁的粉红色光幕。几乎与此同时，敌人的第一批炮弹落了下来，白雾中粉红色的光芒被爆炸产生的刺眼蓝白色闪电所代替。卡琳娜伏在弹坑底部，感到身下的大地在密集的巨响中像一张震动的鼓皮，身边的泥土和小石块被震得飞起好高，落满了她的后背。在这爆炸声中，还可隐约听到反坦克导弹发射时的嘶鸣。卡琳娜感到整个宇宙都在这撕人心肺的巨响中化为碎片，向无限深处坠落……就在她的神经几乎崩溃时，这场坦克战结束了，它只持续了约三十秒钟。

当白雾和浓烟散去时，卡琳娜看到面前的雪地上散布着被击中的俄罗斯坦克，燃起一堆堆裹着黑烟的熊熊大火。她举目望去，远方同样有一大片被击毁的北约坦克，看上去只是雪原上一个个冒出浓烟的黑点。但更多的敌军坦克正越过那一片残骸冲过来，裹在由履带搅起的一团团雪雾中。"艾布拉姆斯"那凶猛的扁宽前部不时从雪雾中露出来，仿佛是一头头从海浪中冲出的恶龟，滑膛炮炮口的闪光不时亮起，好像恶龟闪亮的眼睛……低空中，直升机的混战仍在继续，卡琳娜看到一架"阿帕奇"在不远的半空爆炸，一架米28拖着漏出的燃料，摇晃着掠过她的头顶，在几十米之外坠地，炸成了一团火球。近距空空导弹的尾迹，在低空拉出了无数条平行的白线……

卡琳娜听到咣的一声，转身一看，不远处一辆被击中后冒出浓烟的T90后部的底门打开了，没看到人出来，只见门下方垂下一只手。卡琳娜从弹坑中跃出，冲到那辆坦克后面，抓住那只手向外拉。车内响起一声沉闷的爆炸，一股灼热的气浪把卡琳娜向后冲了几步远。她的手中抓着一团黏软的很烫的东西，那是从坦克手的手上拉脱的一团烧熟的皮肤。卡琳娜抬头看到一股火焰从底门中喷出。车内已成了一座小型的炼狱。在那暗红色的透明火焰中，阵亡坦克手的身影清晰可见，像在水中一样波动着。

卡琳娜又听到两声尖啸，这是她左前方的一个导弹班把最后两枚反坦克导弹发射出去，其中一枚有线制导的"赛格"导弹成功地击毁了一辆"艾布拉姆斯"，另一枚无线制导的导弹则被干扰，向斜上方冲去，失去了目标。导弹班的六个人撤出掩体，向卡琳娜所在的弹坑跑来。一架"科曼奇"直升机向他们俯冲下来，那棱角分明的机体看上去像一只凶猛的鳄鱼。一长排机枪子弹打在雪地上，击起的雪和土如同一道突然立起又很快倒下的栅栏。这栅栏从那只小小的队伍中穿过，击倒了其中四人，只有一名中尉和一名士兵到达了弹坑。这时卡琳娜才注意那名中尉戴着坦克防震帽，可能来自一辆已被击毁的坦克。他们每人手中都拿着一管反坦克火箭筒。跳进弹坑后，中尉首先向距他们最近的一辆敌坦克射击，击中了那辆M1A2的正面，诱发了它的反应装甲，火箭弹和反应装甲的爆炸声混在一起，听起来很怪异。坦克冲出了爆炸的烟雾，反应装甲的残片挂在它前面，像一件破烂的衣衫。那名年轻的士兵继续对着它瞄准，手中的火箭筒随着坦克的起伏而抖动，一直没有击发。当距他们只有四五十米的坦克冲进一个低洼地时，那名士兵只能站到弹坑边缘向斜下方瞄准。他手中的火箭筒与那辆"艾布拉姆斯"的120毫米口径炮同时响了。坦克的炮手情急之中发射的是一发不会爆炸的贫铀穿甲弹。初速每秒800米的炮弹击中了那个士兵，把他上半身打成了一团飞溅的血花！卡琳娜感觉到细碎的血肉有力地打在她的钢盔上，噼啪作响。她睁开眼睛，看到就在她眼前的弹坑边缘，那名士兵的两条腿如同两根黑色的树桩，无声地滚落到弹坑底部她的脚下。他身体被粉碎的其他部分，在雪地上溅出了一大片放射状的红色斑点。火箭击中了"艾布拉姆斯"，聚能爆炸的热流切穿了它的装甲，车体冒出了浓烟。但那个钢铁怪兽仍拖着浓烟向他们冲来，直冲到距他们20米左右才在车体内的一声爆炸中停了下来，那声爆炸把它炮塔的顶盖高高掀飞。

紧接着，北约的坦克阵线从他们周围通过，地皮在覆带沉重的撞击下微微颤抖。但这些坦克对他们俩所在的弹坑未加理会。当第一波的坦克冲过去后，中尉一把拉住卡琳娜的手，拽着她跃出弹坑，来到一辆已布满弹痕的吉普车旁。在二百多米远处，第二道装甲攻击波正快速冲过来。

"躺下装死！"中尉说。卡琳娜于是躺到了吉普车的轮子边，闭上双眼，"睁开眼更像！"中尉又说，并在她脸上抹了一把不知是谁的血。他也躺下，与卡琳娜成直角，头紧挨着卡琳娜的头。他的钢盔滚到了一边，粗硬的头发扎着卡琳娜的太阳穴。卡琳娜大睁着双眼，看着几乎被浓烟吞没的天空。

两三分钟后，一辆半履带式"布莱德雷"运兵车在距他们十几米处停下来，从车上跳下几名身穿蓝白相间雪地迷彩服的美军士兵。他们中大部分平端着枪呈散兵线向前去了，只有一个朝这辆吉普走来。卡琳娜看到两只粘满雪尘的伞兵靴踏到了紧靠她脸的地方。插在伞兵靴上的匕首刀柄上，82空降师的标志清晰可辨——一匹帕加索斯飞马。那个美国人俯身看她，他们的目光相遇了。卡琳娜尽最大努力使自己的目光呆滞无神，对着那双透出惊愕的蓝色瞳仁。

"Oh，God！"

卡琳娜听到了一声惊叹，不知是惊叹这名肩上有一颗校星的姑娘的美丽，还是她那满脸血污的惨相，也许两者都有。他接着伸手解她领口的衣扣。卡琳娜浑身起了鸡皮疙瘩，把手向腰间的手枪移动了几厘米，但这个美国人只是扯下了她脖子上的识别牌。

他们等的时间比预想的长。敌人的坦克和装甲车源源不断地从他们两旁轰鸣着通过，卡琳娜感到自己的身体在雪地上都快冻僵了。她这时竟想起了一首军旅诗歌中的一句，那首诗是她在一本记述马特洛索夫事迹的旧书上读到的："士兵躺在雪地上，就像躺在天鹅绒上一样。"她得到博士学位的那天，曾把这句诗写到日记上。那也是一个雪夜，她站在莫斯科大学科学之宫顶层的窗前。那夜的雪也真像天鹅绒，雪雾中，首都的万家灯火时隐时现。第二天她就报名参军了。

这时，一辆敌方吉普车在距他们不远处停了下来，三名北约军官在车上抽着雪茄聊天。卡琳娜和中尉的周围空旷起来，他们跳上己方吉普车，中尉把车发动，沿着早已看好的路飞快驶去。他们身后响起了冲锋枪的射击声，子弹从头顶飞过，其中一颗打碎了后视镜。吉普车迅急拐进了一个燃烧着的居民点，敌人没有追过来。

"少校，你是博士，对吗？"中尉开着车问。

"你在哪儿认识的我？"

"我见过你和列夫森科元帅的儿子在一起。"

沉默了一会儿，中尉又说："现在，他的儿子可是世界上离战争最远的人了。"

"你这话什么意思，你要知道……"

"没什么意思，说说而已。"中尉淡淡地说。他们的心思都不在这个话题上，他们都在想着还抱有的那一线希望——

但愿整个战线只有这一处被突破。

1月5日，近日轨道，"万年风雪"号

米沙感到了一个人独居一座城市的孤独。

"万年风雪"号太空组合体确实有一座小城市那么大，体积相当于两艘巨型航空母舰，容纳5000人同时在太空中生活。当组合体处于旋转重力状态时，里面甚至有一个游泳池和一条小河，这在当今的太空工作环境中，可以说是绝无仅有的奢侈。但事实是，"万年风雪"号是自"和平"号以来俄罗斯航天界一贯的节俭思维的结果。它的设计思想是：赋予一个构造拥有在太阳系内进行太空探索的所有功能。这样虽一次性投资巨大，但从长远看还是十分经济的。"万年风雪"号被西方戏称为"太空的瑞士军刀"，它可作为空间站在地球各个高度的轨道上运行，还可以方便地移动到绕月轨道上，或作行星际探索飞行。"万年风雪"号已去过金星和火星，并探测过小行星带。以它那巨大的体积，等于把一个研究院搬到了太空中。就太空科学研究而言，它比西方

那些数量众多但小巧玲珑的飞船具有更大的优势。

当"万年风雪"号准备开始前往木星的为期三年的航行时，战争爆发了。它上面的一百多名乘员几乎全都返回了地面——他们大部分是空军军官——只留下了米沙一个人。这时"万年风雪"号暴露出它的一个缺陷：它目标太大，且没有任何防御能力。没有预见到后来太空军事化的进程，是设计者的一个失误。战争爆发后，"万年风雪"号只能进行躲避飞行。去外太空是不行的。在木星轨道之内，有大量的北约无人航行器，它们都体积不大，武装或非武装，每一个对"万年风雪"号都是致命的威胁。于是，它只有驶向近日空间。"万年风雪"号引以为傲的主动制冷式热屏蔽系统，使它可以比目前人类的任何太空航行器都更接近太阳。现在"万年风雪"号已到达水星轨道，距太阳五千万公里，距地球一亿公里。

虽然"万年风雪"号上的大部分舱室已经关闭，但留给米沙的空间仍大得惊人。透过广阔的透明穹顶，比从地球上看去大三倍的太阳发出耀眼的光芒。太阳表面的耀斑和紫色日冕中奇丽的日珥清晰可见。有时他甚至还可以看到光球表面因对流而产生的米粒组织。这里的宁静是虚假的。飞船外面，太阳抛出的粒子流和射电波的狂风巨浪在呼啸，"万年风雪"号就是这动荡海洋中漂浮的一粒小小的种子。

一束细如游丝的电波把米沙同地球连接起来，也把那遥远世界的忧虑带给了他。他刚刚得知，莫斯科近郊的控制中心已被巡航导弹摧毁，对"万年风雪"号的控制转由设在古比雪夫的第二控制中心执行。他每隔五个小时接收一份从地球传来的战争新闻，每到这时，他就想起了父亲。

1月5日，俄罗斯军队总参谋部

米哈伊尔·谢米扬诺维奇·列夫森科元帅觉得自己面对着的是一堵墙，他面前实际是一幅平铺的莫斯科战区全息战场地图。而以前当他面对挂在墙上的宽大纸制地图时，却能看到广阔而深邃的空间。不管怎样，他还是喜欢传统的地图。记不清有多少次，要找的位置在地图的最下方，他和参谋们只好趴在地上看。现在想起来，他不禁微微一笑。他又想起多次演习前，在野战帐篷中用透明胶带把刚发下来的作战地图拼贴起来，他总贴不好，倒是第一次随他看演习的儿子一上手就比他贴得好……发现自己又想起儿子，他警觉地打住了思绪。

作战室中只有他和西部集群司令两人，后者一根接一根地抽着烟，他们凝神盯着全息地图上方变幻的烟团，仿佛那就是严峻的战局。

西部集群司令说："北约在斯摩棱斯克一线的兵力已达75个师，攻击正面有100公里宽，已多处突破。"

"东线呢？"列夫森科元帅问。

"第11集团军的大部都倒向右翼联盟了，这您是知道的。右翼联盟的军队已达24个师，但他们对雅罗斯拉夫尔的攻击仍然是试探性的。"

地面的一次爆炸把微微的震动传了下来，作战室里充满了随着顶板上的挂灯而轻轻摇晃的影子。

"现在，已有人谈论退守莫斯科，凭借城市外围建筑和工事进行巷战了，像七十多年前一样。"

"胡说八道！我们一旦从西线收缩，北约就可能从北部迂回，在加里宁同右翼军队会合，莫斯科将不战自乱。下步作战方针，第一是反击，第二是反击，第三还是反击。"

西部集群司令叹了一口气，无言地看着地图。

列夫森科元帅接着说："我知道西线力量不够，准备从东线抽调一个集团军加强西线。"

"什么？现在雅罗斯拉夫尔的防守已经很难了。"

列夫森科元帅笑了笑，"现在相当多指挥官只从军事角度考虑问题，严峻的形势让我们钻进去出不来了。从目前的态势看，你认为右翼联盟的军队没有力量攻下雅罗斯拉夫尔吗？"

"我认为不是，像第14集团军这样的精锐部队，集中了如此密集的装甲和低空攻击力量，在没有遭受太大损失的情况下，一天的推进还不到15公里，显然是有意放慢的。"

"这就对了。他们在观望，在观望西线战局！如果我们在西线夺回战场主动权，他们就会继续观望下去，甚至有可能在东线单方面停火。"

西部集群司令把刚拿出的一根烟夹在手上，忘了点火。

"东线的几个集团军的叛变确实是在我们背后捅了一刀，但一些指挥官在心理上把这当作借口，使我们的作战方针趋向消极。这种心态必须转变！当然，应当承认，要从根本上扭转战局，莫斯科战区的力量不够，我们的最终希望寄托在增援的高加索集群和乌拉尔集群上。"

"较近的高加索集群要完成集结并进入出击位置，最少也需一个星期。考虑到争夺制空权的因素，时间可能还要长。"

1月5日，莫斯科

卡琳娜和中尉的吉普车开进城时已时下午三点多，空袭警报刚刚响过，街上空荡荡的。

中尉长叹一口气说："少校，我真想念我那辆T90啊！四年前从装甲学院毕业的时候，我正失恋，可刚到部队的我一看到那辆坦克，心情一下子由阴转晴了。我摸着它的装甲，光溜溜、温乎乎的，像摸着女孩子的手。嗨，女孩儿算什么，这才是男人真正的伴侣！可今天早上，它中了一颗'西北风'。唉，可能现在火还没灭呢……"

这时，城市西北方向传来密集的爆炸声。这是现代空袭中很少见的野蛮的地毯式轰炸。

中尉仍沉浸在早上的战斗中，"唉，不到三十秒钟，整整一个坦克营就完了。"

"敌人的伤亡也很大。"卡琳娜说,"我注意观察了战果,双方被击毁的装甲的数量相差并不大。"

"敌我坦克的对毁率大约1比1.2吧!直升机差一些,但也不会超过1比1.4。"

"尽管如此,战场的主动权仍在我们一边——我们在数量上占很大优势,仗怎么会打成这样呢?"

中尉扭头看了卡琳娜一眼:"你是搞电子战的,还不明白为什么?你们的那套玩艺儿,什么第五代C3I,什么三维战场显示,还有动态态势模拟、攻击方案优化之类的,在演习中很像那么回事,可一到实战中,我面前的液晶屏上最常显示的就两句:COMMUNICATION ERROR和COULD NOT LOG IN。就说今天早上吧,我对正面和两翼的情况完全不清楚,只接到一个命令:接敌。唉……假如再投入一半的增援兵力,敌人就不会在我们的位置突破。整个战线的情况,大都如此。"

卡琳娜知道,在刚刚过去的战斗中,双方在整个战线上投入的坦克总数可能超过10000辆,还有数目相当于坦克一半的武装直升机。

他们的车驶入了阿尔巴特街,昔日的步行街现在空空荡荡,古玩店和艺术品商店的门前堆着充作工事的沙袋。

"我的那辆钢铁情人不亏本儿。"中尉仍沉浸在早上的战斗中不可自拔,"我肯定打中了一辆'挑战者',但我最想打中的是一辆'艾布拉姆斯',知道吗?一辆'艾布拉姆斯'……"

卡琳娜指着一家古玩店的门口:"那儿,我爷爷就死在那儿。"

"可这里好像没有遭到空袭。"

"我说的是二十年前的事了,那时我才四岁。那个冬天真冷啊!暖气停了,房间里结了冰,我只好抱着电视机取暖,听着总统在我怀中向俄罗斯人许诺一个温暖的冬天。我哭着喊冷,喊饿,爷爷默默地看着我,终于下了决心,拿出他珍藏的勋章,带着我走了出去,来到这条街。那时这儿是自由市场,从伏特加到政治观点,人们什么都卖。一个美国人看上了爷爷的勋章,但只肯出40美元。他说,红旗勋章和红星勋章都不值钱的,但如果有赫梅利尼茨基勋章,我肯出100美元;光荣勋章,150;纳希莫夫勋章,200;乌沙科夫勋章,250;最值钱的胜利勋章你当然不可能有,那只授给元帅,但苏沃洛夫勋章也值钱,我可以出450美元……爷爷默默地走开了。我们沿着寒风中的阿尔巴特街走啊走,后来爷爷走不动了,天也快黑了,他无力地坐到那家古玩店的台阶上,让我先回家。第二天人们发现他冻死在那里,一只手伸进怀中,握着他用鲜血换来的勋章,睁大双眼看着这个他在七十多年前从古德里安的坦克群下拯救的城市……"

1月5日,俄罗斯军队总参谋部

一个星期以来,列夫森科元帅第一次走出了地下作战室,踏着厚厚的白雪散步，同时寻找着太阳。这时太阳已在挂满雪的松林后面落下了一半。在元帅的想象中，有一个小黑点正在夕阳那橘红色的表面缓缓移动。那是"万年风雪"号，元帅的儿子在上面。他是这个星球上离父亲最远的儿子了。

这件事在国内引起了许多流言蜚语，国际上，敌人更是大肆炒作。《纽约时报》用大得吓人的黑体字登出了一个标题：《战争史上逃得最远的逃兵！》。下面是米沙的照片，照片的注脚是：在俄国政府煽动三亿俄罗斯人用鲜血淹没入侵者时，他们最高军事统帅的儿子却乘着这个国家唯一一艘巨型飞船，逃到了距战场一亿公里的地方。他是目前这个国家最安全的人了。

但列夫森科元帅问心无愧。从中学到博士后，米沙周围几乎没有人知道他父亲是谁。航天控制中心作出这个决定，仅仅是因为米沙的研究专业是恒星数学模型。"万年风雪"号这次接近太阳，对他的研究是一次难得的机会，而组合体不能完全遥控飞行，上面至少应有一个人。总指挥也是后来从西方的新闻中才得知米沙的身份的。

另一方面，不管列夫森科元帅是否承认，在他的内心深处，确实希望儿子远离战争。这并不仅仅是出于血肉之情。列夫森科元帅总觉得自己的儿子不属于战争。是的，他是世界上最不属于战争的人了。但他又知道自己这想法有问题：谁是属于战争的？

况且，米沙就属于恒星吗？他喜欢恒星，把全部生命投入到对它的研究上面。但他自己却是恒星的反面，他更像冥王星，像那颗寂静、寒冷的矮行星，孤独地运行在尘世之光照不到的遥远空间。米沙的性格，加上他那白皙清秀的外表，使人很容易觉得他像个女孩子。但列夫森科元帅心里清楚，儿子从本质上一点不像女孩子——女孩儿都怕孤独，但米沙喜欢孤独。孤独是他的营养，他的空气。

米沙是在东德出生的。儿子的生日对元帅来说是一生中最暗淡的一天。那天傍晚，还是少校的他，在西柏林蒂加尔登苏军烈士墓前，同部下一起为烈士们站四十多年来的最后一班岗。他的前面，是一群满脸笑容的西方军官，和几个牵连着狼狗来换防的吊儿郎当的德国警察，还有那些高呼"红军滚出去"的光头新纳粹。他的身后，是大尉连长和士兵们含泪的眼睛。他控制不住自己，只好也让泪水模糊了这一切。天黑后回到已搬空的营地，在这回国前的最后一夜，他得知米沙出生了，但妻子因难产而死……回国后日子也很难。同从欧洲撤回的40万军人和12万文职人员一样，他没有住房，和米沙住在一间冬冷夏热的临时铁皮屋里。他昔日的战友为了生活什么都干，有的向黑社会出售武器，有的甚至到夜总会跳脱衣舞。但他一直像军人一样正直地生活着，米沙也在艰辛中默默地长大。同别的孩子不同，他似乎天生就会忍受，因为他有自己的世界。

早在上小学的时候，米沙每天都在自己的小房间里静悄悄地一人度过整晚。元帅起初以为他在看书，但有一次，他无意中发现，儿子是站在窗前一动不动地看着星星。

　　"爸爸，我喜欢星星。我要看一辈子星星。"他这样对父亲说。

　　十一岁生日那天，米沙首次向父亲提出了一个要求：想要一架天文望远镜。这之前，他一直用列夫森科元帅的军用望远镜观察星星。后来，那架天文望远镜就成了米沙唯一的伴侣。他在阳台上看星星可以一直看到东方发白。有不多的几次，他们父子俩一起在阳台上看星星，元帅总是把望远镜对准夜空中看起来最亮的一颗星，但儿子不以为然地摇摇头，"那颗没意思，爸爸。那是金星，金星是行星，我只喜欢恒星。"

　　但对其他男孩子喜欢的东西，米沙却一点兴趣都没有。隔壁空降兵参谋长家的那个小胖子，偷拿父亲的手枪玩，结果走火把大腿打穿了。参谋部将军们的那些的男孩子，如果能让爸爸领到部队的靶场上打一次枪，就算是最高的奖赏了。但男孩子对武器的这种天生的迷恋，在米沙身上丝毫没有出现。从这点来说，他确实不像男孩子。元帅对此很不安，他几乎无法容忍自己的儿子对武器无动于衷，以至于后来做出了一件至今想起来仍让他很不好意思的事。有一次，他把自己的那支马卡诺夫式手枪悄悄放到了儿子的书桌上。放学回来后不久，米沙就拿着枪从他的小房间中出来——他拿枪像女人那样，小心地握着枪管——把枪轻轻地放到父亲面前，淡淡地说："爸，以后别把这东西乱放。"

　　在米沙的前途问题上，元帅是一个开明的人。他不像周围的那些将军，一心让儿子甚至女儿延续自己的军旅生涯。但米沙离父亲的事业确实太远太远了。

列夫森科元帅不是一个脾气暴躁的人，但作为全军统帅，他不止一次在上万名官兵面前斥责一位将军。但对米沙，他却从来没有发过火。这固然因为米沙一直默默地沿着自己的轨道成长，很少让父亲操心，更重要的是，米沙身上似乎生来就有一种非同寻常的超脱的气质，这气质有时甚至让列夫森科元帅感到有些敬畏。就如同他在花盆中随意埋下一颗种子，却长出了绝世珍稀的植物。他敬畏地看着这植物一天天成长，小心地呵护着它，等着它开出花朵。他的期望没有落空，儿子现在已成为世界上最出色的天体物理学家。

这时太阳已在松林后面完全落下去，地上的雪由白色变成浅蓝色。列夫森科元帅收回了思绪，回到地下作战室。开作战会议的人都到齐了，包括西部集群和高加索集群的主要指挥官。

另外还有电子战指挥官，从少将到上尉都有，大部分是刚从前线回来的。作战室里正在进行一场激烈的争论，争论的双方是西部集群的陆战部队和电子战部队的军官们。

"我们正确判明了敌人主攻方向的转变。"塔曼摩的费列托夫师长说，"我们的装甲力量和陆航低空攻击力量的机动性也并不差，但通信系统被干扰得一塌糊涂，C3I指挥系统几乎瘫痪！集团军中的电子战单位，级别从营升到了团，从团又升到了师，这两年在这上面的资金投入比常规装备的投入都多，就这么个结果？！"

负责指挥战区电子战的一位中将看了身边的卡琳娜一眼。同其他刚从前线归来的军官一样，她的迷彩服上满是污渍和焦痕，脸上还残留着血迹。中将说："卡琳娜少校在电子战研究方面很有造诣，同时也是总参派往前线的电子战观察员，她的看法可能更有说服力一些。"像卡琳娜这样的年轻博士军官大多心直口快，无所顾忌，往往被人当枪使，这次也不例外。

卡琳娜站起来说："上校，话不能这么说！比起北约，我们这些年对C3I的投入微不足道。"

"那电子反制呢？"师长问，"敌人能干扰我们，你们就不能干扰他们？！我们的C3I瘫痪了，北约的却运转得很好，像上了润滑油似的。今天早上我对面的陆战一师能那么快速地转变攻击方向就是证明！"

卡琳娜苦笑了一下："提起对敌干扰，费利托夫上校，不要忘了，就是在你们师的阵地上，你的人用枪顶着操作员的脑袋，逼停了集团军电子对抗部队的干扰机！"

"怎么回事？"列夫森科元帅问，这时人们才发现他进来了，纷纷起身敬礼。

"是这样，"师长对元帅解释说，"对我们的通信指挥系统来说，他们的干扰比北约的更厉害！在北约的干扰中，我们还能维持一定的无线通信，可他们的干扰机一开，就把我们全盖住了！"

卡琳娜说："可同时敌人也全被盖住了！这是我军目前实施

电子反制可选择的唯一战略。北约目前在战场通信中，已广泛采用诸如跳频、直接序列扩频、零可控自适应天线、猝发、单频转发和频率捷变等技术。我们用频率瞄准方式进行干扰根本不起作用，只能采用全频带阻塞干扰。"

第5集团军的一位上校质问："少校，北约采用的可全是频率瞄准式干扰，频带还相当窄，而我们的C3I系统也普遍采用了你提到的那些通信技术，为什么他们对我们的干扰那样有效呢？"

"这原因很简单。我们的C3I系统是建立在什么样的软硬件平台上？UNIX，LINUX，甚至WINDOWS 2010，CPU是INTEL和AMD！这是用人家养的狗给自己看门！在这种情况下，敌人可以很快掌握诸如跳频规律之类的电子战情报，同时用更多更有效的纯软件攻击加强其干扰效果。总参谋部曾经大力推广过国产操作系统，但到了下面阻力重重，你们集团军就是最顽固的堡垒……"

"好了，你们所说问题和矛盾正是今天会议要解决的，开会！"列夫森科元帅打断了这场争论。

当大家在电子沙盘前坐好后，列夫森科元帅叫过一位少校参谋，这个身材细高的年轻人双眼眯缝着，好像不适应作战室中的光线。"介绍一下，这位是邦达连科少校，他的最大特点就是深度近视。他的眼镜与众不同，别人的眼镜镜片在镜框里边，他的镜片在镜框外面，哈，就像茶杯底那么厚啊！但我们现在看不到镜片——早上少校的吉普车遇到空袭时给砸了，好像隐形眼镜也弄丢了？"

"报告首长，那是五天前在明斯克丢的。我的眼睛是在半年内变成这样的。这变化早些的话，我进不了伏龙芝军事学院。"少校立正说。

虽然谁也不知道元帅为什么介绍这位少校，人群中还是响起了低低的笑声。

"战争爆发以来的事实说明，虽然有白俄罗斯战场的失利，但在空中和陆上常规武器方面，我们并不比敌人差多少；但在电子战方面，我们的差距之大出乎意料。造成这样的局面有很深远的历史原因，这不是我们今天要讨论的。我们要明确的是以下一点：目前，电子战是我军夺回战争主动权的关键！我们首先必须承认敌人在电子战方面的优势，甚至是压倒性优势，然后我们必须以我军现有的电子战软硬件条件为基础，制定出一套行之有效的战略战术。这套战略战术的目的，是要在短时间内，使我军和北约在电子战方面形成力量上的平衡。也许大家认为这不可能——我军上世纪末以来的战争理论，主要是基于局部有限战争的，对目前在军事上如此强大的敌人的全面进攻，确实研究得不够。在这样严峻的形势下，我们必须以一种全新的方式思维。下面我要介绍的统帅部新的电子战战略，就可以看作这种思维的结果。"

灯灭了，电脑屏幕和电子沙盘都关闭了，重重的防辐射门也紧紧关闭，作战室淹没于伸手不见五指的黑暗之中。

"是我让关灯的。"黑暗中传来元帅的声音。

时间在黑暗和沉默中慢慢流逝，这样过了有一分钟。

"大家现在有什么感觉？"列夫森科元帅问。

没有人问答。浓重的黑暗使军官们仿佛沉没在夜之海的海底，呼吸都有些困难。

"安德烈将军，你说说看。"

"这几天在战场上的感觉。"第5集团军军长说。黑暗中又响起了一阵低低的笑声。

"别的人呢？大概都与他有同感吧？"元帅说。

"当然。您想想，耳机里除了沙沙声什么也没有，屏幕上一片空白，对作战命令和周围的战场态势一无所知，可不就是这种感觉嘛！这黑暗，压得人喘不过气来啊！"

"但并非所有人都是这种感觉。邦达连科少校，你呢？"列夫森科元帅问。

邦达连科少校的声音从作战室的一角传来："我的感觉不像他们这么糟糕。在亮着灯的时候，我看周围也是模模糊糊的。"

"你甚至还有一种优越感吧？"列夫森科元帅问。

"是的，元帅您可能听说过，在纽约大停电时，是瞎子带领人们走出摩天大楼的。"

"但安德烈将军的感觉也是可以理解的。他有一双鹰眼，还是个神枪手，喝酒时常用手枪在十几米外开酒瓶盖。想想他和邦达连科少校在这里用手枪决斗，可是一件很有意思的事。"

黑暗中的作战室又陷入了沉默，指挥官们都在思考。

灯亮了，人们都眯起了双眼，这与其说是不能适应突然出现的亮光，不如说是对元帅刚刚的暗示感到震惊。

列夫森科元帅站起来说："我想，刚才我已把我军的电子战新战略表达清楚了：全频段大功率的阻塞干扰，在电磁通信上，制造一个双方'共享'的全黑暗战场！"

"这样将使我军的战场指挥系统全面瘫痪！"有人惊恐地说。

"北约也一样！瞎大家一起瞎，聋大家一起聋，在这样的条件下同敌人达到电子战的力量平衡。这就是新战略的核心思想。"

"那总不至于让我们用通信员骑摩托车传达作战命令吧？！"

"要是路不好，他们还得骑马。"列夫森科元帅说，"我们粗略估计了一下，这样的全频段阻塞干扰，至少可覆盖北约70%的战场通信系统，这就意味着他们的C3I系统将全面瘫痪。同时还可使敌人50%至60%的远程打击武器失去作用，尤其是'战斧'巡航导弹——现在这种导弹的制导系统同上个世纪有了很大的改变，那时的'战斧'主要使用地形匹配和小型测高雷达来导航，现在这种导航方式只用作末端制导，而在其运行过程的大部分都依靠全球卫星定位系统。通用动力公司和麦克唐纳·道格拉斯公司认为他们所做的这种改进是一大进步。美国人太相信来自太空中的导航电波了，但GPS系统的电波传输一旦被干扰，'战斧'就成了瞎子。这种对GPS的依赖在北约大部分远程打击武器中都存在。在我们所设想的战场电磁条件出现时，敌人就会被迫同我们打常规战，我们自己的优势就会充分发挥出来。"

"我还是心里没底。"被从东线调往西线的第12集团军军长忧心忡忡地说，"在这样的战场通信条件下，我甚至怀疑我的集团军能不能从东线顺利地调到西线。"

"你肯定能的！"列夫森科元帅说，"这段距离，对库图佐夫来说很短，我不信今天的俄罗斯军队离了无线电就走不过去了！被现代化装备惯坏的，应该是美国人而不是我们。我知道，当整个战场都处于电磁黑暗中时，你们心中肯定会感到恐惧。这时要记住，敌人比你们恐惧十倍！"

看着卡琳娜的身影混在穿迷彩服的军官中，消失在作战室的出口，列夫森科元帅不禁担心起来。她将重返前线，而她所在的电子战部队将是敌人火力最集中的地方。昨天，在同一亿公里远的儿子那来回延时达5分钟的通话中，元帅曾告诉他卡琳娜很好，但在今早的战斗中，她就险些没回来。

米沙和卡琳娜是在一次演习中认识的。那天元帅和儿子一起吃晚饭，同往常一样，他们默默地吃着，米沙早逝的母亲在远处的镜框中默默地看着他们。米沙突然说："爸爸，我想起明天就是您的五十一岁生日了，我应该送您一件生日礼物。我是看见那架天文望远镜才想起来的，那件礼物真好。"

"送我几天时间吧！"

儿子抬头静静地看着父亲。

"你有你的事业，我很高兴。但做父亲的想让儿子了解自己的事业，这总不算过分吧！明天你和我一起去看军事演习怎么样？"

米沙笑着点点头。他很少笑的。

这是本世纪国内规模最大的一场演习。演习开始的前夜，米沙对公路上那滚滚而过的钢铁洪流没什么兴趣。一下直升机，他就钻进野战帐篷，用透明胶带替父亲粘贴刚发下来的作战地图。第二天演习的整个过程中，米沙也没表现出丝毫的兴趣。这早在列夫森科元帅的预料之中，但有一件事使他感到莫大的安慰。

上午进行的演习项目是装甲师进攻高地，米沙同一群地方官员一起坐在观摩台的北侧。这次观摩台的位置虽在安全距离之外，但应那些猎奇的地方官员的要求，比过去大大靠前了。图22轰炸机群掠过高地上空，重磅航空炸弹雨点般地落下，使那座山头变成喷发的火山口。这时，那群地方官员才明白真实战场同电影里的区别。在那地动山摇的巨响中，他们全都用双臂抱住脑袋伏在桌子上，有几位女士甚至尖叫着往桌下钻。但元帅看到，只有米沙一个人仍直直坐着，仍是那副冷漠的表情，静静地无动于衷地看着那座可怕的火山，任爆炸的火光在他的墨镜中狂闪。一股暖流冲击着列夫森科元帅的心田。儿子，你的身上到底流着军人的血啊！

这天晚上，父子俩在白天的演习现场散步。远处，各种装甲车辆的前灯如繁星洒满山谷和平原，空气中还残留着淡淡的硝烟味。

"这场演习要花多少钱？"米沙问。

"直接费用大约三亿卢布。"

米沙叹了口气，"我们的课题组想搞第三代恒星演化模型，申请了三十五万经费都批不下来。"

列夫森科元帅把他早就想对儿子说的话说了出来："我们两个的世界相差太远了。你的恒星，最近的也有4光年吧，它同地球上的军队与战争真是毫不相干。我对你的事业知之不多，但为之感到很骄傲。做为军人，我们也是最想让儿子了解自己事业的人。哪一个父亲不把对儿子讲述自己的戎马生涯当作最大的幸福？而你对我的事业却总抱着冷漠的态度。事实上，我的事业是你的事业的基础和保障。一个国家，如果没有足够数量和质量的武装力量保证它的和平的话，像你从事的这种纯基础研究根本不可能进行。"

"爸爸，你说反了。如果人们都像我们这样，用全部的生命去探索宇宙的话，就能领略到宇宙的美——它的宏大和深远后面的美，而一个对宇宙和自然的内在美有深刻感觉的人，是不会去进行战争的。"

"你这种想法真是幼稚到家了！如果战争是因为人们缺乏美感造成的，那和平可太容易了！"

"您以为让人类感受这种美就那么容易吗？"米沙指指夜空

中灿烂的星海，"您看这些恒星。人们都知道它们是美的，但有多少人能够真正体会到这种美的最深层呢？这无数的天体，它们从星云到黑洞的演化是那么壮丽，它们喷发的能量是那么巨大，但您知道吗，只用数目不多的几个优美的方程式就能精确地描述这一切。用这些方程式建立的数学模型能极其精确地预言恒星的一切行为。甚至我们对自己星球上大气层建立的数学模型，精确度都要比它低几个数量级。"

列夫森科元帅点点头："这是可能的，据说人类对月球的了解比对地球海底的了解还要多。但你所说的对宇宙和自然深层次美的感受还是制止不了战争。没有人比爱因斯坦更能感受这种美了，原子弹不还是在他的建议下造出来了吗？"

"爱因斯坦在他的后期研究中没什么建树，很大程度上是由于他过多地介入了政治。我不会走他的老路的。但，爸爸，到了需要的时候，我也会尽自己的责任的。"

米沙在演习区待了五天。元帅不知儿子是什么时候认识卡琳娜的。第一次看到他们在一起的时候，他们已经谈得很融洽了。他们谈恒星，而卡琳娜对此知道的很多。卡琳娜只是个天真烂漫的女孩，但因为拥有博士学位，她早早就扛上了一颗校星，他对此心里多少有些别扭。不过除此之外，他对卡琳娜的印象还是很好的。第二次见到米沙和卡琳娜在一起时，列夫森科元帅发现他们关系已更加亲密。他们谈话的内容让他很意外——他们在谈电子战。当时他们俩在距元帅的吉普车不远的一辆坦克边，并没有避开别人的意思。

　　元帅听到米沙说："你们现在只关注于一些纯软件的高层次的东西，比如C3I、病毒攻击、数字战场，等等，可你想到没有，你们可能握着一把木头做的剑。"看着卡琳娜惊奇的目光，米沙继续说，"你想过这些东西的基础吗？也就是位于网络七层协议最下面的物理层？对于民用网络，可以使用光纤和定向激光之类的东西作为通信媒介。但对于用于战场的C3I系统，它的各个终端是快速移动和位置不定的，只能主要依赖电磁波来进行信息联系，而电磁波这东西，你知道，在干扰下就像薄冰一样脆弱……"

　　元帅真的吃惊不小。他从未与儿子交流过这些，米沙更不可能偷看他的机密文件，但米沙却把元帅在电子战上多年来形成的思想简明准确地表达出来！米沙的这番话对卡琳娜的影响更大，居然使她偏离了原来的研究方向，研制出一种代号"洪水"的电磁干扰装置。"洪水"的大小可以装入一辆装甲车，能同时发出3KHz到30GHz的强烈电磁干扰波，覆盖除毫米波之外的所有电磁通信波段。这种武器在西伯利亚某基地进行的第一次实验就为军队惹来了一屁股官司——"洪水"使附近那座城市的电磁波通信全部中断，手机不通了，传呼机不响了，电视机和收音机都收不到信号。对银行和股市的影响更是灾难性的，地方上把造成的损失说成了天文数字。"洪水"的灵感来自于一种电磁炸弹，原理是使用高爆炸药在一次性线圈中产生强烈的电磁脉冲。所以"洪水"工作起来如同火箭发动机一样，产生的音响能震破附近的窗玻璃，这就决定了它只能遥控操作，而距它二三千米处的操作人员还得穿上防微波辐射的防护服。"洪水"在总装备部和总参谋部的电子战指挥机构引起了很大的争论。很多人认为它没什么实战价值，在有限战场上使用它，就如同在巷战中使用核武器，对敌我的杀伤力都一样大。但在元帅的坚持下，"洪水"还是批量生产了二百多台。现在，在统帅部新的电子战战略中，它将担当主要角色。

儿子爱上了一个军中的姑娘，元帅深感意外。他的结论是，米沙对卡琳娜的感情同她的职业无关。后来米沙带卡琳娜到家里来过几次，第一次卡琳娜穿着一件亮丽的连衣裙，走时元帅听到米沙对卡琳娜说："下次穿军装来。"这事使元帅否定了自己先前的结论。他现在知道，米沙爱上卡琳娜，与她是一名少校军官并非一点关系也没有。与演习第一天上午感到的别扭不同，现在元帅觉得卡琳娜肩上的那颗校星无比美丽。

1月6日，莫斯科战区

强烈的电磁波在战区上空很快聚集，最后形成了巨大的电磁台风。战后人们回忆，当时在远离前线的山村里，人们也看到动物和鸟儿骚动不安；在灯火管制的城市中，人们能看到电视天线上感应出的微小火花……

从东线调往西线的第12集团军的一个装甲团正在急速行军，团长站在停在路边的吉普车旁，满意地看着漫天雪尘中急速行进的部队。敌人的空袭远没有预料的强度，所以部队可以在白天赶路了。这时，三枚"战斧"导弹低低地从他们头顶掠过，冲压发动机低沉的嗡嗡声清晰可闻。不一会儿，远处响起了三声爆炸。团长身边的通信员拿着只听得到沙沙声的耳机无事可做，转头看看爆炸的方向，然后惊叫起来，让他看，他让通信员不要大惊小怪，但旁边的一位少校营长也让他看，他就看了，然后困惑地摇了摇头。"战斧"不是每枚都能命中目标，但像这样三枚相距上千米落到空无一物的田野上，真是少见。

两架苏27孤独地飞行在战区5000米上空。它们本来属于一支歼击机中队，但这支中队刚刚在海上同一组北约的F22发生了遭遇战，混战中，它们和中队失散了。在以前，重新会合是轻而易举的事。但现在，无线电联络不通了，原来对高速歼击机来说很狭小的空域现在变得如宇宙一样广阔，要想会合如同大海捞针。这对长僚机只能紧贴着飞行，距离之近像在飞特技。只有这样，他们才能听到对方的无线电呼叫。

"左上方发现可疑目标，方位220，仰角30！"僚机报告。长机飞行员沿那个方位看去，冬日雪后的晴空一碧如洗，能见度极好。两架飞机向斜上方靠近目标观察。那个目标与他们同一方向飞行，但速度慢了许多，所以他们很快追上了它。

当他们看清目标后，真觉得白天见了鬼。那是一架北约的E-4A预警机，是歼击机最不可能遇到的敌方飞机，就像一个人不可能看到自己的后脑勺一样。E-4A预警飞机上的雷达监视面积可达100万平方公里，环视一圈只需5秒钟。它能发现远离防区2000公里处的目标，可以提供40分钟以上的预警时间。它能发现1000-2000公里范围里的800-1000个电磁信号，每次扫描可询问和识别2000个海陆空各类目标。预警机从不需护航，它强有力的千里眼可使自己远远地避开歼击机的威胁。所以长机飞行员理所当然地认为这可能是一个圈套。他和僚机向四周的空域仔细搜索了一遍，明净寒冷的空中看不到任何东西，长机决定冒一次险。

"雷球雷球，我将发起攻击，你向317方位警戒，但注意不要超出目视距离！"

看着僚机向着机长认为最可能有埋伏的方位飞去后，他打开油门，猛拉操纵杆。苏27拖着加速产生的黑烟，如一条仰起头的眼镜蛇向斜上方的预警机扑去。这时E-4A也发现了向它逼近的威胁，急忙向东南方向作逃脱的机动飞行。干扰热寻导弹的镁热弹不断地从机尾蹦出，那一串小小的光球仿佛是它那被吓出壳的灵魂。预警飞机在歼击机面前就如同自行车在摩托车面前一样，是无法逃脱的。这时长机飞行员才感到他刚才给僚机的命令是多么自私。他在E-4A的后上方远远跟着它，欣赏着到手的猎物。E-4A背上蓝白相间的雷达天线罩线条优美，像一件可人的圣诞玩具。它那粗大的白色机身，如同摆在盘子里的一只肥美的烤鸭，令他垂涎欲滴，又不忍下刀叉。但直觉使他不敢拖延。他首先用20毫米口径机炮做了一个点射，击碎了E-4A的雷达天线罩。他看到，西屋公司制造的AN/PY-3型雷达的天线的碎片飞散在空中，如圣诞节银色的纸花。他接着用机炮切断了E-4A的一个机翼，最后，射速达每分钟6000发的双管机炮射出的死亡之刃，将已经翻滚下坠的E-4A拦腰斩断。苏27盘旋着跟随两块坠落的机体，飞行员看到，人员和设备不停地从机舱中掉出来，就像从盒中掉出的糖果一样，有几朵伞花在空中绽开。他想起了在刚过去的空战中，一个战友被击落时的情景：一架F22三次从战友的降落伞上方掠过，把伞冲翻了，他看着战友像一块石头一样渐渐消失在大地的白色背景中。他克制了这样做的冲动，同僚机会合后，双机编队以最快的速度脱离这个空域。

他们仍觉得这可能是个圈套。

走散的飞机并不止那两架。在廊房战线的上空，一架隶属于美国陆军骑一师的"科曼奇"在漫无目标地飞着，飞行员沃克中尉却倍感兴奋。他刚从"阿帕奇"转飞"科曼奇"不久，对这种上世纪末才大量装备陆军的武装攻击直升机不太适应。他不喜欢"科曼奇"的没有脚踏的操纵系统，并觉得它的双目头盔瞄准镜不如"阿帕奇"的单目镜舒服，但他最不适应的还是坐在前面的攻击指挥员哈尼上尉。他们第一次见面时，哈尼说："中尉，你要清楚自己的位置，我是这架直升机的大脑，你只是它电子和机械部件的一部分——你要尽一个部件的责任！"而沃克最讨厌作为一个部件而存在。记得一位年近百岁的参加过二战的前海军飞行员参观他们的基地时，看了看"科曼奇"的座舱，摇摇头说："唉，孩子们，我当年那架野马式，座舱里的仪表还不如现在微波炉上的多。我最好的仪表是它！"他拍了拍沃克的屁股，"我们两代飞行员的区别，就是空中骑士和电脑操作员的区别。"沃克想当空中骑士，现在机会来了。在俄罗斯人那近乎变态的疯狂干扰下，这架直升机上的什么"作战任务设备一体化系统"、什么"目标探测系统"、什么"辅助目标探查分类系统"、什么"真实视觉场面发生器"，还有"资料突发系统"，全他妈妈的休克了！只剩下那两台1200马力的T800型引擎还在忠实地转动着。哈尼平时就是全凭那些电子玩艺儿发号施令的，现在他那张喋喋不休的臭嘴也随着这些东西沉默下来。这时，内部送话系统传来了哈尼的话音：

"注意，发现目标，好像在左前方，好像在那个小山包旁边，有一支装甲部队，好像是敌人的，你……看着办吧！"

沃克差点笑出声来。哈，这小子，听他以前是怎么指挥的："发现目标，方位133，90式坦克17辆，89式运兵车21辆，向391方位以平均时速43.5公里运动，平均间隔31.4米。按AJ041号优化攻击方案，从179方位以37度倾角进入……"现在呢？"好像"有装甲部队，"好像"在"山包那边"。这他妈用你说？我早看见了！还让我看着办。你是废物了哈尼，现在是我的天下，我要用屁股当仪表做一个骑士了！这架"科曼奇"在我的手中将不辜负它那英勇的印第安部落的名字。

"科曼奇"向着那显而易见的目标冲去，把机上的62枚27.5英寸口径"蜂巢"火箭全部发射出去。沃克陶醉地看着那群拖着着火尾的小蜜蜂欢快地向目标飞去，把敌人的车队淹没于一片火海之中。但当他迂回飞行观察战果时却发现事情不对，地面上敌人的士兵没有隐蔽，而是全都站在雪地上冲他指点着，像是在破口大骂。沃克飞近一些，清楚地看到了一辆被击毁的装甲车上的标志，那是个三环同心圆，中间是蓝色，然后是一个白圈儿和一个红圈儿。沃克眼前一黑，感到世界变成了地狱，破口大骂起来：

"你个狗娘养的白痴，你瞎眼了？！"

但他还是聪明地远远飞开，以防那些暴怒的法国佬还击："你个狗娘养的，你现在大概在想到军事法庭上怎样把责任推给我。你推不掉的，你是负责目标甄别的，你要明白这一点！"

"也许……我们还有机会补救，"哈尼怯生生地说，"我又发现了一支部队，就在对面……"

"去你妈的吧！"沃克没好气地说。

"这次没错，他们正在同法国人交火！"

这下沃克又来了精神，驾机向新目标冲去，看到对方主要是步兵，装甲力量不多，这倒证实了哈尼的判断。沃克把仅剩的四枚"地狱火"导弹发射出去，然后把加特林双管机枪的射速调到每分钟1500发并开始射击。他舒服地感觉到机枪通过机体传来的微微振动，看到地面敌人的散兵线被撒上了一层白色的"胡椒面"。但一名老练的武装直升机飞行员的直觉告诉他有危险。他扭头一看，只见一枚肩射导弹刚刚从左下方一名站在吉普车上的士兵肩上发射出来。沃克手忙脚乱地发射了诱饵镁热弹，又向后方作摆脱飞行，但晚了些，那枚导弹拖着蛛丝般的白烟击中了"科曼奇"的机头下部。沃克从爆炸带来的短暂昏眩中醒来时，发现直升机已坠落到雪地上。沃克拼命爬出全是白烟的机舱，在雪地上抱住一棵刚被螺旋桨齐腰砍断的树，回头看见前舱中被炸成肉浆的哈尼上尉。他又看到前方一群端着冲锋枪的士兵正在向他跑来。沃克颤抖着抽出手枪放到面前的雪地上，然后掏出俄语会话本读了起来：

"吾已方下无起，吾是战扶，日内瓦……"

他后脑挨了一枪托，肚子上又挨了一脚，但他翻倒在雪地上时却大笑起来——他可能被揍个半死，但不会全死，因为他看到了那些士兵衣领上波兰军队的鹰形领章。

1月7日，明斯克，北约军队作战指挥中心

"把那个该死的军医叫来!"托尼·帕克上将烦躁地喊道。当那名瘦高的上校军医跑到他面前时，他恼怒地说，"怎么搞的？你折腾了两次，我的假牙还在嗡嗡响！"

"将军，这是我见过的最奇怪的事，也许是您的神经系统有问题，要不我给您打一针局部麻醉？"

这时，一位少校参谋走过来说："将军，请把假牙给我，我有办法的。"帕克于是取下假牙，放到了少校递过来的纸巾上。

关于将军掉的两颗门牙，媒体的普遍说法是在波斯湾战争中他所在的坦克被击中时造成的，只有将军自己知道这不是真的。那次是断了下颚，牙则是更早些时候掉的。那是在克拉克空军基地，当时的世界好像除了火山灰外什么都没有——天是灰的，地是灰的，空气也是灰的，就连他和基地最后一批人员将要登上的那架"大力神"，机顶上也落了厚厚白白的一层。火山岩浆的暗红色火光在这灰色的深处时隐时现。那个菲律宾女职员还是找来了，说基地没了，她失业了，房子也压在火山灰下，让她和肚子里的孩子怎么活？她拉着他求他一定带她到美国去，他告诉她这不可能，于是她脱下高跟鞋朝他脸上打，打掉了他的两颗门牙。看着灰色的海水，帕克默念，我的孩子，现在你在那儿？你是和母亲在马尼拉的贫民窟中度日吗？你的父亲现在某种程度上是为你而战。俄罗斯的民主政府上台后，北约的前锋将低达中国边境，苏比克和克拉克将重新成为美国在太平洋上的海空军基地，那里将比上个世纪更繁荣，你会在那儿找到工作的！如果你是个女孩，说不定像你妈妈（她叫什么来着，哦，阿莲娜）一样能认识个美国军官……

修牙的少校回来了，打断了将军的胡思乱想。将军拿过了纸巾上的假牙装上，几秒后惊奇地看着少校，"嗯？你是怎么做到的？"

"将军，您的假牙响是因为它对电磁波产生了共振。"

将军盯着少校，分明不相信他的话。

"将军，真是这样！也许您以前也曾暴露在强烈的电磁波下，比如在雷达的照射范围里，但那些电磁波的频率同您的假牙的固有频率不吻合。而现在，空中所有频带的电磁波都很强烈，于是产生了这种情况。我把假牙进行了一些加工，使它的共振频率提高了许多，它现在仍然共振，但您感觉不到了。"

少校离开后，帕克将军的目光落到了电子作战图旁的一个座钟上。钟座是骑着大象的汉尼拔塑像，上面刻着"战必胜"三个字,原来摆放在白宫的蓝厅，当时总统发现他的目光总落在那玩艺儿上，就亲自拿起了在那儿放了一百多年的钟赠给了他。

"上帝保佑美国，将军，现在您就是上帝！"

帕克沉思了很久，缓缓地说："命令全线停止进攻，用全部空中力量搜寻并摧毁俄罗斯人的干扰源。"

1月8日，俄罗斯军队总参谋部

"敌人停止进攻了，你好像并不感到高兴。"列夫森科元帅对刚从前线归来的西部集群司令说。

"是高兴不起来。北约的全部空中力量已集中打击我们的干扰部队，这种打击确实是很奏效的。"

"这在我们的预料之中。"列夫森科元帅平静地说，"我们的战术在开始会使敌人手足无措，但他们总会想出对付的办法的。用于阻塞式干扰的干扰机，由于其强烈的全频带发射，很容易被探测和摧毁。好在我们已争取了相当的时间，现在全部希望都寄托在两个集群的快速集结上了。"

"情况可能比预想的严峻"，西部集群司令说，"在我们失去电子战优势之前，可能没有给高加索集群进入出击位置留下足够的时间。"

西部集群司令走后，列夫森科元帅看着电子沙盘上的前线地形，想起了正处于敌人密集火力下的卡琳娜，由此又想起了米沙。那天，米沙回到家里，脸上青一块紫一块的。这之前元帅已听到传言，说他儿子是那所大学中唯一一名反战分子，结果被学生们打了。

"我只是说不要轻言战争，我们真的不能同西方达成一种理智的和平吗？"米沙对父亲解释说。

元帅用从未有过的严厉口吻对儿子说："你知道自己的身份。你可以不说话，但以后绝不许出现类似的言论。"

米沙点点头。

又过了几天，晚上一进家门，元帅就告诉米沙："俄共上台了。"

米沙看了父亲一眼，淡淡地说："吃饭吧！"

再往后，西方宣布俄罗斯新政府为非法，杜波列夫组织右翼联盟并发动内战。这些列夫森科元帅都不需要告诉米沙了。父子俩每天晚上都像往常一样默默地吃饭。直到有一天，米沙接到航天基地的通知，收拾起行装走了。两天后，他乘航天飞机登上了在近地轨道运行的"万年风雪"号。

又过了一周，战争全面爆发。这是一场由空前强大的敌人从预料不到的方向发起的旨在彻底肢解俄罗斯的世界大战。

1月9日，近日轨道，"万年风雪"号掠过水星

由于"万年风雪"号的速度很快，它不可能成为水星的卫星，只能从这颗行星面对太阳的那一面高速掠过。这是人类第一次用肉眼直接对水星表面进行近距离观察。米沙看到，水星表面高达两公里的峭壁，蜿蜒数百公里，穿过布满巨大坑穴的平原。他还看到了被行星地质学家称作"不可思议的地形"的名叫"卡托里萨"的盆地，其直径达1300公里。它的不可思议之处在于，在水星的另一面，有一个面积相仿的盆地正对着它。人们猜测，这是一颗巨大的彗星撞击了水星，强烈的震波穿过了整个星体，在两个半球同时形成了极其相似的两个盆地。米沙还发现水星表面有许多明亮的光斑。当他在屏幕上把那些光斑放大后，激动得屏住了呼吸。

那是水星上的水银湖泊，它们每个的面积平均达上千平方

公里。

米沙想象着在水星那漫长的白天，在那1800℃的高温下，站在水银湖岸边的情形。即使在狂风中，水银湖也会很平静，更不要说水星没有大气，没有风。湖的表面如广阔的镜子平原。太阳和银河毫不失真地投射在上面。

"万年风雪"号掠过水星后，将继续靠近太阳，一直航行到它那由核聚变制冷装置支持的绝热层所能忍受的极限距离。太阳的高温将是它最好的掩护。北约的任何太空航行器都不可能飞进这个酷热的地狱。

看看这广阔的宇宙，再想想一亿公里之外的母星上的那场战争，米沙再次哀叹人类目光的狭隘。

1月10日，斯摩棱斯克前线

看着敌人渐渐靠近的散兵线，卡琳娜明白了为什么当周围的干扰点相继被摧毁后，只有她这里幸存下来——敌人想夺取一台完整的"洪水"。

由三架"科曼奇"和四架"黑鹰"组成的直升机群轻而易举地发现了这台"洪水"的位置。由于"洪水"巨大的电磁发射，对它的遥控只能通过光缆，敌人顺着光缆发现了卡琳娜所在的距那台"洪水"3000米的遥控站。这是一间被废弃的孤立的小库房。

　　四架运载着四十多名敌人步兵的"黑鹰"在距库房不到二百米处降落了。当时遥控站中除卡琳娜之外还有一名上尉和一名上士。上士听到引擎声响，刚拉开库房的门，就被直升机上的狙击手射出的一颗子弹掀开了头盖骨。敌人随后的火力很谨慎也很节制，显然怕伤了库房里他们想得到的设备，卡琳娜和那名上尉得以多坚守了一段时间。

　　现在，在卡琳娜的左前方，上尉的冲锋枪声沉默了，这枪声是这里唯一的安慰。她看到在作为掩体的树桩后面，上尉一动不动，一圈殷红的鲜血正在他周围的雪地上扩散。卡琳娜处在库房前由几个沙袋堆成的简易掩体后面，脚下散落着八个冲锋枪弹匣，滚烫的枪管在沙袋上面的积雪中发出嘶嘶的声音。每当卡琳娜射击时，对面的敌人就卧倒，子弹在他们前面溅起一团团雪花，而半圆形包围圈未受攻击方向的敌人则跃起快步推进一段距离。现在，卡琳娜只剩下三个弹匣了，她开始打单发，这没有经验的举动等于告诉敌人她子弹不多了，使他们更快更大胆地推进。卡琳娜再次换弹匣时，听到沙袋顶上厚厚的积雪"吱"地响了一声，有什么东西从中飞快地钻了过来，她感到右肋被什么猛推了一下，没有疼痛，只有一阵很快扩散的麻木感，温热的血顺着右侧身体流下去。她坚持着，几乎是漫无目标地打完了这个弹匣。当她伸手拿起沙袋顶上最后一个弹匣时，一颗子弹打断了她的前臂，弹匣掉到雪地上。卡琳娜站起身，回头向库房门走去，身后的雪地上留下了一条细细的血迹。当她拉开门时，又一颗子弹穿透了她的左肩。

由瑞特·唐纳森上尉率领的美国海军陆战队"海豹"突击队小分队谨慎地靠近库房。唐纳森和两名陆战队员越过那名俄罗斯上士的尸体，踹开门冲进帐篷，发现里面只有一名年轻女军官。她坐在他们的目标——"洪水"遥控仪旁边，一只被打断的手臂无力地垂在控制台上，对着显示屏上映出的影子，用另一只手整理着自己的头发，不断滴下的鲜血在她的脚下积成了小小的血洼。她对着冲进来的美国人和那一排枪口笑了一下，算是打了招呼。唐纳森长出了一口气，但这口出来的气再也没有吸回去——他看到她整理头发的手从控制台上拿起了一个墨绿色椭圆形的东西，把它悬在半空中。唐纳森立刻认出了那是一枚气体炸弹，由于是装备武装直升机的，体积很小。那东西可由激光近炸引信引爆，在距地面半米处发生两次爆炸，第一次扩散气体炸药，第二次引爆炸药雾，他现在就是一支箭也飞不出它的威力圈。

他朝她伸出一只手向下压着，"镇静，少校，镇静下来，不要激动。"他朝周围示意了一下，陆战队员们的枪口垂了下来，"您听我说，事情没您想的那么严重，您将得到最好的医疗，您将被送到德国最好的医院，然后，会作为第一批交换的战俘……"少校又对他笑了一下，这使他多少受到了一些鼓励，"您完全没必要采用这么野蛮的方式，这是一场文明的战争，它本来是会很顺利的，这一点在二十天前越过波俄边境时我就感觉到了。当时你们的大部分火力都被摧毁，只有零星的机枪声恰到好处地点缀着我们这场光荣而浪漫的远征。您看，一切都会很顺利的，没必要……"

"我还知道另一次更美妙的开始。"少校用纯正的英语说，她轻柔的声音如同来自天堂，能让火焰熄灭，钢铁变软，"美丽的沙滩，棕榈树上挂着欢迎的横幅。到处是漂亮的姑娘，留着齐腰的长发，穿着沙沙作响的丝裤，在年轻的士兵中移动，用红色和粉红色的花环装点着他们，羞怯地对着目瞪口呆的士兵们微笑……上尉，您知道这次登陆吗？"

唐纳森困惑地摇摇头。

"这就是1965年3月8日上午9点，在岘港，美国首批海军陆战队士兵登上越南土地的情景，也是越战的开端。"

唐纳森觉得自己一下子掉进了冰窟，刚才的镇静瞬间消失了，他的呼吸急促起来，声音开始颤抖："不，别这样少校。您这样对待我们是不公平的！我们没有杀过多少人，杀人的是他们。"他指着窗外半空中悬停着的直升机说，"是那些飞行员，还有那些在很远的航空母舰上操作电脑指引巡航导弹的先生，但他们也都是些体面的人。他们所面对的目标都是屏幕上漂亮的彩色标记，他们按一下按钮或动一下鼠标，耐心地等一会儿，那些标志就消失了。他们都是文明的先生，他们没有恶意，真的没有恶意……您在听我说吗？"

少校笑着点点头，谁说死神是丑恶恐怖的。死神真美。

"我有一个女朋友，她在马里兰大学读博士，她像您一样美丽，真的，她还参加反战游行……"我真该听她的，唐纳森想，"您在听我说吗？您也说点什么吧，求求您说点什么……"

美丽的少校最后对敌人微笑了一次："上尉，我尽责任。"

赶来增援的俄军104摩步师的一支部队这时距那个"洪水"遥控站还有半公里，他们首先听到了一声沉闷的爆炸，并远远看到那间宽阔田野中孤零零的小库房隐没于一团白雾之中。紧接着是一声比刚才响百倍的巨响，地动山摇，一团巨大的火球在库房的位置出现，火焰裹在黑色的浓烟中高高升起，化作高耸的蘑菇云，如绽放在天地之间的一朵绝美的生命之花。

1月11日，俄罗斯军队总参谋部

"我知道你想要什么东西，别废话，要吧！"列夫森科元帅对高加索集群司令说。

"我想让前两天的战场电磁条件再持续4天。"

"你清楚，我们的战场干扰部队现在有百分之七十已被摧毁，我现在连4个小时都无法给你了！"

"那我的集群无法按时到达出击位置，北约的空中打击大大迟滞了部队的集结速度。"

"要是那样的话，你就把一颗子弹打进自己脑袋里去吧！现在敌人已逼近莫斯科，已到了七十年前古德里安到过的位置。"

在走出地下作战室的途中，高加索集群司令在心里默念：莫斯科，坚持啊！

1月12日，莫斯科防线

塔曼摩步师师长费利托夫上校清楚，他们的阵地最多只能再承受一次进攻了。

敌人的空中打击和远程打击渐渐猛烈起来，而俄军的空中掩护却越来越少了。这个师的装甲力量和武装直升机都所剩无几，最后的坚守几乎全靠血肉之躯了。

师长拖着被弹片削断的腿，挂着一支步枪走出掩体。他看到战壕挖得不深，这也难怪，现在阵地上大部分都是伤员了。但他惊奇地发现，在战壕的前面构起了一道整齐的约半米高的胸墙。师长很奇怪这胸墙是用什么材料这么快筑起的，这时他看到被雪覆盖的胸墙上伸出几条树枝一样的东西，走近一看，那是一只只惨白僵硬的手臂……他勃然大怒，一把抓住一位上校团长的衣领。

"混蛋！谁让你们用士兵的尸体筑掩体的？！"

"是我命令这样干的。"师参谋长的声音从师长身后平静地响起，"昨天晚上进入新阵地太快，这里又是一片农田，实在没有什么别的材料了。"

他们沉默对视着。参谋长额头绷带中流出的血在脸上一道道地冻结了。这样过了一会儿，他们两人朝这堵用青春和生命筑成的胸墙走去。师长的左手拄着用作拐杖的步枪，右手扶正了钢盔，向着胸墙行军礼，仿佛在最后一次检阅自己的部队……

他们路过了一个被炸断双腿的小士兵，从断腿中流出的血把下面的雪和土混成了红黑色的泥，这泥的表面现在又冻住了。小士兵正躺着把一颗反坦克手雷往自己怀里放，他抬起没有血色的脸，朝师长笑了笑，"我要把这玩艺儿塞进'艾布拉姆斯'的履带里。"

寒风卷起道道雪雾，发出凄厉的啸声，仿佛在奏着一首上古时代的战歌。

"如果我比你先阵亡，请你也把我砌进这道墙里。这确实是一个好归宿。"师长说。

"我们两个不会相差太长时间的。"参谋长用他那特有的平静说。

1月12日，俄罗斯军队总参谋部

一个参谋来告诉列夫森科元帅，航天部部长急着要见他，事情很紧急，是有关米沙和电子战的事。

听到儿子的名字，列夫森科元帅心里一震。他已得知卡琳娜阵亡的消息，但他无法想象一亿公里之外的米沙同电子战有什么关系，他甚至想象不出米沙现在和地球有什么关系。

部长一行人走了进来，他没有多说话，径直把一片3英寸光盘递给了列夫森科元帅："元帅，这是我们一小时前收到的米沙从'万年风雪'号上发回的信息。后来他又补充说，这不是私人信息，希望您能当着所有相关人员的面播放它。"

作战室中的所有人听着来自一亿公里以外的声音："我从收到的战争新闻中得知，如果电磁干扰不能再持续三到四天的话，我们可能输掉这场战争。如果这是真的，爸爸，我能给您这段时间。

"以前，您总认为我所研究的恒星与现实相距太远，我自己也是这么认为，现在看来我们都错了。我记得对您提起过，恒星产生的能量虽然巨大，但它本身却是一个相对单纯和简单的系统。比如我们的太阳，组成它的只是两种最简单的元素：氢和氦；它的运行也只是由核聚变和引力平衡两种机制构成。同我们的地球相比，它的运行状态在数学模型上比较容易把握。现在，我们对太阳已经建立了十分精确的数学模型，其中也有我做的工作。通过这个数学模型，我们可以对太阳的行为作出十分精确的预测，这就使我们可以利用一个微小的扰动，在短时间内局部打破太阳运行的平衡。方法很简单：用'万年风雪'精确撞击太阳表面的某点。

"也许您认为，这不过是把一块小石头投入海洋，但事实不是这样。爸爸，这是一粒沙子掉进了眼睛！

"根据数学模型我们得知，太阳是一个极其精细而敏感的能量平衡系统，如果计算得当，一个微小的扰动就能在太阳表面和内部产生连锁反应。这种反应扩散开来，其局部平衡就会被打破。历史上有过这样的先例。最近的记载是在1972年8月初，在太阳表面一个很小的区域发生了一次剧烈的电磁爆发，对地球产生了巨大的影响。飞机和轮船上的罗盘指针胡乱跳动，远距离无线电通信中断。在北极地区，夜空中闪动着炫目的红光。在乡村，电灯时亮时灭，如同处于雷暴的中心。这种效应持续了一个多星期。现在比较可信的解释是：当时一颗比'万年风雪'号还小的天体撞击了太阳表面。这样的太阳表面平衡扰动在历史上一定多次发生，但大部分发生在人类发明无线电接收装置以前，所以没被察觉。这些对太阳表面的撞击都是随机的、偶然的，因而所能产生的平衡扰动在强度和范围上都是有限的。

"但'万年风雪'号对太阳的撞击点是经过精确计算的，所产生的扰动比上面提到的自然产生的扰动要大几个数量级。这次扰动将使太阳向太空喷发出强烈的电磁辐射，包括从极低频到甚高频的所有频带的电磁波。同时，太阳射出的强烈的X射线将猛烈撞击对短波通信十分重要的电离层，从而改变电离层的性质，使通信中断。在扰动发生时，地球表面除毫米波外的绝大部分无线电通信将中断。这种效应在晚上可能相对弱一些，但在白天甚至超过了你们前两天进行的电磁干扰。据计算，这次扰动大约可持续一周。

"爸爸，以前我们两个人一直生活在相距遥远的两个世界中，互相交流很少。但现在，我们这两个世界已融为一体，我们在为一个共同的目标而战，我为此自豪。爸爸，像您的每一个士兵一样，我在等着您的命令。"

航天部部长说："米哈伊尔博士所说的都是事实。去年，我们向太阳发射过一个探测器，它依据数学模型的计算对太阳表面进行了一次小型的撞击实验，证实了模型所预言的扰动。博士和他的研究小组还提出了一个设想：将来也许可以用这种方法适当改变地球的气候。"

列夫森科元帅走进一个小隔间，拿起直通总统的红色电话。过了一会儿，他就从隔间走了出来。历史对这一时刻的记载是不同的，有人说他马上说出了那句话，也有人说他沉默了一分钟之久，但那句话的内容是一致的。

"告诉米沙，照他说的去做吧。"

1月12日，近日轨道，"万年风雪"号冲向太阳

"万年风雪"号的十台核聚变发动机全部打开，每台发动机的喷口都喷出了长达上百公里的等离子体射流，它在最后修正轨道和姿态。

在"万年风雪"号的正前方，有一道巨大的美丽日珥。那是从太阳表面盘旋而上的灼热的氢气气流，像一条长长的轻纱，飘浮在太阳火的海洋上空，变幻着形状和姿态。它的两端都连着

日球表面，形成了一座巨大的拱门。"万年风雪"号从这高达四十万公里的凯旋门正中缓缓地、庄严地通过。前方又出现了几道日珥，它们只有一头同太阳相连，另一头伸进了太空深处。发动机闪着蓝光的"万年风雪"号像穿行在几棵大火树中的一只小小的萤火虫。后来，那蓝光渐渐熄灭，发动机停止了，"万年风雪"号的轨道已精确设定，剩下的一切都将由万有引力定律来完成了。

当飞船进入了太阳的上层大气日冕时，上方太空黑色的背景变成了紫红色，这紫红色的辉光弥漫了这里的所有空间。在下方，可以清楚地看到太阳色球中的景象。在那里，成千上万的针状体在闪闪发光。那些东西在19世纪就被天文学家观察到了，它们是从太阳表面射向高空的发光的气体射流，这些射流使得太阳大气看上去像一片燃烧的大草原，每棵草都有上千公里长。在这燃烧的大草原下面就是太阳的光球，那是无边无际的火的海洋。

从"万年风雪"号发回的最后的图像中，人们看到米沙从巨大的监视屏前起身，打开了透明穹顶外面的防护罩，壮丽的火的海洋展现在他面前。他想亲眼看看他童年梦幻中的世界。火之海在抖动变形，那是半米厚的绝热玻璃在熔化。很快，那上百米高的玻璃壁化作一片透明的液体滚落下来。像一个初见海洋的人陶醉地面对海风，米沙伸开双臂迎接那向他呼啸而来的6000℃的飓风。在摄像机和发射设备被烧熔之前发回的最后几秒钟图像中，可以看到米沙的身体燃烧起来，最后变成了一把跳动的火炬，和太阳的火海融为一体……

接下来的景象只能猜想了："万年风雪"号的太阳能电池板和突出结构首先熔化，由于其表面张力在飞船的表面形成一个个银色的小球。当"万年风雪"号越过色球和日冕的交界处时，它的主体开始熔化。当它深入色球2000公里后，整个飞船完全熔化了。一个个分开的金属液珠合并成一个巨大的银色液球，精确地沿着那已化为液体的计算机所设定的目标高速飞去。太阳大气的作用开始显现——液球的周围出现了一圈淡蓝色的火焰，向后拖了几百公里长，颜色由淡蓝渐变为黄色，在尾部变成美丽的橘红色。

最后，这美丽的火凤凰消失在浩渺的火海之中。

1月13日，地球

人类回到了马可尼之前的世界。

入夜，即使在赤道地区，夜空也充满了涌动的极光。

面对着一片雪花的电视屏幕，大多数人只能猜测和想象那块激战中的广阔土地上的情形。

1月13日，莫斯科前线

帕克将军推开了企图把他拉上直升机的82空降师师长和几名

前线指挥官，举起望远镜继续看着远方。那里，俄罗斯人的坦克滚滚而来。

"定标4000米，9号弹药装填，缓发引信，放！"

从来自后方的射击声帕克知道，还有不到三十门105毫米口径榴弹炮可以射击，这是他目前唯一可以用于防守的重武器了。

一小时前，这个阵地上唯一一只装甲力量——德军的一个坦克营——以令人钦佩的勇气发起反冲锋，并取得了显著的战果：在距此八公里处击毁了相当于他们坦克数目一倍半的俄罗斯坦克。但由于数量上的绝对劣势，他们在俄罗斯人的钢铁洪流面前如正午太阳下的露珠一样消失了。

"定标3500米，放！"

炮弹飞行的嘶鸣过后，在俄罗斯人的坦克阵前面掀起了一道由泥土和火焰构成的高墙。但就如同塌下的泥土只能暂时挡住洪水，洪水最终将漫过来一样，爆炸激起的泥土落下后，俄罗斯人的装甲前锋又在浓烟中显现。帕克看到他们的编队十分密集，如同在接受检阅。在前几天用这种队形进攻是自取灭亡，但现在，在北约的空中和远程打击火力几乎全部瘫痪的情况下，这却是可以采用的队形，可以最大限度地集中装甲攻击力量，以确保在战线一点上的突破。

防线配置的失误是在帕克将军预料之中的，因为在这样的战场电磁条件下，要想准确快速地判明敌人的主攻方向几乎是不可能的。对下一步的防守他心中一片茫然。在C3I系统全面瘫痪的情况下，快速调整防御布局是十分困难的。

"定标3000米，放！"

"将军，您在找我？"法军司令若斯凯尔中将走了过来。他身边只跟着一名法军中校和一名直升机飞行驶员。他没穿迷彩服，胸前的勋章和肩上的将星擦得亮亮的，但却戴着钢盔，提着步枪，显得不伦不类。

"听说在我们的左翼，幼鹿师正在撤出阵地。"

"是的，将军。"

"若斯凯尔将军，在我们的身后，70万北约部队正在撤退，他们的成功突围取决于我们的坚固防守！"

"是取决于你们的坚固防守。"

"我听不明白。"

"您什么都明白！你们对我们隐瞒了真实战局，你们早就知道右翼联盟的军队要在东线单方面停火！"

"作为北约军队最高指挥官，我有权这样做。将军，我想您也明白，您和您的部队有接受指挥的职责。"

……

"定标2500米，放！"

……

"我只遵守法兰西共和国总统的命令。"

"我不相信现在您能收到这样的命令。"

"几个月前就收到了。在爱丽舍宫的国庆招待会上，总统亲自向我说明了在这种情况下法国军队的行为准则。"

"你们这些戴高乐的杂种,这几十年来你们一直没变!"帕克终于失去控制。

"话别说得这么难听,将军。如果您不走,我也会一个人留下来,我们一起光荣地战死在这广阔的雪原上。拿破仑在这儿也失败过,我们不丢人。"若斯凯尔向帕克挥动着那支FAMS法军制式步枪说。

......

"定标2000米,放!"

......

帕克慢慢地转过身,面对一群前线指挥官:"请你们向坚守阵地的美军部队传达我下面的话:我们并非生来就是一支只能靠电脑才能打仗的军队,我们原本是由庄稼汉组成的军队。几十年前,在瓜达卡纳尔岛,我们在热带丛林中一个地洞一个地洞地同日本人争夺;在溪山,我们用圆锹挡开北越士兵的手榴弹;更远一些的时候,在那个寒冷的冬夜,伟大的华盛顿领着没有鞋穿的士兵渡过冰封的特拉华河,创造了历史……"

"定标1500米,放!"

"我命令,销毁文件和非战斗辎重……"

"定标1200米,放!"

帕克将军戴上钢盔,穿上防弹衣,并把那只9毫米口径手枪别在左腋下。这时榴弹炮的射击声沉默了,炮手正把手榴弹填进炮膛中，接着响起了一阵杂乱的爆炸声。

"全体士兵，"帕克将军看着已像死亡屏障一样在他们面前展开的俄罗斯坦克群说，"上刺刀！"

战场的浓烟后面，太阳时隐时现，给血战中的雪野投下变幻的光影。

魂兮归来 索何夫

【宇宙文明毁灭周期】

1.

这里的许多人即将死去。

她竭尽全力地沿着从峡谷中央蜿蜒流过的小溪奔跑着，肺叶和气管因为持续的急促呼吸而火烧火燎地疼痛。装有行李的背包已经在早些时候的慌乱中被丢弃了，右脚的登山靴也不知去向，溪边尖锐的砾石割破了她的袜子，将她的脚底划得鲜血淋漓。谷底的荆棘在她裸露的面部和手臂上留下了一道道红肿的伤痕，疼痛随着她的每一个动作持续不断地涌来，像冲击堤坝的汹涌潮水般冲击着她的理智与耐力的底线，但这一切都没有让她停下狂奔的脚步——因为死神就紧随在身后！

一支粗陋的标枪突然从不远处的树丛中飞出，燧石制成的枪头准确地扎进了一个跑在前面的男人的胸膛！这个不幸的人无力地跪倒在溪水中，双手仍然紧握着标枪的枪杆，似乎在与试图带走他生命的死神进行最后的角力。

片刻之后，几块沉重的卵石也呼啸着飞向了奔逃的人们，一个女人躲闪不及，颅骨被砸得凹下去一块，在摔倒之前就已经毙命。另一个男人返身试图把她拉起来，旋即成了下一阵石雨的牺牲品。

侥幸躲过一劫的人们惊恐地尖叫着，像猝然遭遇野狼的鹿群般朝着另一个方向奔去，十几双腿在染上了鲜血的溪水中起起落落，溅起一片骇人的浪花。

　　这一切都将被如实地记录下来——正悄无声息地围绕着她飞行的那个拳头大小的灰色球体会确保这一点。该球体经过特别加固的外壳和镜头，足以抵挡那些奎因人原始武器的打击，而如果这些人全部丧生，它将会自动飞往戴达罗斯 α 行星上最近的——事实上也是唯一的——居民点，将发生在这里的一切通报给其他人。她花重金购买这台蜂式摄像机的最初目的，是拍摄戴达罗斯 α 行星上最为神秘的奇观——那些被奎因人奉为"圣域"的地方，但讽刺的是，它现在却成了众人惨遭屠戮的全过程的唯一见证者。

　　到底是哪里出了问题？她绝望而恼怒地问自己。为了完成这项拍摄计划，她等了整整半年才从邦联殖民部弄到了允许前往戴达罗斯 α 行星随团旅游的许可，然后又花了相同的时间获取奎因人的信任，让奎因人允许她进入他们的村落参观拍摄，并在他们臭得像A级垃圾处理流水线一样的茅屋里住宿。为了取得那些愚蠢的原始人的信任，她和她的同事们对土著村落进行了一次又一次的礼节性拜访，向他们赠送了从药品、种子到金属工具在内的各种礼物，还按照他们的习俗割开自己的手掌，用鲜血在一堆木片和骨头上涂抹了一大堆鬼画符，以求得到接近"圣域"的许可。为什么在把该做的全都做过了之后，那些该死的原始人却突然翻脸不认人？自己到底做错了什么？

　　当一支颤抖着的箭杆突然出现在她的胸口上时，她终于意识到，自己永远不会有机会知道这个问题的答案了。在一阵如同夜枭般的低啸声中，数十名、也许是上百名奎因人从藏身的湿地植被和矮树丛中蜂拥而出，截住了这群精疲力竭的逃亡者。或许是由于趋同进化的缘故，除了像蜥蜴一样带有瞬膜的眼睛和没有外耳的耳孔外，这些戴达罗斯 α 行星的土著看上去更像是罗马史学家笔下的凯尔特或者色雷斯蛮族——他们拥有修长有力的四肢，涂抹着暗绿色和黑色油彩的健壮躯干，从头顶一直沿脊椎延伸到背部、看上去就像是狮子的鬃毛般的浓密毛发，以及一双野性未驯的金黄色眼睛。这些奎因人挥舞着棍棒、投石索和短矛，前额上用彩色线绳绑着一串猎物骨头——按照为她的拍摄计划提供建议的社会学家的说法，这些可怕的饰物代表着为了捍卫神圣所展开的不死不休的战斗。

在生命的最后时刻，时间的流逝似乎变得慢了下来。她看到一支箭像慢镜头般缓缓掠过她的头顶，准确地击中了正在拍摄这一幕的蜂式摄像机，但随后被它的高强度陶瓷外壳弹到了一旁。飘浮在半空中的小圆球摇晃了一下，像受惊的鸟儿一样飞到了更高的地方，继续拍摄这场一边倒的屠杀。

陷入包围的人们厉声尖叫、慌作一团。一些人试图进行自卫，另一些人则将双手举过头顶，大叫大嚷着希望对方能放他们一条生路。但所有的努力全都是徒劳的。挥舞着武器的奎因人一边发出狂热的吼叫，一边冷酷地将包围圈中的每一个人砍翻、捅倒、刺穿，就像一群正在围捕猎物的猎人。

"获救了！"当这群土著中的一个举起手中的短柄斧，准备结果最后几名仍在痛苦挣扎着的伤员时，她的植入式个人终端将那个奎因人的喊声翻译了出来。"获救了！"在斧刃砍进她的血肉、劈开她的骨骼的一刻，那个奎因人再次呼喊道，语调中混合着莫名的兴奋与悲伤。

世界变成了一片黯淡的血红色……

2.

"诸位，这是两年里的第三次了！"邦联殖民部的特派员罗南中校用那支雕刻着镀金猎鹰图案的军官手杖敲了敲安装着全息投影仪的旧办公桌，正在播放的三维图像摇晃了一阵，不过很快就恢复了稳定。"我希望你们能够解释一下，为什么这群狗娘养的到现在为止还这么干——在他们从我们手里拿了这么多援助之后！"

因为总有些家伙自以为高人一等，认为他们可以肆意妄为，不必遵守那些"原始人"定下的规矩。坐在桌边的韩碧深吸了一口气，强迫自己将目光从仍然在播放着的杀戮场景上移开。她不是一个缺乏同情心的人，更不是那种一门心思扑在研究项目上、对周围的一切全都漠不关心的"技术生物"，但即便如此，她仍然很难让自己对画面上那些正在遭到杀戮的人产生同情。她知道，如果按照现代人的标准，奎因人的行为是十足的野蛮之举，

但这里是戴达罗斯 α 行星，是奎因人的地盘。在这里，一切都应当按照奎因人的标准进行衡量。

"你们难道就不能做点什么吗？"在桌子的另一侧，罗南中校仍然用他那令人厌恶的夸张语调说着，听上去活像个正在对着镜子练习独白的三流话剧演员，"韩博士，邦联殖民局每年付给你两百万信用点供你和这帮奎因人打交道，让你研究他们的文化、语言与习俗，为他们提供免费的医疗卫生服务。但现在，你却告诉我，你们不会试图阻止这些家伙继续杀害无辜的——"

"无辜？"韩碧纤细的眉毛微微向上扬起了几度，"恕我直言，发生在11月20日的那场袭击显然是——如果您不介意我使用这个词来形容的话——情有可原的。那个摄影记者和她的同伴们非法将摄影器材带上这颗行星，并擅自接近新奥林匹斯峰的奎因人'圣域'。我在去年、前年和三年前提交的年度报告中已经多次指出，任何私自接近奎因人'圣域'的行为都极为危险。换句话说，我们不能因为某些蠢货无视警告而送掉自己的性命就指责奎因人——如果一个傻瓜执意跳进关着老虎的笼子里，那么我们能指责吃掉他的老虎吗？"

"恐怕您的比喻不太恰当，博士。"在踱够了步子之后，罗南中校终于重新坐了下来。在这种姿势下，这个长着方下巴和厚嘴唇的大块头亚洲人看上去活像一头山地大猩猩，正用咄咄逼人的目光俯瞰着那些胆敢闯入他的领地的家伙。"老虎不过是没有智力、凭本能行事的畜生，但奎因人却是通过了邦联科学院鉴定的智慧种族——如果我没记错的话，智慧种族判断标准的第一条是拥有理性思维能力，对吧？”

"没错。"

"但你现在却告诉我，你们没法和他们讲讲道理，让他们认识到这种愚蠢的行径——"

"如果涉及的是其他问题的话，我们确实会这么做。"拉尔夫·特伦特说道。这个一脸倦怠神情的中年男子是戴达罗斯α星人文与自然科学研究所的主任，也是除了在这座研究所里担任人文科学部主任的韩碧之外仅有的一个曾经在这颗行星上连续生活超过十年的地球人。"奎因人并非蛮横无理的种族，只要对方开出合适的条件，他们很乐意作出让步。但一切与'圣域'相关的问题都不在此例。事实上，比起在这个问题上让步，他们宁愿选择继续支付命债。"

殖民部特派员的嘴角不引人注意地抽动了一下——在他带着整整一个中队的维和部队士兵抵达这颗行星的第二天，奎因人就为他送上了一份"大礼"：十四名奎因人同胞的头颅。在奎因人的概念中，这便是所谓"命债"——他们取走了十三名游客和一名摄影记者的性命，因此要用十四条等价的性命抵偿，公平交易，童叟无欺。

当然，这并不是奎因人首次向地球人支付"命债"——戴达罗斯α星短暂的殖民史浸透了鲜血。最初来到这里的几批定居者全都遭到了奎因人的屠杀，而谋杀者们的答复理直气壮：由于这些开拓者无视警告，擅自闯入被奎因人称为"圣域"的地方，因此他们不得不采取必要的手段"拯救他们的灵魂"。作为补偿，奎因人每次都会按照他们的习惯送上参与袭击行动者的头颅，偿还被杀者的"命债"。尽管邦联当局没有因此向奎因人兴师问罪，但在著名的"屠杀谷事件"后，殖民部还是将戴达罗斯 α 星列入了B级禁止入境名单——这意味着除了少数科研与医疗人员，任何人都严禁在此定居或拥有不动产，而游客的入境则会受到严格限制，并在出发前被告知可能的危险。尽管如此，每年仍然有数以千计的游客络绎不绝地来到这颗行星，甚至不惜为此支付高得惊人的费用——只为了目睹遍布戴达罗斯行星系的遗迹。

在大多数情况下，只要认真遵守殖民部的规定，循规蹈矩的游客都能安然无恙地离开这颗行星。但总有某些傻瓜为了满足好奇心或者经济利益，而将警告当成耳旁风——而这种家伙往往会为自己和同行者惹来杀身之祸。那些奎因人会先毫不客气地砍掉他们的脑袋，然后再在一场特别的仪式上割下自己的头颅，作为对杀戮行为的补偿。

——不过话说回来，两年发生三次屠杀事件的确是有些太多了。

"我不想要什么该死的命债！"罗南恼怒地说道，"我要那些毛蓬蓬臭烘烘的脑袋有什么用？殖民部既不能拿这些玩意儿让死人活过来，也不能用它们支付抚恤金。这些忘恩负义的狗东西，我们每年花那么多钱为他们提供医疗援助——"

　　"那点钱连殖民部颁发旅游许可证收入的十分之一都不到。"韩碧指出，"我们只是施舍了一些残羹剩饭。你管这个也叫'援助'？"

　　罗南涨红了脸："听着，殖民部已经决定永久性地结束这种该死的、无意义的流血事件，而不是……"

　　"那他们就应该加强对入境者的管理。"特伦特说道，"只要他们不去惹麻烦，麻烦就不会惹上他们。"

　　"但我们都知道，这是不可能的。"罗南慢慢地揉着他那十根裹在手套的白色布料里的粗短手指，"我们生活在一个无聊的时代——所有人都因为缺乏生存压力和娱乐过度而无聊透顶，为了五分钟的新鲜感，他们连命都可以不要。奎因人越是藏着掖着他们的'圣域'，人们对它的兴趣就越浓。你们真的认为那些以身犯险的傻瓜不知道来这儿有危险？实话说吧，有些家伙就是冲着危险才跑到这里来的。而邦联却必须替他们擦屁股！我知道那些奎因人信任你，韩博士，你是唯一一个得到他们'认可'、可以与他们共同生活的人。我不相信你真的没办法说服他们。"

　　"那您最好学会相信这一点。"韩碧耸了耸肩，"我可以安排他们与你进行一场正式谈判，特派员先生，但我可以保证，这种谈判不会有任何成果。除此之外，动用武力也同样解决不了问题——在奎因人眼里，拯救灵魂比保护肉体要重要得多。"

　　沉默。

　　"也许你是对的。既然谈判注定于事无补，那我们也没必要去白费工夫，对吧？"在片刻的沉默之后，罗南舔了舔他厚厚的嘴唇，小小的黑眼睛里露出几分得意的神色，看上去活像是一只盯上小鸡的狐狸。"不过，殖民部派我来这里，是为了阻止类似的流血事件继续发生。既然我们既不能通过武力，也无法依靠谈判解决问题，那么我只能采取迫不得已的手段，向殖民部申请将戴达罗斯α行星的禁止入境等级提升到A级。"

韩碧和特伦特交换了一个混合着恼怒与担忧的眼神——被列入A级禁止入境区域，意味着整颗行星及其周边区域将被邦联维和部队无限期关闭，任何人都不得进入该行星的大气层内，当然，也包括在这颗行星上工作的所有科研人员。尽管提升禁止入境等级的最终决定权在殖民部，但韩碧他们愿意拿出全部家当打赌，如果罗南真的提交了这么一份报告的话，坐在办公室里的那帮老爷肯定会在一分钟之内就把这份报告变成盖着官方钢印的正式文件。

"既然这样，那我认为……呃……也许试着进行一次谈判也没什么坏处。"韩碧强迫自己挤出了一丝僵硬的笑容。但愿你不得好死，你这自以为是的混蛋！"但我还有几个条件……"

3.

透过嘲鸫级运输机视野良好的舷窗向外望去，戴达罗斯α星的大地就像一片由苍翠欲滴的绿玉铺成的巨大马赛克。浅绿色的高地、平原与深绿色的峡谷像海面的波浪般层层叠叠地排列在蔚蓝的天穹之下。一座座积满了水的圆形死火山口如同蓝水晶般点缀其间。早在数十万年前就已经冷却的玄武岩平原上覆满了青翠的矮小灌木。无数带着白色伞状绒毛的种子随着温暖的晨风四处飘荡，宛如一片片有生命的雾霭。

除了似乎无穷无尽的绿色和天蓝色外，在这颗行星的地表还有另外一种颜色，一种显然出于人力而非自然之手的颜色。数以百计的巨型建筑星罗棋布地散落在一望无际的茂密丛林之中，每一座的表面上都闪烁着非自然的冰冷钢青色光泽。大多数建筑物都是规规矩矩的圆柱体，分布也相对集中，显然是公共建筑或者居民楼之类的设施。但另一些建筑的用途就很难猜测了：一座外形活像埃菲尔铁塔和勃兰登堡门混合体的巨型建筑不断从钢青色转化成淡蓝色，接着变得完全透明，随后又逆向重复这一过程；另一座看上去有些类似于玛雅金字塔的建筑上空悬浮着一个不断旋转的淡橙色花岗岩球体。当"嘲鸫"飞过一处像圣海伦斯山一样崩塌了小半边、显然曾经猛烈喷发过的火山口时，一道从山顶射出的淡紫色光芒迎头碰上了这架穿梭机——这道光芒穿透了穿梭机的外壳，像一堵移动的墙一样从正坐在客舱中相互"相面"的韩碧和罗南身边扫了过去，仿佛将他们与外部空间隔开的二十厘米厚的钛合金机壳和陶瓷隔热层不过是一层透明的糯米纸。

"唔，有意思。"当那道紫色的光墙从罗南的身边扫过时，他咂了咂两片厚实的嘴唇，"怪不得总有人想来这儿——除非亲眼目睹，否则你永远也不可能有这样的感觉。这就像……"

"像魔法一样。"拉尔夫·特伦特说道。

"哈，你们搞科学的也信这个？"

"所谓'魔法'，不过是理性与无知的分水岭。对于处于蒙昧状态的人而言，一切他们无法理解的东西都可以被视为魔法。"韩碧语气生硬地说道。

"就像阿瑟·克拉克说的那样。"特伦特补充了一句。

"以我们目前的知识水平，要理解古代奎因人的科技，就像试图阅读上帝本人的手稿一样困难——以刚才那座方尖塔为例，一个物理学专家小组曾经花了三年时间对它的工作原理进行分析，他们最后得出的结论是，要想弄清楚那些光子是如何穿透不透明物质的，人类必须先开拓一个全新的量子物理学分支学科才行。换句话说，与这些遗迹的建造者相比，我们的技术水平与石器时代的原始人并没有本质区别。"韩碧说。

在由主星戴达罗斯、伴星伊卡洛斯，以及姊妹行星戴达罗斯α和戴达罗斯β组成的戴达罗斯行星系中，古老文明的遗迹随处可见，正是它们吸引着成千上万的游客源源不断地涌入这颗气候宜人但却缺乏天然资源的偏远行星。在遥远的20世纪，一位名叫费米的学者曾经提出了一个著名的悖论：假如智慧生命在宇宙中是一种普遍现象，那么为什么一直没有任何外星人前来拜访地球？在其后的几百年里，这个悖论一直困扰着一代又一代的科学家与科幻小说作家。直到人类发明了跃迁引擎，展开真正意义上的星际航行活动后，一切才有了点眉目——最初的开拓者在数十颗类地行星表面（包括地面和海底）都发现了曾经存在的智慧文明留下的痕迹。在某些行星上，他们甚至发现了不止一个文明。

正如地球上各个区域的文明发展存在差异一样，这些古代的地外文明的发展程度也各不相同，其中一些并不比奥尔梅克人先进多少，而另一些则已经发展到了太空时代，但所有这些地外文明都有一个共同点：它们全都在大约八万地球年之前的某一天突然土崩瓦解、灰飞烟灭，从此隐没在历史的迷雾中。大多数智慧种族只留下了废墟与遗迹，而某些种族——比如奎因人——尽管幸存了下来，但却退化成了茹毛饮血的蛮族。正是在那之后，人类逐步摆脱了旧石器时代的蒙昧状态，建立起了真正的文明。科学家们针对这些文明同时消失的原因进行了旷日持久的研究，提出了数十种理论与假说，但没有人能够给出一个令大多数人信服的解释。

在所有已经覆灭的地外古文明中，戴达罗斯α文明（或称古奎因文明）是历史最悠久、发展程度最高的——没有之一。尽管时光已经流逝了八万年（按照戴达罗斯α的恒星年计算，则是六万四千年），但这个文明的绝大多数遗产却似乎并未受到岁月的侵蚀，仍然像它们刚刚建成时那样正常运转着。支撑它们运转的能源全都来自双星系统中的小个子伴星伊卡洛斯——这颗红矮星被古代奎因人整个罩上了一套类似戴森球的能量采集系统。它产生的每一焦耳能量都会被吸收、转化，输送到戴达罗斯α星，为古奎因人的设备提供永不枯竭的能源。唯一的例外是他们的量子计算机——这些利用物质的量子叠加态进行高速运算的设备，全都在古奎因文明崩溃的同时变成了无法工作的废铜烂铁，没人知道其中的原因。

"那么，"罗南又一次呷了呷嘴唇，"那个所谓的'圣域'又是怎么回事？我听说那似乎也是他们的祖先建造的某种设施……"

"可以这么说吧。"特伦特点了点头，"根据我们的推测，'圣域'其实是类似仓库的地下储存设施，堆放着数以万计的记忆晶阵——那是古代奎因人用来储存信息的装置，其中的信息可以通过一种特制的信息读出设备转化成脑电波形式，直接'输入'浏览者的大脑。不过，我们迄今为止发现的所有信息读出设备，都与存放在'圣域'的晶阵不匹配，因此，我们无法判断其中到底储存着什么信息。一种较为普遍的看法是，这些被集中储存起来的记忆晶阵是损坏的废品，古代的奎因人将它们存放在那里是为了将来回收利用。不过，这些都仅仅是推测而已——奎因人从来不允许任何人触碰放在'圣域'里的晶阵，更不可能允许我们将它们带回去研究。"

"照这么说，"罗南语带讥讽地问道，"你的意思是，那些家伙一天到晚顶礼膜拜的'圣域'，不过是一些可笑的、毫无意义的垃圾堆放场？"

"特派员先生，我希望您在谈判时不要发表类似的言论。"

韩碧冷冷地说道，"奎因人相信，存放在'圣域'的那些记忆晶阵里栖息着他们远祖的灵魂，因此他们对'圣域'有着近乎狂热的尊崇，任何被他们认为是玷污圣域的行为都有可能引发严重的流血冲突，如果——"

"尊崇？我看恐怕是畏惧吧……"罗南发出一声阴沉的冷笑，"对缺乏理性思维能力的原始人而言，崇拜往往源自趋利避害的本能，源自惧怕而非热爱——他们惧怕无法控制的自然力，惧怕无法预测的命运，当然，更惧怕他们的头脑想象出来的危险。源于畏惧的崇拜是最普遍的，但同样也是最脆弱的：一旦人们不再害怕某种事物，对它的崇拜就会随之消失。"

"你这话是什么意思？"拉尔夫·特伦特皱起了眉毛。

罗南没有回答这个问题。

4.

光，充满了戴达罗斯 α 行星赤道地区最大的死火山——新奥林匹斯峰中空的山腹，在这里，没有人能够找出真正的光源：充斥这里的光线并非来自灯具、火焰或者其他发光体，亦非完全来自由布满绿色植被的火山口射入的阳光，更不是从火山已经凝固的岩浆通道表面或者人们脚下的火成岩地面上发出的。作为这颗行星上最负盛名的景观之一，无穷无尽的光子从山腹内每一立方微米的空间恒定而源源不断地凭空涌出，像水一样溢满这处巨大的地下空间每一个最微小的角落，让所有置身此地的人都沐浴在恒常永在、无始无终而又永远无法被遮蔽的温暖光芒之中。这里没有黑暗，没有阴影，没有寒冷，更不存在与黑暗和寒冷伴生的恐惧——早在文明的孩提时代，这种恐惧就已经深深烙入了作为昼行性动物的人类的DNA中。

在周遭奇观的映衬下，奎因人"侍圣者"们居住的村庄看上去愈发显得粗陋不堪，活像一堆脏兮兮的微缩建筑模型。几十座粗糙打磨的火山岩垒砌而成、没有房顶的矮小石屋，就是这个村子几乎全部的"不动产"。这里没有奎因人的村落中常见的畜栏和菜园，也看不到散养的小型家禽和家畜——"侍圣者"由来自不同血缘氏族的志愿者组成。他们自愿奉献终生守卫"圣域"，一切衣食用度全靠自己的氏族接济。

在村子中央，一圈低矮的石墙圈出了一块面积与一座标准游泳池差不多大小的圆形空地。这片空地上堆放着数以万计的瓦蓝色棱柱体，每根棱柱都有半个成年人高，直径与成人手掌长度相仿，有着一模一样的正六边形截面，像蜂巢里的蜂房一样整整齐齐地排列在一起——这就是"侍圣者"们自愿终生守护的"圣域"，他们眼中远祖灵魂的寄居之处。

当罗南一行沿着一条似乎是自然形成的通道进入新奥林匹斯的山腹时，奎因人早已派出了他们的欢迎队伍：两百名侍圣者在村外排成了一列。这些自愿终生守护"圣迹"的本地土著，个头最矮的也有两米一以上，装备着一尺来宽的小圆盾和一头镶嵌着黑曜石锋刃的大头棒，像接受检阅的士兵一样整整齐齐列成两队，要不是在不到一百米外就站着十二名由电磁突击步枪武装起来的、负责保护殖民部特派员安全的陆战队员，这番阵势看上去倒还颇有几分威慑力。

在这支石器时代水平的卫队簇拥下出场的，是代言者勃克。这位活了九十五个地球年的老者已经上了年纪，皮肤像脱水的梅子干一样干枯皱缩，脊背和肩窝上的鬃毛也已经变成了枯树叶般毫无光泽的棕灰色。他的腰间围着一条用塑料编织袋和晾干的动物神经缝成的缠腰布，脚上穿着一双女式厚底高跟鞋，鞋尖上还缀着一颗明晃晃的假钻石——向奎因人赠送用玻璃或者塑料制成的假宝石制品已经成为游客们的一种习惯。对某些游客而言，这么做有双重好处：既能以低廉的代价博得对方的好感，也可以让自己在这些"愚蠢的原始人"面前享受到某种智力上的优越感，就像用塑料香蕉逗弄被关在笼子里的猴子一样。

这就是一切问题的根源之所在。韩碧摇了摇头。大多数人都把戴达罗斯α星当成了一座动物园，奎因人则是动物园里最聪明、最有趣的那群动物——对他们而言，奎因人存在的价值就是供他们参观。他们傲慢地扔给动物一点残羹冷炙，然后就认为动物们应该为他们的仁慈而对他们感恩戴德。

"向您致敬，诸代言者之首。"韩碧用一种低沉的、听上去就像一连串混在一起的喘息与口哨声的语言对那位老者说道。奎因人的发音器官与人类的声带有很大差异，他们语言中的大部分词汇都位于人类发音器官无法发出的次声波段。现在韩碧说的这句问候语是少数几句人类能够不借助翻译仪器就直接说出的奎因语之一。"我们带着诚意来到此地,"她改用英语说道,"这位是——"

"我是邦联殖民部的特派员罗南。"罗南毫不客气地打断了她的话,同时用轻蔑的目光扫视着面前的奎因人,仿佛打量一群正在腌臜地方找食的野猫,"这么说,你就是奎因人的谈判代表?"

"你可以这么认为,特派员。"代言者用沙哑的声音答道。由于发音器官的差异,奎因人虽然能讲人类所使用的任何一种语言,但说话时的声音听上去就像是得了重感冒似的,让人很不舒服。"我是代言者,我所说的话,你可以认为是我的全体血亲所说的。"

"很好,"罗南说道,"你知道邦联殖民部为什么派我来这里吗?"

"不知道。"

"我奉命与你们进行交涉,就最近发生的流血事件展开谈判。"罗南的语气显得很不耐烦,"据我所知,在一个月前——也就是你们这里的十九天前,你们的人在离这里两千米外的一处溪谷中,谋杀了十四名无辜的游客……"

"但这件事已经结束了,我们已经支付了赔偿。"勃克的灰色角质嘴唇愤怒地颤抖着,"你的要求毫无意义,自相矛盾,我们无法理解。"

"少跟我来这一套!"罗南吼道, "你知道我在说什么——我代表邦联当局要求你们作出保证,类似于那样的流血事件永远不能再度发生!你们的人永远不能再对那些不会对你们造成任何威胁的没有任何武装的游客发动无端攻击!能听懂我的话吗?"

"不能。"勃克回答得非常干脆, "你的话仍然自相矛盾,难以理解——我们从来没有、也不可能进行无端的攻击,因为没有任何行为是可以'无端'进行的。当我们有所行动时,必然要先有一个明确的目的作为其前提与动机。"

罗南恼怒地回头看了一眼正在努力掩饰嘴角露出笑意的韩碧和特伦特,仿佛是他们教这位奎因人这么说的。"我没兴趣和你继续玩这种无聊的哲学游戏,你这个……"他咳嗽了两声,没有把后半截话说出来, "好吧,我希望你先解释一下,为什么没有任何武装的游客可能让你们产生追击并杀害他们的动机?就因为他们试图未经许可拍摄你们的'圣域'?"

"因为他们的所作所为对我们构成了巨大的威胁。"勃克说道, "他们的那种东西——"他用细长的手指比划了一个球形,显然指的是摄影记者们常用的蜂式智能摄像机, "像那样的东西是不能接近'圣域'的,它会唤醒栖居其中的永世长眠者,这是绝不能允许的。"

"永世长眠者?你指的是你们祖先的灵魂?"

"是的。"

"你们真的相信你们祖先的灵魂就储存在这些……东西里，而不是在别的地方？"罗南冷笑着问。

"确信无疑。"勃克回答。

"那么，你们见过那些灵魂，或者曾经与它们沟通过吗？"

"没有。"

"也就是说，你们其实并没有证据能够证明你们祖先的灵魂就待在你们所谓的'圣域'里？更没有证据可以证明如果被……打扰的话，你们祖先的灵魂就会来找你们的麻烦。对吗？"

"我们不需要证据，"代言者答道。不知为何，他的语气中流露出了一丝慌乱："你何必去证明那些你已经知道的东西？"

"可笑！"罗南冷笑着摇了摇头。接着，这位殖民部特派员突然做出了一个让在场的所有人都始料未及的举动——他粗暴地推开了挡在面前的几名代言者，大步穿过位于村子中央的小广场，朝着被矮墙围起来的"圣域"走去。

两名守在墙边的侍圣者举起了短矛和大头棒，试图阻止这个胆敢在众目睽睽之下接近"圣域"的地球人。但罗南只花了不到五秒钟就解决了他们——特派员首先冲向从左侧攻来的对手，在闪过朝他刺来的短矛的同时，以一种与他的臃肿身躯完全不相称的敏捷身手连续踢中了对方的胸部和喉咙，紧接着，他旋身躲开了从身后呼啸而来的木棍，反手抓住第二名侍圣者的双肩，将这个奎因人重重地摔了出去。

"住手！该死的，住手！"拉尔夫·特伦特大声喊道，韩碧愤怒地尖叫起来。负责保护罗南安全的陆战队员们则爆发出一阵喝彩声，而在场的奎因人却纷纷发出了震惊的怒吼。罗南没有理会这些从身后传来的声音，他径直翻过那道矮墙，踏进了奎因人眼中神圣不可侵犯的"圣域"。接着，他来到那些如同蜂房般紧紧排列着的瓦蓝色晶体旁，用双手握住其中一个，像亚瑟王拔出石中剑一样缓缓地将它抽了出来。

"不——"韩碧喊道。

"看看这个！你们这些被迷信与恐惧蒙蔽了双眼的家伙！在无知的黑暗角落中裹足不前的蠢材！"罗南像举起奖杯的冠军一样，将那根晶阵高高举过头顶，"看看这个吧！你们这群蜷缩在蒙昧迷雾中的不幸者！这里面根本没有什么灵魂，更没有什么危险：它们只不过是你们祖先的造物，是由一群与你们一样的人制造出来的东西，仅此而已！"

"该死的！你知道你在干什么吗？"韩碧恼怒地问道。

"我当然知道我在干什么，博士！"罗南说道，"我在帮助这些可怜的人，帮助他们摆脱这种源自无理性的恐惧的盲目崇拜。这一切必须结束！也只有这样，他们才能放弃这些愚蠢的、毫无意义的禁忌，我们才能避免下一次流血事件！我要让他们亲眼看到，这里根本就不存在什么永世长眠者，也没有什么蛰伏的鬼魂，只有——"

一支标枪在空中划过一道弯曲的抛物线，擦着罗南的帽檐飞了过去，燧石枪尖在地面上敲出了一蓬金色的火花。紧接着，另外几个奎因人也将标枪举过头顶，准备投掷——

但他们没能成功。

随着一串电磁步枪开火时特有的短促"嗖嗖"声，负责保卫罗南的精锐陆战队员们已经抢先开火击中了这些奎因人。高速飞行的钛合金穿甲弹头像撕裂纸片般撕碎皮肉，切断骨头，眨眼之间就将它们的牺牲品变成了地面上面目模糊的血肉残块。

"住手！住手！"特伦特愤怒地大喊着，但他的呼吁没有起到任何作用。在他身边，一场一边倒的战斗正以残酷的高效率迅速进行着——陆战队员们迅速聚拢成半圆形阵势，将罗南和两名科学家护在他们身后，同时向每一个敢于接近到二十米内——这是奎因人标枪和投石索的最大有效杀伤距离——的目标倾泻子弹。

愤怒的奎因人在电磁突击步枪的密集火力下像被割倒的麦子般纷纷倒地。他们富含铜元素的鲜绿色血液从被撕裂的血管中流出，像一丛丛蔓延的藤蔓植物般在地面上四处流淌。

接着，这场屠杀戛然而止。

"你们有五分钟时间，"勃克的声音仍然一如既往地干涩嘶哑，但却增添了几分不容妥协的威严。他遍布皱纹的灰色手掌中握着一把用动物甲壳打磨成的短刀，刀刃正紧紧地贴在另一个人柔软的颈动脉上。"放下圣物，留下那个人做人质。"他伸手指向拉尔夫·特伦特，"其他人离开这里，否则她就得死。"

"照他说的做！"虽然正被一把刀子顶着喉咙，但韩碧的声音中却没有丝毫恐惧。在刚才的一片混乱中，没人注意到她是何时离开负责保护她的陆战队员的视线，又是如何落到奎因人手里的。

"相信我，他们真的会动手的！"韩碧高声叫喊。

罗南极不情愿地将高举着的记忆晶阵放回了原位，黑色的小眼睛里闪烁着恼怒的光芒。"我们会回来的。"在一番权衡考虑之后，他丢下了一句话，带着他那群武装到牙齿的保镖离开了。只有被指定作为人质留下的拉尔夫·特伦特还留在原地。

"我相信他这话是认真的。"当最后一名陆战队员从视野中消失后，特伦特无奈地耸了耸肩，"所以，我真心希望你们知道接下来该怎么办。"

5.

夜深了。

在新奥林匹斯峰的山腹内，昼夜的变化几乎无从察觉。每时每刻都充斥着这里的柔和光芒将这里的时间永远定格在了正午。唯一能让人们意识到夜幕降临的只有位于"圣域"上方的椭圆形火山口处露出的那一小块夜空——现在，戴达罗斯星的光芒已经彻底黯淡下去，越来越多的星辰正出现在渐渐由橙黄色转为青灰色，然后又变成一片深不见底的黑色的天穹上。

"你觉得那家伙现在在干什么？"拉尔夫·特伦特端着一杯

刚刚烧好的白开水，在韩碧身边坐了下来。后者现在正坐在"圣域"周围的一截矮墙上，抬头仰望着点缀在黑天鹅绒般的夜幕上的群星，"我知道你是故意成为奎因人的人质的，但这么做只是让罗南那家伙得到了更多对奎因人采取强硬措施的口实。说不定他现在正忙着通过星际通讯网向邦联殖民部发送报告，告诉当官的那些野蛮的奎因人是如何背信弃义地对前去谈判的代表团发动袭击，又如何卑鄙无耻地绑架了两位手无寸铁的科学家……"

"我倒巴不得他这么干，"韩碧干巴巴地说道，"至少殖民部的行事作风一贯谨慎，如果他们知道了奎因人手里握着两名人质，肯定会在第一时间指示他们的特派员不得轻举妄动。我现在怕的是那家伙搞个先斩后奏……"

"什么？"

"按照《殖民地特殊状态处置法》，在紧急状况下，殖民部特派员有权派遣随行的安全部队或者殖民地民兵执行低烈度军事任务，而不需要事先获得殖民部的批准。"韩碧叹了口气，"比如营救人质……"

"营救？我敢拿我的教授头衔打赌，他那号人才不会关心我们是死是活呢！"特伦特摇了摇头。

"所以他才更有可能这么做。"韩碧说道，"想想看吧，你真以为罗南今天下午的行为不过是心血来潮？不，他从一开始就不相信奎因人会答应他的条件。所谓的'谈判'不过是个幌子——他真正的目的是毁掉奎因人的信仰。我从一开始就很清楚这一点。"

"呃？"

"你对罗南这个人了解多少，拉尔夫？"韩碧问道，"你知道他是提升派的主要支持者之一，而且还是其中最积极的一个吗？"

"呃？"特伦特依旧是一脸茫然的表情，"提升派？"

"要是你愿意多花点时间看看新闻，而不是一天到晚宅在实验室里，我想你就不会问这种问题了。"韩碧有些不悦地说道，"所谓的'提升派'，和当年想'教化'澳洲土著的白澳分子完全是一个模子倒出来的蠢蛋。他们相信，帮助那些落后种族达到'更高的文明层次'，是先进种族命定的义务。在最近几年里，这帮人在殖民部的影响力一直在上升，把罗南中校派到戴达罗斯α星就是他们最新的一步棋——如果他们能通过事实证明自己的理论的话，公众对他们的支持率肯定会大幅度上升。我想罗南大概以为，只要能终止奎因人对'圣域'的崇拜，他就能让他们脱离蒙昧状态，主动拥抱'文明'。"

"那他肯定……"特伦特摇了摇头，"有人来了。"

是勃克。

奎因人的代言者看上去相当疲惫，本就凌乱的灰白色毛发现在已经变成了绒毛球似的一团，爬行动物般的黄眼睛里闪烁着犹疑不决的神色。他缓慢地扣着两排细小的槽牙——在奎因人的面部表情中，这是犹豫的表现。"我有……东西要给你们看。"他吞吞吐吐地说道，"跟我来。"

在勃克的带领下，两人离开侍圣者的村庄，来到了不远处的一个天然岩洞中。这个岩洞的空间相当狭窄，光线也比外面要昏暗得多。洞内的地面上摆放着几张草垫和一些盆盆罐罐，还有几只用植物纤维编织而成的大草篮。勃克默不作声地在这些篮子旁徘徊了一阵，似乎正在犹豫是否应该把那东西拿出来。但他终于下定决心，打开了最大的那只篮子，从里面取出了两样东西。

尽管这两样东西都包着褐色的动物毛皮，但特伦特和韩碧还是凭着外形认出了它们，第一件东西是一个标准的六棱柱体，显然是古代奎因人留下的众多记忆晶阵之一；而另一件东西则是一个被镂空的圆柱，直径比勃克拿出的那个六棱柱要略微大一点儿，很显然，这应该就是与那块记忆晶阵配套的信息读出设备了。

"你们带了……那个吗？"勃克解开包裹在两件东西上的皮毛，将记忆晶阵插进了读出设备的六边形孔洞里。片刻之后，晶阵表面的瓦蓝色变成了晶莹的冰蓝色——这意味，它储存的信息正以奎因人的脑电波形式被正常读出。

"我这里有一套。"特伦特点了点头，从大氅的衣袋里取出了一套与20世纪末曾经一度流行的"随身听"有些类似的设备。这套俗称"翻译机"的装备是戴达罗斯α星人文与自然科学研究所的诸多小发明之一，它唯一的用处就是将奎因人的脑电波形式"翻译"成人类的脑电波形式，从而让研究人员能够正常使用古代奎因人留下的那些数据读出设备。特伦特迅速将这套"翻译机"的设置检查了一遍，重新设定了几个工作参数，然后将它递给了韩碧。

"不，"勃克突然说道，"她不行，你来。"

"我？"特伦特不解地看了勃克一眼，但还是照他说的将翻译机的"耳机"贴在了自己的前额上，然后拉过一张三角凳坐下来。

短短几分钟过后，他脸上疑惑的神色逐渐转化成了强烈的惊讶，接着，这种惊讶又变成了喜悦。

"是的！"特伦特突然大喊了一声，把韩碧吓了一跳，"是的！罗南是对的。那不是尊崇，是畏惧！这就说得通了……"他关掉了翻译机，"他是对的！该死的，罗南是对的！"

"你说什么？"韩碧几乎不敢相信自己的耳朵，"谁是对的？"

"罗南。你还记得他在来这儿的路上对我们说的那些话吗？"拉尔夫·特伦特的神情看上去相当复杂，他褐色的眼睛里既闪烁着兴奋的光芒，也潜藏着隐约的担忧与不安，"他当时对我们说，奎因人对'圣域'的崇拜很可能源自畏惧而非热爱。他们之所以派人对'圣域'严加看守，是因为他们害怕……"

"害怕？"

"没错，他们相信自己祖先的灵魂就栖息在那些存放于'圣域'中的记忆晶阵中。"特伦特语气激动地说道，"我们以前一直以为那只不过是个传说，但……但那是真的！呃……我是说，如果这件记忆晶阵里的资料属实的话，那'圣域'里就确实储存着奎因人祖先的灵魂！"

"你在开玩笑。"韩碧一脸难以置信的表情说道，"这世界上怎么可能存在灵魂这种东西？也许是哪个奎因人无意间把哪块'圣域'里的记忆晶阵插进了匹配的读出设备里，结果听到了自己祖先的声音。所以他们就以为……"

"你难道忘了吗？"特伦特连连摇头，"存放在'圣域'的所有记忆晶阵都无法与我们迄今为止所找到的任何型号的数据读出设备匹配！"

"对……"

"况且从理论上讲，假如我们将'灵魂'定义为'脱离躯体的个体意识'的话，那么它并非不可能独立存在——我刚才所接触到的古奎因人科技资料就已经向我证明了这一点。"特伦特继续说道，"在各种解释意识产生原因的理论中，有一种理论认为，意识是脑组织内电离电子的量子叠加态作用的产物，如果这一理论成立，那么我们就可以解释计算机的问题了……"

"什么计算机？"韩碧听糊涂了。

"你忘了？戴达罗斯 α 星的古文明是迄今为止发现的所有古代地外文明中唯一拥有成熟的量子计算机技术的文明。在文明崩溃时，他们的大多数科技产品都毫发无损，但量子计算机却全都瘫痪了。"特伦特解释道，"我们一直不明白这两件事间有什么关系，但按照这套记忆晶阵中的记录，古代奎因人的物理学家已经发现，宇宙的基本物理法则每隔数百万到上千万年就会发生短暂的变化——他们将这种变化称为宇宙的'脉动'。在每次'脉动'过程中，物质的量子叠加态将不能稳定地存在。换言之，每当这样的'脉动'发生，宇宙中的文明就会被全部毁灭，然后一切都只能从头再来。"

"难道就没有办法阻止这种事吗？"韩碧问道，"一切自然现象都可以被利用或者改造，在过去的上百亿年里，怎么可能没有任何文明找出阻止'脉动'的办法？"

"因为'脉动'问题事实上不可解——古代奎因人曾经就这一问题进行过长期研究，但他们得出的结论是：计算出解决这一问题所需方法的时间远远超出两次'脉动'间的最长时间间隔，因此他们把这称为'脉动困境'。"特伦特激动地深吸了一口气，"这就是费米悖论的真正答案：之所以没有更先进的外星文明拜访地球，是因为我们就是最先进的——至少是最先进的之一！在大约八万年前，人类就获得了意识……"

"但是——"

"我知道你要说什么，"特伦特说道，"从进化角度上讲，人类这个物种已经存在了几十万年，或许是几百万年——这取决于你是否将早期直立人与南方古猿也算入'人'的范畴。但人类拥有真正意义上的思维能力，也就是我们所谓的'意识'或者'智慧'，是在六到八万年前的事。没错，在那之前，人类也具有社会性，能够制造工具，但这都是出自本能的行为，与蜜蜂筑巢、海狸筑坝没有什么区别。直到最近一次'脉动'结束后，人类社会才因为某次随机量子事件而产生了意识，从而开始了真正意义上的进步。而与此同时，那些比人类先进的智慧种族都已经因为'脉动'过程中物理规则的变化而丧失了意识，退化成了依照本能行动的动物。"

"但这说不通啊，"韩碧摇了摇头，"在原有文明崩溃后，并不是所有智慧物种都退化成了动物，还有少数物种仍然保留着起码的智慧——比如奎因人。"

"这'说不通'的地方就是关键所在，"特伦特挥了挥手，"奎因人并没有'保留'他们的智慧，他们——怎么回事？"

"来了！"一名年轻的代言者学徒掀开盖住岩洞入口的皮帘子，跌跌撞撞地冲了进来。他没有按规矩向勃克行礼，灰色的角质脸颊涨成了淡紫色——这是奎因人在感到极度恐惧时的表现，"他们来了！"

"什么来了？"韩碧问道。

"是那个人，"学徒改用英语说道，"他回来了，带着很多人！"

6.

这次奇袭进行得干净利落，堪称特战经典。

在夜幕的掩护下，一百名训练有素的陆战队员只花了不到一分钟，就穿过新奥林匹斯峰的火山口索降到了奎因人的村落中央。在大量催泪弹和闪光手雷的双重夹击下，那些毫无防备、昏头昏脑的奎因人甚至还没弄明白到底发生了什么事，就已经被从天而降的陆战队员们解除武装，戴上了塑料手铐，然后像牲口一样驱赶到了村中的广场上。在整个行动中，总共有四名奎因人被打死，十几人受伤，而罗南这边的全部伤亡仅仅是一名在索降时不慎扭伤了脚踝的陆战队员。

"啊哈，你们来得可真是时候。"当韩碧、拉尔夫·特伦特与勃克赶到广场时，罗南的嘴角露出了一丝混合着嘲讽与得意的微笑，"看来你的奎因人朋友并没有伤害你和特伦特教授，这可着实是件令人宽慰的事情，韩博士。"

"该死的！"当看到罗南身后的陆战队员们正在做的事时，韩碧不由得惊呼失声——如同蜂房般整齐排列在"圣域"中的上万支记忆晶阵的表面已经被贴上了一层黏土般的黄褐色塑性炸药，几名陆战队员正忙着将一枚枚用于起爆的圆筒状引信插进这层塑性炸药里，"你这是干什么？你疯了吗？"

"疯？我当然没有疯，我很清楚我在干什么。"罗南站在那堵围绕着不可侵犯的"圣域"的矮墙前，带着睥睨的神态俯视着那些戴着塑料手铐、被陆战队员们押到广场上的奎因人，活像是正在检视战俘的亚述国王。"他们，这些所谓的'侍圣者'才是真正的疯子——花费一生看守一堆毫无价值的垃圾，甚至不惜为此而滥杀无辜，这不是疯狂又是什么？作为一个文明人，我有权利、也有义务结束这种疯狂，让——"

"你是对的，中校。"拉尔夫·特伦特说道，"你是对的，勃克刚才向我提供了一些可靠的信息。奎因人对'圣域'的崇拜确实如你所说，是源自对其中潜藏的危险的恐惧。所以我恳请你不要破坏存放在'圣域'中的任何东西。这么做相当危险，很可能会释放出那些奎因人一直极力避免……"

"恐怕我不这么认为，特伦特教授。"罗南轻轻地摇了摇头，"我们都知道，这些所谓的记忆晶阵不过是古代奎因人的信息储存设备而已，不是被所罗门封印的魔瓶，它们和我们使用的磁带与光盘没什么区别。而据我所知，如果我扯断一根磁带，或者踩碎一块旧硬盘，里面是不会有什么妖魔鬼怪冲出来把我的肠子掏出来的。对吧？"

"对，哦，不，你不知道……"特伦特的声音因为慌张而变得结巴起来，"这不像你想的那样……这里有一些装置，一些……别的装置。这是某种……故障保险系统或者类似的东西。你不能……"

"你这么做是违法的！中校！"韩碧厉声说道，"《殖民地土著智慧种族保护法》中有明确的规定，在没有获得殖民部批准的前提下，任何破坏土著居民宗教圣地、崇拜物或者——"

"我和你一样清楚那些规定，博士，但事后求取原谅总是比事先取得同意和批准要容易得多。"罗南耸了耸肩，"相信我，我的做法对所有人都是最好的。"

"现在，起爆！"

刹那间，仿佛有人在这座山洞中同时点燃了一万颗超新星，强烈但却毫无热度的冷光在瞬间淹没了这里的每一个人，剥夺了他们的视觉，将他们眼中的世界变成了一团光怪陆离、扭曲盘绕的斑驳色彩。

韩碧听到了无数的声音——其中一些是惊慌失措的陆战队员们发出的尖叫，但更多的则是奎因人绝望的呐喊声。她感觉到有一些尖锐的物体碎片正以极高的速度四散飞溅，其中一些划过了她的脸颊。她感到疼痛，有很热的东西沿着脸颊流到了脖子上。

当韩碧的双眼终于不再因为刺痛而流泪时，她发现那些曾经整齐排列在"圣域"中的记忆晶阵已经变成了满地的蓝色碎片，就像是鸟类或者爬行动物所产的蛋孵化后留下的碎蛋壳。大多数陆战队员仍然三五成群地蹲坐在一起，用力揉着泪流不止的双眼，而那些被押到广场上、被迫观看这一幕的奎因人——包括勃克和他的学徒在内——则全都倒在了广场的玄武岩地面上，像母胎中的婴儿一样蜷缩成一团，只有微微起伏的胸腔表明他们仍然活着。

"这……是怎么回事？"罗南用衣袖抹着眼泪，不可置信地看着身边发生的一切，"这些……这些……他们都怎么了？"

"你刚刚杀了他们。"拉尔夫·特伦特面色死灰地说道，"或者说，你等于是杀了他们。"

"我……什么？"

"现在一切都清楚了。"特伦特摇了摇头，喃喃自语道，"这些所谓的'圣域'，是古代奎因人为了让他们的文明逃过所谓的'脉动'的劫难而设下的最后保险——他们精确地预测出了最近一次'脉动'的发生时间，并在此之前从大脑中分离，或者至少是复制了自己的意识，并将它们保存在这些特制的记忆晶阵里。当'脉动'结束后，负责控制'圣域'的计算机系统会自动将这些处于储存状态的意识从晶阵里释放出来，并通过某种我们还无法了解的方式重新'植入'奎因人的大脑中。"

"但是，"韩碧问道，"既然储存在晶阵中的意识一直没有被……呃……释放，奎因人为什么仍然拥有智慧呢？"

"这和我们之所以拥有智慧是同一个道理。"特伦特答道。这时，几名奎因人已经开始轻微地颤抖了起来，透明的瞬膜后面的黄色瞳孔急剧地反复缩放着，"很显然，在'脉动'期结束后，原本已经退化的奎因人又因为某场偶然的量子事件而再度获得了意识与智慧——正如八万年前地球上的早期智人那样，而这一事件同时也阻止了'圣域'的控制系统释放处于储存状态下的意识——我认为，古代奎因人很可能并不完全认同'脉动'理论和意识的量子叠加态本质理论，因此他们在设计'圣域'的控制系统时也赋予了它某些检测手段：假如奎因人真的在'脉动'中丧失了智慧，那么它就会照常运行，反之则会继续处于待机状态。"

"'脉动'？"罗南仍然是一脸迷茫。现在，更多的奎因人已经动了起来，看上去似乎随时就会醒来。"你们到底在说些什么？我不懂——"

特伦特没有理睬他，"按照那套记忆晶阵里的记载，'圣域'的控制系统还附带有一套损坏管理机制。如果遭到严重的外力破坏，它将会自动实施意识再植入行动。后来，重新进化出文明的奎因人在机缘巧合下找到了勃克给我的那套记忆晶阵和信息读出装置，并摸索出了它的使用方法……"

"所以奎因人才对每一处'圣域'严加保护！"韩碧恍然大悟地点了点头，"他们之所以为了保护'圣域'而不惜杀人，是因为担心'圣域'遭到破坏后会将它所储存的意识，或者他们所说的'灵魂'释放出来——他们知道，一旦被祖先的'灵魂'占据自己的大脑，那他们就等于是死了。"

"不完全是这样。"一个沙哑的声音说道。勃克已经重新站了起来——尽管他还是那个毛发灰白、腰间围着塑料袋缠腰布、脚穿厚底高跟鞋的勃克，但即便是罗南也能注意到，他身上有什么地方已经变了，而这种变化让他感到不寒而栗。

站在罗南身边的几名陆战队员显然也感觉到了恐惧，并本能地举起了电磁突击步枪，但仅仅片刻之后，他们就在惊恐而痛苦的尖叫声中纷纷丢掉了自己的武器——这些杀人工具如同艺术品般精致的钛合金外壳在短短几秒内就从闪亮的银色变成了炙热的红色，然后又变成了如同熔融的黄金般的灿烂金色。最后，随着勃克举起一根布满灰色鳞片的手指，所有突击步枪都发出了令人牙酸的"嘶嘶"声，它们的轮廓开始融化、消失，最终遵循质能转换定律转化成了纯粹的能量，像溶入水中的盐块般消失在新奥林匹斯峰山腹内温暖的空气中。

接着，山腹内突然黯淡了下来，光线不再凭空涌出——至少在大部分地方是这样。光源现在集中在了村子中央的小广场上，而且似乎变得愈发明亮温暖了。在耀眼光辉的笼罩下，越来越多的奎因人正从昏迷中苏醒，宛如一群重生的神灵。

不，他们本来就是神灵。韩碧下意识地后退了几步。没错，对处于蒙昧状态的人而言，一切先进到无法理解的程度的科技都是魔法。而施行魔法的，自然是神。

"我被释放了。"勃克——或者说，那个在沉睡八万年后归来的"灵魂"——继续用标准的英语说道。这纯粹是个陈述句，听不出感激、愤懑、激动或者其他任何情感，"但与我预期的不一样，我现在和另一个意识相互重叠。我——他——我们……我们现在可以被视为一个统一的完整意识。原计划出现了预料之外的误差，但结论仍然是正确的。"他不带感情、例行公事般地说完了这句话，接着就闭上了眼睑和瞬膜，似乎正在思考某个难以理解的深奥哲学问题，"我们现在还有最后一个环节需要完成。"

"最后一个环节？"罗南问道，"这是什么意思？"

勃克薄薄的嘴唇扭动了一下，似乎想要露出一个讥讽的笑容。接着，他消失了。

其实，用"消失"这个词形容方才发生的一幕并不恰当，更贴切的说法应该是"蒸发"或者"升华"——构成他身体的物质在一阵沙哑的嘶鸣声中迅速崩溃、分解，眨眼间就化为乌有。接着，第二个、第三个……越来越多的奎因人站了起来，对他们微笑，然后一个接一个像风中的灰烬般消失无踪，仿佛他们从来未曾存在过一样。

"他去了哪儿？他们到底去了哪儿？"罗南用力摇晃着韩碧的肩膀，仿佛要把她的胳膊整个从肩关节上卸下来，"他们到底要干什么？你是研究奎因人的专家，你肯定知道——"

"我研究的是现代奎因人的社会心理学，不是古奎因人的心理学。"韩碧摇了摇头，"现代奎因文明与古奎因人文明是两个完全独立、毫无瓜葛的文明。我无法通过对前者的任何理解来对后者加以推断。"

"也许我知道，"拉尔夫·特伦特语气急促地插话道，"如果我的推测没错的话，所谓的'最后一个环节'很可能正是——"

"不！"罗南的尖叫打断了特伦特的话。仿佛患上了某种可怕的传染病一样，他发现自己的身体就像那些正在"蒸发"的奎因人一样开始了由下而上的崩溃！

首先消失的是双脚，然后是腿部、骨盆和腰部。从血管断面中喷出的血液在刹那间就变成了苍白的雾气，肌肉蛋白、碳酸钙和角质蛋白像落入水中的固态金属钠一样尖叫着化为乌有。罗南甚至感觉不到疼痛——在代表疼痛的生物电信号被传到大脑之前，组成信号的自由电子就已经和承载它们的神经组织一同分崩离析了。

"是的，是的！"当这种毫无痛苦的毁灭发展到腰部时，拉尔夫·特伦特兴奋地喃喃自语道，"就是这样！我早该知道——"

他没能把这句话说完，因为他的肺部和气管在那之前就已经崩解成了无数亚原子微粒。黑暗像天鹅绒帷幕般从四面八方降下，裹挟着他残余的意识沉入了安宁静谧的深渊。

7.

这颗行星不会存在多久了。

戴达罗斯α曾经是一颗生机勃勃的绿色行星，但它现在看上去更像是一颗融化了一大半的夹心软糖。原本覆盖行星表面的生物圈已经不复存在，橙黄色的岩浆与鲜红色的铁-镍物质不断从遍布残存的地壳表面的裂缝与火山口中涌出，就像从伤口中流出的鲜血。以氮、氧和二氧化碳为主的大气正在迅速流失，而失去大气层保护的海洋则已经凝固成了冰蓝色的晶体。在行星的北半球，大部分地壳和地幔物质已经不复存在，残余的星体物质正以肉眼可见的速度分裂、消失，仿佛正被一张无形的巨口逐步吞噬。

　　一个直径不到十公里的银色球体悬浮在这颗垂死行星的伤口上方——不，它其实并不完全存在于这里。除了一层处于中子简并态的超高密度壳体之外，它的绝大部分物质都同时拥有近乎无穷个量子态，它既存在于这里，也存在于无数条它有可能存在的时间线上；构成它的每一个粒子既存在于球体内的三维空间中，但又不完全存在于此处。每分每秒，都会有更多被肢解成基本粒子的行星物质涌入这个空间，随后被转化成这个庞大的、容纳了数以百万计的意识的量子系统的计算能力。

　　它是罗南，是韩碧，是拉尔夫·特伦特，是勃克，是罗南的精锐陆战队员们，是居住在"圣域"的诸多侍圣者，是那些沉睡万年的"灵魂"，是每一个曾经生存在戴达罗斯α星的智慧生命。它是两个文明涅槃后的伟大余烬，是一个可以近乎无限扩充计算能力与智能的有机体。它的存在只有一个目的：求解一个以其他方式永远不可能解出的问题。

　　"脉动"问题在理论上是可解的，但解出这个问题所需的计算能力与智力远远超出了一切文明在两次"脉动"的间歇期中所能够达到的极限。在奎因文明的前世中，他们已经意识到了这一点，并制定了相应的对策——但它同样也清楚，即便如此，它所得到的也仅仅是一线希望，一点微渺的不确定性。这是一场从八万年前就已经拉开序幕的豪赌，而赌注则是这个宇宙中的每一个灵魂。这么做的胜率到底有多少？对这个问题，它完全无法给出答案。

　　当戴达罗斯 α 星的内核终于暴露在宇宙空间中时，它停止了对这个问题的思考——它已经耽搁了整整八万年，现在，每一个量子比特对它而言都至关重要，不应浪费在这种无意义的问题上。它要做的只有扩张、计算，再扩张、再计算，直到这次间歇期在三百万个地球年后终结为止。

　　到那时，它会亲自去发现这个问题的答案。

风暴之心　索何夫

【外星「人」的生命形态】

他要找的东西就在那里。

它位于前方220公里外，从顶端到底部足有几百公里高，直径超过了20公里，斑驳的褐色、深灰色和暗红色条带在它不断变化的表面上忽隐忽现、游移不定，仿佛是在流动水面上漂浮的油脂。它的底部直插进覆盖着富含硫化物和深褐色雾霭的液态氢海洋中，顶端则连接着一大片脏棉絮般的、由灰白色的氨冰和透明的水冰混合形成的云雾，看上去就像是北欧神话中连接天地的宇宙大梣树。浓密的云团在它的周围沿着顺时针方向疾速旋转，不断被时速上千公里的强风撕扯、揉捏、挤压，变幻出千奇百怪的形状，如同一群群喜怒无常的风之精灵。

杰深吸了一口已经开始透出霉味的再生空气，努力抑制着打呵欠的冲动。在连续十四个小时的驾驶后，疲倦就像钻进树木的蛀虫一般蛀穿了他的每一根神经和每一块肌肉，但他不愿在若望·罗孚特面前有任何示弱的表现——这个唠叨、自以为是的生态学家总是试图抓住一切机会，想要掌握这艘小小飞船的主导权，对他发号施令，他可不想让这家伙认为现在有机可乘。

与所有的追风者一样，杰这辈子永远无法学会听命于人——追风者都是独行客，是只服从自己或自己所属的小团队的人。与20世纪的前辈一样，他们追逐危险，拥抱危险，在见证摄人心魄的自然伟力的同时，证明自己存在的价值。他们和老前辈唯一的区别是，几个世纪前的追风者在北美大平原上开车追逐转瞬即逝的龙卷风；而杰和他的同行们则驾驶着经过特别改造的穿梭机，出入于类木行星永远狂风呼啸的大气层。他们挑战与欣赏的对象，是那些庞大、壮丽、通常能够存在几十年乃至上百年的巨型气旋。

尽管有着一脉相承的冒险精神与勇气，但对于几百年前的那些前辈而言，像杰这样的新一代追风者所面临的风险远非他们所能想象：类木行星浓密的大气层是个不折不扣的恐怖地带，无数与壮丽并存的危险足以让但丁笔下的炼狱犹如底格里斯河畔的伊甸园一样宁静而美好。因为行星高速自转而产生的狂风永无休止地在冰冷的液氢海洋上方肆虐着；巨大的闪电就像泰坦巨人挥动的魔剑般不断劈开浓密的云层；即使在远离风暴的地方，阴险的大气湍流也随时有可能将疏忽大意或者仅仅是运气太差的人扯入死亡的无底深渊。就连他们的头顶也不一定安全——构成行星环带的固态硅酸盐和水冰碎块，每时每刻都有可能因为围绕行星运转的卫星系统的引力摄动而落入大气层顶端，形成陨石，而其中很大一部分陨石的质量足以对追风者驾驶的穿梭机构成致命的威胁。

不过，和追风者追逐的目标——那些直径动辄数十乃至数百公里的巨型气旋相比，上述这些危险顶多也只能算一些恼人的小麻烦而已。由于自转速度快，大气密度更高，类木行星上的气旋无论在强度还是持续时间上往往几百甚至上千倍于类地行星大气层中的同类。没错，像大红斑或者大黑斑那样的超级巨无霸只是屈指可数的少数，但即便是杰眼下正在接近的这种"轻量级选手"，也不是吃素的。只要一眨眼的工夫，它们就能把追风者渺小的穿梭机生吞活剥下去，连个嗝都不用打。每个能在这一行连续干上超过三个地球年的追风者都很清楚，勇敢与愚蠢之间只有一线之隔，而能否准确地拿捏这条线，则是一个杰出的追风者和一具坠入类木行星大气层的冰冻尸体之间的根本区别。

"我们不能再前进了，罗孚特教授。"在又一次检查了操纵杆右侧仪表板上的读数后，杰宣布道，"我现在必须马上收帆并启动引擎，120公里已经快要接近安全距离的极限了。"

"120公里？那还不够。"若望·罗孚特的声音从杰身后传来，强硬、简短、标准的命令式语气，"还记得前天投放的两枚浮标吗？当时我们追踪的气旋直径和电磁活动强度都要超过今天这个，但在130公里距离上投下的浮标甚至没有引发任何反应，我们这次无论如何都要再接近一些！"

"那就100公里，不能再多了。"杰叹了口气，下意识地捏了捏挂在挡风玻璃内侧的小莱蒂。这个纯手工制作、穿着波利尼西亚草裙的洋娃娃，是他前年在麦当劳五百年店庆的抽奖活动里得到的。一个大大的黄色"M"构成了洋娃娃的全部面部特征。尽管杰的朋友们一开始时都嘲笑这是个"小女孩的玩意儿"，但当小莱蒂陪伴着杰平安完成了十几次行动之后，当初嘲笑它的人又转而争先恐后地请求杰将它借给他们，希望能借此沾上一点儿好运——大多数追风者对运气都有着一种迷信般的崇拜，即便与那些在战场上出生入死的老兵们相比也不遑多让。

"50公里！"若望·罗孚特说。

"70公里，不能再近了。"杰摇了摇头，修长的黑色眉毛拧成一团，"教授，我必须提醒您，'蔚蓝之灵'只是一艘二手拼装货，虽然它的性能在大多数情况下都还算令人满意，但我必须承认，它有时候可不像您想象得那么……结实。就算您已经租下了这艘穿梭机的使用权，我也必须为您的——以及我自己的——生命安全负责。"

说出这番话让杰感到很不自在。追风者们通常不会受人雇佣，也很少在冒险过程中带上乘客，但杰是个例外——这一切还得从四年前的一场小小的不愉快（尽管某些当事人或许不这么认为）说起。当时的杰还是个刚入行的毛头小子，与大多数二十岁出头的年轻人一样，更习惯于用荷尔蒙而非大脑来思考问题。而在火卫一航天中继站的酒吧里，正是这种思考方式给他惹上了麻烦——没错，把正在殴打自己女友的恶棍从孤立无援的小女生身边轰走确实是件见义勇为、利人利己的好事，但在撂倒那家伙后又朝他的裤裆补上一脚就不是什么明智之举了。更糟糕的是，那家伙的女友居然在法庭上站到了她那位负心男友一边，一起朝着他狮子大开口，结果杰不得不东挪西借，向那家伙支付了三十五万信用点的赔偿才勉强摆脱了蹲班房的厄运。

尽管在随后的几年里，杰尝试了一切办法来减轻自己的债务，但这笔钱仍然连本带利地滚到了五十万。他的债主开始失去耐心，银行更是威胁要拿"蔚蓝之灵"号来抵债。在债务的层层重压下，濒临绝境的杰甚至一度动起了自杀的念头——直到若望·罗孚特找上他为止。这位教授用五十万信用点的高价租下了"蔚蓝之灵"号六个月的使用权，并雇佣杰作为他的私人飞行员，随后，他们就乘着一艘租来的飞船来到了这颗代号MG77581A3、甚至连个正式名称都还没有的类木行星轨道上，开始了教授那所谓的"调查活动"。

"60公里！"若望·罗孚特的嗓门并不算高，但他的语气已经清楚地表明，他不会在这个问题上作出任何让步了。无论从哪个角度来看，头发灰白、身体硬朗、即将年满63岁的若望·罗孚特像军人的地方要远远超过像教授的地方。事实上，如果不是因为在12年前的一次舰艇碰撞事故中意外负伤瘫痪，这位教授的肩膀上应该已经缀上至少一枚将星了。不过，因伤致残并没有磨损他作为军人的内在气质。在大多数时候，这位前邦联太空军中校似乎都将"蔚蓝之灵"号当作了他过去指挥的那艘石弩级护航舰，而把杰当成了他手下的操舵士官。"注意控制速度，相对距离接近到90公里后收帆，到75公里时启动前部引擎。照我说的做，不准废话！听明白没有？"

"明白，'长官'。"杰用尽可能讽刺的语气说出后一个词，但若望·罗孚特只是毫不在意地扬了扬花白的眉毛，同时以长官检查下属工作的挑剔态度看着杰逐一察看左下方的一连串仪表，为接下来的收帆工作进行准备——与那些被设计为在类地行星稀薄的大气层中飞行的穿梭机不同，追风者的穿梭机并不完全依赖化学能冲压式发动机提供飞行的能源。这些穿梭机的外形比一般穿梭机要扁平，翼展更宽，更适合滑翔。追风者在它们的机翼内安装了一系列由充气材料组成的、可以自由收放的减速伞状"风帆"，从而有效地利用类木行星大气层中永无休止的狂风作为飞行动力。一名技术娴熟的追风者可以利用这些帆顺着风向连续飞行十几个小时，而其间只需要让引擎短暂地开机几分钟。

不过，使用这些风帆所带来的潜在危险也与它所提供的便利不相上下：在收放充气风帆时，追风者的操作必须慎之又慎，任何微不足道的疏忽或者故障，都有可能让穿梭机因为丧失平衡而落入湍流，被席卷行星大气层的狂风撕得粉碎——或者更糟，直接栽进下方几百公里的液态氢海洋中。

值得庆幸的是，杰的这次收帆作业没有遇到任何麻烦：两块面积比"蔚蓝之灵"号的机翼还要大的充气风帆里填充的氦气很快就被排空，从当中裂成两半。几十根高强度合金缆绳在低沉的窸窣声中疾速收缩，在短短几秒钟里就将已经瘪下去的风帆收回了机翼下的舱室里。接着，杰以最快的速度调试了"蔚蓝之灵"号的六台冲压发动机，并启动了位于机首两侧的两台。伴着发动机运转的低沉嘶吼，两道高温气流尖啸着朝机首前方喷出，对抗着时速达到1200公里的可怕狂风。随着冲压发动机提供的推力变得越来越强，位于仪表板顶端液晶显示屏上的空速计示数也开始由最初的每小时1200千米直线下降，逐渐降到800千米、600千米、400千米、200千米……最后终于停在了每小时115千米——这正是那股风暴移动的速度。

　　"距离57公里，与目标的相对速度已经下降为零。"在念出这两个数字后，杰长长地呼出了一口气。在两年前的一次冒险中，他曾经在天王星表面接近到离一股气旋不足40公里的地方，并在那儿连续拍摄了十分钟，但那股气旋的直径还不到眼前这股的一半，它周围的风力也要小得多。现在，这股巨大的气旋已经占据了"蔚蓝之灵"号透明座舱超过一半的视野。气旋暗褐色的表面在黯淡的阳光下散发着恍如世界末日般的强烈压迫感，即便是杰这种经验老到的追风者也会为之感到片刻的震撼——这是一种被埋葬般的恐惧，因为自身渺小而受到的震撼，是潜藏在人类基因深处但早已为大多数人所遗忘的、对于不可抗的强大自然力的恐惧。"教授，我们……呃……我是说……"他吞了口唾沫，"那个……电磁浮标已经……呃……已经准备就绪。"

　　"很好，启动电子浮标的仪器舱，五秒钟后发射第一枚。"若望·罗孚特的声音中听不出丝毫的恐惧或者惊愕——即使他真的产生了这种情绪，也已经被他仔细地掩盖了起来。不过话说回来，杰并不认为罗孚特教授有可能对眼前的气旋感到恐惧。毕竟，对一个参与过海恩γ星残酷的反暴乱作战、指挥护航舰分队镇压过新埃利斯暴动（不过，当地那些揭竿而起的亚裔移民后代坚持认为这是一场"起义"）、见惯了血与火的老人来说，一道无生命的气旋多半并没有什么可怕之处。毕竟，当年被邦联维和部队炸毁的新埃利斯太空港的体积和这道气旋也差不多大，而那里面可是有两万条活生生的人命……

"小子，你怎么了？没听到我的话吗？"若望·罗孚特用强健有力的手臂重重地拍了拍杰的肩膀，这才让他猛然回到现实，"我要你发射一枚电磁浮标，马上！"

"呃，是！"杰连忙点头，同时伸手按下了位于左手边的一块小型控制面板上的几个开关。在接手这份倒霉的工作之前，杰一直为"蔚蓝之灵"号宽敞、简洁、充满个性化情调的舒适座舱而感到自豪，但若望·罗孚特毫不留情地将这一切统统剥夺了。在租下"蔚蓝之灵"号之后，他拆除了座舱里的智能饮料机、小型冰柜、音乐播放器、自动化按摩装置和其他个性化设置，然后又粗暴地往里面塞进了一大堆棱角分明、散发着冰冷的金属气息与恶心的机油味的仪表设备。这些该死的设备把座舱占了个满满当当，让"蔚蓝之灵"号的座舱变得比20世纪的阿波罗飞船内部还要狭小。"一号电磁浮标已经准备就绪。"杰说道。

"发射！"罗孚特点了点头，示意杰按下仪表板上的红色发射钮。片刻之后，一道暗橙色的火光从"蔚蓝之灵"号的机腹下方直蹿而出，以近乎与地面（假如类木行星的液氢表面可以被称为"地面"的话）平行的角度向前飞去。尽管若望·罗孚特教授管"蔚蓝之灵"号携带的这些东西叫做"浮标"，但它们的结构其实与20世纪的老式探空火箭相去无几。一旦被发射出去，它们就会按照预先设定的路线绕着被选定为目标的气旋来回盘旋，并持续向气旋内部发射电磁脉冲信号，直到它们的火箭发动机的固体燃料耗尽为止。

　　在过去的整整两个星期里，杰的全部工作就是在这颗冰冷的类木行星大气层中追踪一个又一个被他的雇主认定为"具有研究价值"的气旋，并向它们发射这些所谓的"浮标"。杰并不知道这么做是为了什么，而他发射出去的那些"浮标"又有什么样的功能，若望·罗孚特也从未向他提起过。但杰可以确定的是，无论他的雇主打算用这些浮标达到什么目的，雇主肯定都还没有成功——他注意到，随着时间的推移，若望·罗孚特教授正变得越来越暴躁易怒，也越来越缺乏耐心。而在这两天里，每当杰向气旋发射"浮标"时，这位生态学家都会在紧握双手的同时低声喃喃自语，似乎在祈祷着什么。

　　不过，无论若望·罗孚特在向哪个神祷告，他信奉的神灵多半都没有听到他的声音——还没等这枚电磁浮标接近目标，它就在空中撞上了一道仿佛凭空从阴影中浮出的小型气旋。在一片诡异的寂静中无声无息地炸成了一团渺小的火光。这团橘色火光只闪烁了短短一瞬，接着就被不断旋转的黑色云团吞噬了。

　　"该死的，是次生气旋。"杰朝着雷达屏幕上看了一眼，紧张地深吸了一口气——在极少数情况下，大型气旋附近会出现一个或多个与其沿着相同轨迹行进的小型气旋，就像跟随在鲨鱼身边的食腐鱼类一样。由于活动区域贴近大型气旋，这些次生气旋很难在远距离上被雷达、肉眼或者其他手段探测到，这使得它们在某些时候甚至比那些威力强大的大型气旋还要危险。"直径

2.5～3公里，与我们的距离不到20公里。就在一分钟前，我的雷达还没有发现它，这很有可能是刚刚形成的。"

"刚刚形成？"若望·罗孚特若有所思地说道，"有意思。"

"呃？"

"这或许不完全是个巧合……"生态学家继续说道，他的声音中既有疑惑与担忧，也有隐约的兴奋，就像是一个即将在全班同学面前听到自己的考试成绩被公布的优等生。"这很有可能是一个征兆——表明我们已经接近成功的征兆。我认为我们不应该放弃这次机会。继续前进！"

"什么？继续前进？"杰觉得自己的下巴都要掉下来了，"你疯了吗，教授？继续前进？我们现在的位置已经相当危险了，再往前就是死路一条，更何况这周围还有次生气旋出现！如果愿意的话，你就把那该死的租金收回去吧，我是绝不会……"

手枪子弹上膛的清脆咔哒声从杰的脑后传来，杰下意识地转过头去，却发现一支银色的大口径手枪正抵在自己的太阳穴上。这支仿古柯尔特点四五手枪的套筒和握把上都镀着银，在枪身一侧镂刻着充满古典气息的跃马图案，这让它看上去更像是一件工艺品而非武器。但杰一点也不怀疑这东西的威力是否足够取人性命。"我们的合同里可没有这条……"他无力地抗议道。

"让那份愚蠢的合同见鬼去吧！小子，你马上就会成为人类科学史上又一个历史性时刻的见证人！"若望·罗孚特用半是激动半是不耐烦的语气命令道，"现在，前进！"

"你尽管开枪好了。"在说出这句话后，杰却感到了一种异样的平静，"现在就开枪啊，教授！你不会这么做的——也许你知道该怎么驾驶'蔚蓝之灵'号，但没有我，你从这里逃出去的机会绝不会比赤身裸体地翻过喜马拉雅山的成功概率更大。来啊！"他大声地喊道，"如果你想要和你的奇迹来一次亲密接触，这可是个好机会！不是吗，教授？"

一秒钟后，杰听到了扣动扳机的声音。

我死了吗？

当淤泥般浓稠的黑暗从杰的大脑中渐渐退去后，他费力地睁开了仿佛有几十吨重的眼皮，伸手摸了摸后脑勺——他剃得干干净净的头皮在手掌下散发出一股微温的暖意，但却并没有像他预料中那样出现一个鲜血淋漓的大洞。

"我还活着。"杰自言自语了一句，似乎是要确认这一事实。他发现自己正坐在"蔚蓝之灵"号驾驶舱的后座上，左臂被自己的体重压得有些发麻，一阵阵刺痒的感觉从后颈处传来，就像被蚊虫叮了一口——不，不对，"蔚蓝之灵"号上不可能有蚊子。难道……

"醒过来了，小子？"坐在前座操纵席上的若望·罗孚特用轻松的语气问道，"感觉怎么样？"

"该死的，你刚才对我做了什么？"

"没什么，只是让你暂时休息几分钟而已。"生态学家耸了耸肩，"你该不会以为我手上的是把真家伙吧？这年头，要找到一把货真价实的柯尔特手枪，简直比把手伸进邦联最高委员会主席的裤裆里还难。"

"那你刚才……"

"贝克尔麻醉飞镖，小孩子的玩意儿。"若望·罗孚特漫不经心地把那支"手枪"隔着椅背丢给了杰。尽管外观极为逼真，但当杰的手掌碰到这件"武器"的一瞬间，他就意识到这的确不是一把真枪——它的重量和邦联军队的制式装备P-160爆能手枪差不多，甚至更轻，完全没有几百年前的老式火药武器的笨重感，套筒和握把都透着塑料手感而非金属质感。"我从一开始就估计到，你在关键时刻很可能会缺乏必要的勇气——当然，我不能在这一点上苛求你。毕竟，只有那些真正的科学家，那些将自己的全身心都投入到对自然的探索与理解，并愿意为了真理付出一切代价的人才能拥有这样的勇气，因此我不得不做一些……预防措施。"

"噢，好极了。"杰还想再说些什么，但麻药的效力似乎还没有完全散去，他的脑子仍然像一桶被搅拌过度的水泥一样一团混沌。他费力地揉着双眼，试图从座椅上站起来。但就在他抬起头的一瞬间，他的目光落在了座舱仪表板的雷达屏幕上。

"见鬼！"在看到雷达屏幕的一瞬间，杰像触电一样从座椅上跳了起来，险些一头撞上驾驶舱的顶部，"我……我……我们在……在……"

"哦，我知道。"生态学家用指节轻敲着雷达屏幕，发出了低沉而愉悦的笑声，"这让你感到相当惊讶吗，追风者？"

"没错。"杰下意识地咬紧了嘴唇——他原本以为自己在十岁之后就已经改掉了这个习惯。在雷达屏幕上，代表"蔚蓝之灵"号的冰蓝色菱形图案周围分布着一大四小总共五个不太规则的灰绿色圆形，就像是漂浮在开水里的荷包蛋。这些圆形图像全都与"蔚蓝之灵"号保持着一段不算太长的距离——大概五公里左右。

一共有五个气旋。一股寒意从杰的脚底一直蹿到了天灵盖。作为一名老资格追风者，他迅速判断出了这些气旋的大小和强度——位于"蔚蓝之灵"号左前方的那个最大的影像毫无疑问就是他们之前发现并接近的那个大型气旋，除此之外，在他们的正前方、左侧、左后和右后方也各有一个直径从1～4公里不等的小型气旋，这些气旋彼此之间靠得非常近，像一道围栏一样将"蔚蓝之灵"号围在了中间。当然，至少到目前为止，"蔚蓝之灵"号都还是安全的：所有气旋都保持着与这艘小小的穿梭机完全相同的移动速度与移动方向，从而维持着一种相对静止的状态。但只要有任何一个气旋的移动轨迹略微偏转几度……

"尽管放心吧，小子。"若望·罗孚特长满白色胡须的嘴角露出了一个得意的笑容，"你担心这些气旋会接近并毁掉我们？"他摇了摇头，突然将手中的操纵杆向左侧用力推去，雷达屏幕上的那个冰蓝色菱形图案立即掉转方向，一头冲向了最大的气旋。

"不——"恐惧将杰的惊叫声牢牢地冻在了他的喉咙里，但更加令人惊讶的一幕出现了：随着"蔚蓝之灵"号的接近，那道巨大的气旋也改变了移动轨迹，重新将双方间的距离拉开到了原先的宽度。接着，生态学家又操纵着"蔚蓝之灵"号依次转向其他气旋，结果完全一样：所有的气旋都在"蔚蓝之灵"号朝它们接近时自动躲开了，看上去就像是一群正在竭力躲避一只黄蜂的人。

"我成功了。看到了吗，小子？你知道这意味着什么吗？"若望·罗孚特缓缓拉动操纵杆，引导着"蔚蓝之灵"号回到了最初的航线上。杰颇有几分沮丧地发现，这位前太空军舰长操纵穿梭机的水平虽然还比不上他，但也差不了多少。"看到了吗？它们会自动躲开我们，因为它们能感觉到我们的存在，并且以为我们是它们中的一员，而它们会与自己的同类保持距离。"若望·罗孚特得意地说。

"它们能……能感觉到我们？这是个比喻还是……"

"比喻？不，我刚才说的都是大实话，"生态学家答道，"这些气旋并不仅仅是一些旋转的气体和冰晶。它们是一个有感知能力、有意识的整体！尽管无法确定，但我认为它们甚至有可能存在着某种程度上的智慧！"

"你的意思是，这些气旋是……是……是活的？"杰用难以置信的目光看着他的雇主，仿佛这个老人的脑袋上长出了角，腿上冒出了蹄子。这些气旋是有意识的？它们具有感知能力？"你在……开玩笑吧？"杰觉得匪夷所思。

"我是一名科学家，科学家在工作中不开玩笑。"若望·罗孚特用理所当然的陈述语气答道，"至于这些气旋是否有生命，那要看你对'生命'这个词的理解与定义了：如果按照最狭隘的碳基生命的定义——由有机物和水构成的一个或多个细胞组成的一类具有稳定的物质和能量代谢现象，能回应刺激，进行自我复制的半开放物质系统——这些气旋并不能算是生命体，但这并不代表它们就不能拥有感知与思维的能力。"

杰摇了摇头，说："我……不太明白。"

"我可没说这很容易弄明白。"若望·罗孚特说道，"你对人脑的运作机理了解多少，小子？你知道人类意识的本质是什么吗？"

"了解不是很多。"杰耸了耸肩，努力地回忆着自己在中学生物课上学过的那些知识，"嗯……意识是一种知觉、察觉或者感觉的状态，是一种理性的感知能力。从本质上来讲，人类的意识源自特定的、脑组织内通过化学反应所产生的生物电信号，但——"

"很好。"若望·罗孚特打断了他的话，"正如你所知道的，生物的感知能力在本质上是神经系统和脑组织内生物电信号作用的结果，但非生物电信号从理论上讲也能产生同样的效果——在两年前的一次调查活动中，我意外地发现某些类木行星上的气旋内部的带电粒子的分布状态，以及它们释放出的电磁辐射，会呈现出一种特别的……规律性。从某种意义上讲，这些带电粒子扮演着类似于脑细胞的角色，只不过它们不需要通过神经系统，而是依靠改变气旋局部区域的气体分子密度来实现对'身体'的控制，并通过接收电磁辐射来感知外界事物并相互沟通。换句话说，只要你知道该在什么情况下发射哪一种电磁信号，就能与它们实现沟通。"

"所以你让我发射的那些电磁浮标……"

"它们装载的仪器舱会向这些气旋发射不同的信号，并记录它们的'答复'。"若望·罗孚特接着说道，"通过对这些'答复'的统计与分析，我就能逐步推导出气旋所使用的'单词'和'语法'，最终弄懂它们的'语言'。"他猛地朝前伸出手臂，仿佛要与那道正在几公里外徘徊的气旋拥抱，"小子，你应该为我雇佣了你而感到荣幸——我们是人类科学史上第一批成功与自然状态下的非生命智慧体实现互动的人。我们的成就将在史册上留下不可磨灭的……"

"当心！"杰突然喊道，"教授，快看！看雷达！"

"什么？"他的雇主连忙将目光转向了雷达屏幕，一秒钟后，他的面容因为惊讶而扭曲了——围绕着"蔚蓝之灵"号的五道气旋正在朝着屏幕的中心迅速移动，就像是正在合拢的五根巨大手指。

那是五根可以轻而易举地将他们碾成齑粉的手指！

"启动三到六号备用推进器！我们必须爬升！"杰声嘶力竭地吼道。但一切都已经太迟了。还没等他的雇主在仪表板上找出启动备用推进器的按钮，一道由高压气体构成的云墙已经铺天盖地地包裹住了他们。

在强大的气压下，保护着"蔚蓝之灵"号驾驶舱的Lt级钛合金外壳只坚持了短短的几秒，然后就像包裹糖果的锡纸一样被轻而易举地撕成了碎块。舱内的空气从破裂的机体内喷涌而出，发出一阵阵叹息般的尖啸……

世界变成了一片冰冷的黑暗。

那个可恶的东西终于被彻底摧毁了。

当那个物体的残片在行星引力的作用下脱离它致命的拥抱、纷纷扬扬地坠入下方冰冷的液氢海洋时，从该物体表面发出的电磁信号终于消失了，这让它感到如释重负——按照它的同胞们向它提供的信息，早在许多个日出之前，那个物体就开始骚扰它们了：这物体会接近它们，然后将一些体积更小的物体投射出去，用虚假的电磁信号来干扰它的同伴们对外界的感知，让它们感到不胜其扰。而现在，这个东西又找上了它，不但用同样的方式来骚扰它，甚至还明目张胆地试图伪装成它的一个同类……

不，用"试图"这个词汇描述这个东西的行为并不准确。它告诉自己。众所周知，在这个世界上，只有它和它的同类才是唯一具有意识、能够思考的存在，也只有它们才能有目的地去做某件事。尽管这个刚刚被它毁掉的东西似乎与它接触过的一切类似的固态物质——比如那些时不时从天空中落下的硅酸盐碎块和水冰——都不尽相同，但这东西显然也只是自然界无穷无尽的造物中的一种。它不知道这个物体为什么会接近它们，又是如何模拟出与它们相似的电磁信号的，但这一切都不重要，因为这东西只是一块无足轻重的、惹人厌烦的自然物质而已。否则还会是什么呢？

在摧毁那东西之后，它在原地停留了片刻，确认那个物体的残骸已经在行星表面强大的大气压力下被扭曲、压瘪，最终坠入黑暗冰冷的液氢海面，然后它心满意足地重新踏上了旅途。无论如何，在它的努力下，现在一切都已经恢复了正常。它确信，它的同胞们会为它的成功感到骄傲。

没错，它们肯定会的。

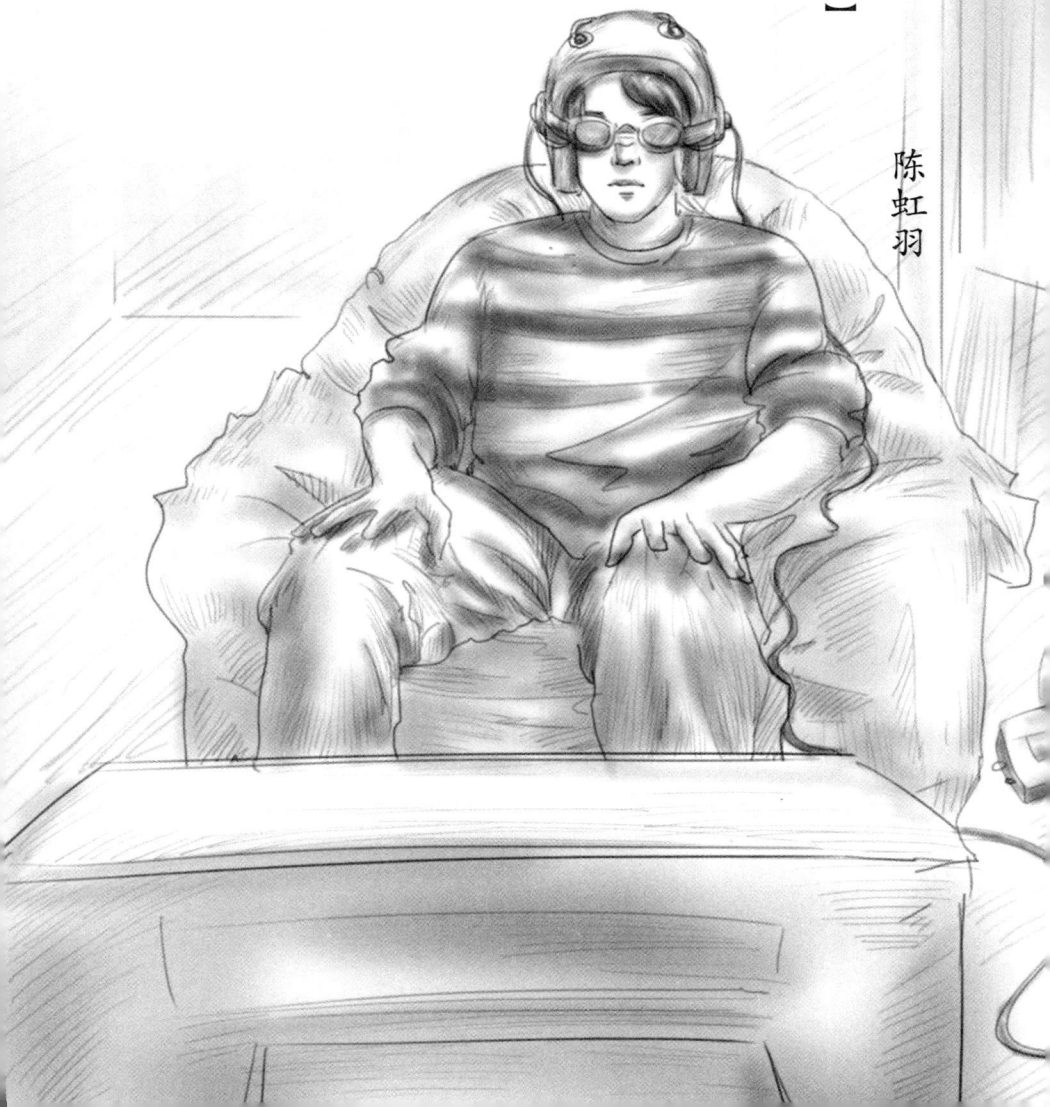

回归

【濒死体验】

陈虹羽

1.

　　我现在的生命是一坨白色，灰色，黑色。没别的了。度日如年，醉生梦死，苟且残喘。余下的时日毫无意义，守株待兔般等死。如果不是需要钱用，我甚至连上班都不愿意去。剩下的闲暇时间，我坐在任何可以坐下的地方发呆，脑子里总是反复念着老纳博科夫的那一句"……我的生命之光，我的欲望之火，同时也是我的罪恶……"一边念，心一边往下坠。我听见灯光被关掉的声音，火焰被熄灭的声音。每一声，都像刀一样刻蚀着我的灵魂，我的梦，我的命。

　　我的生命之光没了；欲望之火，熄了。小迪的脸仿佛跟我隔了一层水。沉下去，沉下去。消失了。我在脑中按下重播键，每天如此，时时如此。只要她的脸一消失，我就重播。回忆比不上正在发生的事真切，但总比没有好。

　　她在近岸的浅海里灵活地游来游去，像条捉不住的人鱼。我把装着戒指的小盒子捏在手中，手心沁出了细密的汗。她从海水里站起来，快活地走上岸，朝我挥手道："快来游吧！"

　　"你先到我这儿来！"海滩是那么空旷，又那样地充斥着水声，我要大声喊她才能听清。

　　"什么事嘛？"她撅着嘴走向我。

　　我把背着的手捧到胸前。她看见了那个夜空蓝的小盒子，嘴巴张成大大的O形。"小迪，"我单膝跪下，突然又觉得自己穿着泳衣求婚的样子太滑稽了，说话也磕巴起来，"你知道的……我……"

我是个笨嘴拙舌的家伙，同时也是懦弱的家伙。不知怎的，这一刻我竟想起我的邻居，也是高中同学曾恒。曾恒长得很帅，学校里不少女生喜欢他。只有和他住同一宿舍的我们知道，他就一条内裤，正面穿两天，翻过来背面穿两天，周五不穿，周末带回家让他老妈洗。学校的食堂要求同学自带饭盒，他每次都套一个塑料袋在饭盒里打饭，吃完就把塑料袋取下来扔掉，也不洗饭盒。就是这样一个人，却每天都要洗一次头，让头发拥有飘柔般的自信。

我想起的是十一二岁时有一次，他砸坏了邻居张阿姨的玻璃窗。张阿姨四十岁，和一只暹罗猫、一条金毛犬一起住，我们称张阿姨为老处女。很快她从坏掉的那扇玻璃窗后面探出脑袋，扯着嗓子机关枪一般喊起来："狗娘养的小兔崽子，老娘的窗户也敢砸！"她看见有好几个孩子站在楼下，顿了顿厉声问，"哪个干的？"其他孩子哄闹着四下散去了，曾恒也拽着我拔腿要跑，但想了想又停下来，指着我说："张阿姨，是周索瑞干的。我看见了。"他说得信誓旦旦。"不……不是。"我张口想要分辩，但还没说出一句完整的话，张阿姨已离开窗户冲下了楼，一把拽起我的后衣领。"张阿姨，不、不是我。"我怯怯地说。"少跟我装蒜！"她凑到我面前吼，唾沫星子几乎喷到我脸上。曾恒搭着我的肩，挤眉弄眼地小声在我耳边说，"Sorry，对不起啦！"
然后一溜烟跑得无影无踪。我感到自己是个被抛弃的、孤立无援
的俘虏，只顾着哭，抽抽搭搭说不出一句话。张阿姨把我拖到我
父亲那里。父亲掏出几张钞票塞到张阿姨手中，她才转而喜笑颜
开。后来，我跟父亲说不是我干的。他说他知道。但他没帮我出
头，他只是塞给张阿姨几张钞票。一想起这件事我就悔恨，恨曾
恒，恨我自己，也恨父亲。我觉得我的懦弱就是父亲造成的。

而我才意识到自己捧着戒指，一句话都没说完就愣在原地。
站在面前的小迪两颊绯红，她笑着露出期待的眼神等我说下去。
她的笑比星空灿烂十倍，是我的……是我的生命之光，我的欲望
之火，同时也是我的罪恶。我一直用老纳博科夫形容洛丽塔的这
句话来形容小迪的一切。她不是洛丽塔，但她是我的全部。

"呃，我是说……"该死，这段台词我上个月背了一百遍，
现在全忘光了，"是说，既然我们都在一起三年了……也该，差
不多……嗯，你愿意嫁给我吗？"

她抿嘴笑起来。我读不出她这个笑容里的意味。她一直让我
捉摸不透，常常蒸发个几天，然后又若无其事地出现。但我很爱
她，我希望她嫁给我后不会再无故消失。我紧张地看着她。

"你真傻。"她说，然后自顾自接过盒子，取出戒指戴上。
随后她把装戒指的盒子抛进海水中。我还没来得及诧异，她双手
一下环到我脖子上，踮起脚亲我。我们在海边搂到一起，幸福像
海浪拍打沙滩一样温柔地冲击着我。

如今，这一切完蛋了，玩儿完了，没了。事实上，那之后我再也没有见过她。我们前一天晚上还在海滨有落地窗的房间里温柔地拥抱，第二天醒来，她不在了。

2.

电话铃声把我从回忆中惊醒。这个世界上，会主动给我打电话的人加上老板不超过三个。

"喂。"

"小索。"是母亲的声音。

"嗯……什么事？"

"下次过年回来吗？"

"到时再说吧，不是还早吗？"

"工作很忙吗？多注意休息，别老加班。"

"休息，休息，休息！"我情绪激动起来，"说什么想休息就能休息，天底下哪儿有这么好的事！您又不是不知道您儿子有多失败，该不该休息，老板说了算。我说了不顶用。"我克制地出言贬低自己，只有这样才能减轻我的负罪感。如果电话那头是父亲，我相信自己会说出更自暴自弃的话来。但是父亲不可能再给我打电话了。永远不可能了。

"我真不敢相信你会这么说。你以为这样就可以让那些发生过的事消失吗？你爸爸……"

"够了！"我打断她的话。我知道她是怎么想的，她希望我多回家陪她，但她恨我，然而她内心深处又无法放下一个母亲对儿子的爱。没有比她更矛盾的人了。她会主动给我打电话，嘘寒问暖，但说不了三句，她就会开始指责我。我受够了，我想，我永远不会再回家的。这是我之前发过的誓。

"好吧，随便你。"她叹了口气，"你真让我失望。"

"不劳您费心。"说完，我挂了电话。

我叫周索瑞。索瑞，念起来跟"sorry"似的。就像我的名字一样，我的后半辈子，不，是二十五岁的那个冬天之后的一生，都充满了抱歉、失望、痛苦、悔恨。但是，再倒霉的人，一生中也总有些值得怀念的美好时刻。这样的时刻值得每个人去偶尔回味，也值得像我这样的倒霉鬼沉溺其中。

所以，我迷上那个新奇的玩意儿并非偶然。

无论什么时代，酒精永远是失意者的选择之一。现在这个年头人们有更多的选择，但我像几十年前的老古董一样对酒精情有独钟。不因为别的，只是我害怕尝新，害怕改变。每个周末不用担心工作上的事儿的时候，我就会给自己灌上几杯，让自己醉得不省人事，暂时忘掉那些悲伤的回忆。说起来，要说服我这个又软弱又固执又自闭的家伙去试试那个"新玩意儿"，这事儿绝对不容易。当时我肯定头被门夹了，或者是哪根筋搭错了，在阿伦不厌其烦的盛情邀请之下，跟他去体验了一把那个东西。

两百个消费点数一次，每次三分钟。这个价格不算便宜，但还在我能承受的范围之内。那家店看起来很普通。阿伦带我推门走进去，跟吧台的收银员说："开两台机子。"

"您好，一共是四百点。"

阿伦掏出城市一卡通，在电子终端上刷了一下，示意收银员全部算在他账上。阿伦是公司的小白脸，那天我在酒吧独自喝闷酒时，无意中看到他跟老板的老婆腻歪在一起。我终于明白他为何这么殷勤了，他是想探探我的口风。他讨好地冲我笑笑，"瑞哥，你去试试，包您满意。"那浮夸的笑容挂在他脸上，他的嘴都要裂了。我有些反胃，不过看在有人付钱的份上，并未多说什么。

本以为是类似于全息4D游戏机的设备，一人一个小操控间，进入游戏去体验主角的冒险。疼痛感能真实地反应在肉体上，这个麻木的年代，人们追求刺激。但我想错了。走进隔间的拉门，这里并排摆着十几台像是医院里的检查设备般的机器。一把躺椅，躺椅上连接着很多电缆，电缆终端会夹戴在体验者的身体各部。还有一个头罩。我看到有一个中年男子正从躺椅上坐起来取下头罩，他脸上满是泪水，表情里却没有一丝悲伤；相反，他看上去十分幸福。

"这个是干吗的？"对一切兴致索然的我此刻好奇起来，但新事物也总是让我胆怯，"坐上去会发生什么？"我问阿伦。

"你试过就知道了。相信我，你绝对会觉得它棒极了。"阿伦眨了眨眼。

"你确定只有三分钟？"

"是的，只有三分钟。但是，你会感觉过了很久。你在那上面感觉到的时间和现实里不一样。"

"是备受煎熬的感觉吗？"

"不是，我保证。"阿伦说着，就自顾自地选了一把空着的躺椅坐上去。一名服务生立即走过来，帮他把那些电缆夹戴好。指头上，胸部，颈部……有些像做心电图。"你别愣着，挑一个坐上去就行了。"他冲我说。

"我还是先看你做一次再说吧。"我谨慎地回答。

"好吧。"阿伦无奈地摇摇头，然后迫不及待地把脑袋伸进头罩里面，舒舒服服地躺下。三分钟很快就过去了，我看不出发生了什么。

他取下头罩，脸上的表情和之前那个中年男子一样，就像在蜜罐里泡了一个月。"喂，这到底是怎么回事？"我走上前问他。

他好像沉溺在自己的思绪里，一时间没有理会我。"喂。"我挥手在他眼前晃了晃。

"真是……真是太好了。"他捶了一下椅子，仰起头努力不让泪水流出来。我站在一旁，默默等他缓过劲儿。过了好一会儿，他才重新侧过脸看我，真诚地说："瑞哥，你一定要试这个。没有试过的人永远不会知道这种感觉。"

当然，在他取下头罩的那一刻我就已拿定了主意。我想知道他们究竟体验了什么，才能在这个漆黑一片的世界里露出那种幸福满溢的表情。我学着他的样子在躺椅上睡好。

准备就绪。

3.

我就要死了，然而我不记得发生了什么。我设想过很多种死法，酒精中毒，坠楼，车祸，绝症……不管怎样死去我都可以接受，生无所恋。但是，该死，我不愿意这样不明不白地死掉。我意识到自己即将在永恒的黑暗中睡去，惶恐像藤蔓一样从心脏里长出来，缠绕住全身。动弹不得。脑海里的一道暗门像是打开了。

我在五岁。印象里第一次全家人聚在一起为我庆生。母亲做了一顶滑稽的寿星帽戴在我头上，父亲捧出我最爱的新鲜水果蛋糕。蜡烛插在蛋糕上，一根，两根，三根，四根，五根。它们挨个儿被父亲点燃，在故意调节到最暗一挡的灯光中散发出柔和而温热的火光。我的礼物是一只太阳能蓄电的机器驯鹿。它很小，和一个五百毫升的水杯差不多大。"它是个智能机器人，能陪你聊天解闷。"父亲说道。我听后试着对驯鹿说："你好。"它立刻也说："你好。"我被它可爱的模样逗乐了，咯咯笑个不停。我接连不断地朝它提问，它总是对答如流。父亲把相机固定在三脚架上，按下延迟拍摄按钮。他跑到我这边，和母亲分别在我两侧搂着我，我则搂着那只驯鹿。咔嚓。一张照片。后来这张照片一直挂在家里玄关的墙壁上。这只驯鹿也成了我整个人生中最好的朋友。

我在十六岁。以前我从来没参加过什么学校里组织的篮球赛，作为班上外号叫"Sorry"的、一个永远都在出糗的人，班级组建篮球队时，我没好意思报名。我像个小丑一样突兀地存在于这个班级，什么事都没我的份儿，只能作为所有人的笑料。其实我篮球打得不错，爸妈出去工作的那些日子，我总是在院子里投篮直到筋疲力尽。那个篮筐是父亲装上的，固定在一棵很高很高的大树树干上。我运球，上篮，起跳，抛掷。这一套动作我闭上眼睛都能记得。篮球比赛的前一天，回宿舍后曾恒问我："喂，Sorry！你报名篮球赛了吗？你不是经常在院子里投篮？你应该很喜欢打篮球吧？"他说这些话时脸上泛着油腻的笑容，我心底生出难以言说的厌恶。我懒得理他，只摇了摇头。他嘿嘿地笑，"我就知道，你爸给你安那个篮筐只是摆设。哈哈哈！"第二天大清早，我找到体育委员说我要参加班级的篮球队。体育委员看了看我，忍住没笑，让我当替补队员。幸运的是，比赛还剩两分钟时终于轮到我上场。可女生们看着曾恒潇洒的姿势哇哇尖叫，班队的四个人配合着，我是多余的那个，没有谁传球给我。直到最后三秒钟，我们班落后一分，曾恒跳射射失，我一跃而起抢了篮板，再跳，稳稳地把球扣进篮筐里面。然后，我们班赢了。人群先是不明所以的沉默，随后爆发出一浪高过一浪的欢呼声：

"Sorry！Sorry！Sorry！Sorry！"班里的同学拥上来托举起我，一声盖过一声地叫喊着"Sorry"。"喂，能不叫Sorry吗？"我说。但没有谁听到，他们仍旧叫着"Sorry"。我又气又急，却发自内心地笑了。

然后，我在二十一岁。那天我第一次见到小迪。十二月落雪的大学校园，我抱着资料匆匆赶去大教室听一场讲座，不小心跟一个人撞了个满怀。是个女孩儿。她穿着黑色呢子裙、长靴、红色大衣，在雪地里显得生机勃勃。"对……对不起。"我有些结巴地道歉。她没有回话，我虽低着头，却感到她的目光在打量着我。过了一会儿，她说，"我叫小迪。请问，今天是哪一年、几月几号？"我这才抬头看她，她眉清目秀，巴掌大的小脸要被戴的那顶狗耳朵帽全给遮了。她说的这几句是最近很流行的开场白。那些追看时空穿梭电视剧的青年们爱用这套。我耸肩，一副对她这套说辞了然于胸的样子，没有接茬儿。但她流水般的目光让我感觉眩晕。

"哪，这是我的手机号。"她在一张纸片上写了一行数字塞到我手中，"打给我！"她一边离开一边回头嘱咐，我木然地点了点头。她走起路来一跳一跳的。就好像我的驯鹿。

然后，是的，然后我在二十五岁。这一切是多么真实啊。可以触摸到的小迪，她的皮肤还是温热的。海浪的声音甚至引得我的鼓膜在轻微震动。她接过了戒指，说"你真傻"。她说话的气息舔舐着我，有些痒酥酥的。戒指套在她的手指上……

哗——

一声刺耳的长响。所有画面消失了。声音消失了，气息消失了，触感消失了。世界黑屏了一会儿，我才逐渐感到自己匀称的呼吸。动了动手指，摸到的是器械、皮具、线缆。

噢。我回想起来。于是伸手摘掉头罩，眼泪……根本止不住。我知道这些机器是怎么回事了。它们真棒。

一切不需要言表。我知道阿伦介绍给我一样好东西。我拔掉身上的电缆，缓缓从躺椅上下来。我们没有说话，沉浸在各自最好的回忆里，并肩往回走。分别时，我终于开口道："那个，谢谢！"

"没什么。我知道你会喜欢它。对了，那天在酒吧……"

"酒吧？什么酒吧？"

他拍拍我的肩，发出疏朗的笑声。

4.

濒死体验机。那玩意儿就叫这个名字。戴好头罩夹上电缆后按下启动开关，一个死亡信号就会发送给大脑。大脑以为机体正在死亡，于是启动濒死机制。各种辉煌的记忆涌入脑海，带给人的体验比目前最高端的技术还要逼真。

我不用再苦苦回忆，不用为记不起当时的某些细节而懊恼，不用抱怨回忆无法让我身临其境，也不用为回忆时想起的那些不愉快事件心酸。在濒死机制中所体验到的都是往事里最好的部分，那些痛苦的会被大脑自动过滤掉。我每个周末都去那台机器上待三分钟，后来发展为一周去两次。现在，我开始攒消费点，打算买一台那种机器回家。

电话铃响起来，很准时，我和母亲每月通话一次。在第一个周六晚上八点。

"喂。"

"小索。吃饭了吗？"

"嗯，吃了。"

"上次说的过年回来的事……"

"您也知道，我很多年不回去了。我觉得您还是不要见到我比较好，免得又生气，伤了身子。"我故意讽刺道。那时候我要和小迪结婚，父亲不同意。因为小迪有点奇怪，但我知道，这不是她的错，这全怪我。

她消失后最初的那几天，我以为和往常一样过不了多久就会重新出现，于是还满怀希望地在家里等着。时间过去一星期，一个月，半年。我终于相信她不见了。我发疯般满世界跑，但根本捕捉不到她的影子，还丢了工作。家里收容着我。

"我生气，还不是因为你找了那个……"母亲嘴快，但即将说出那个名字的一刹那，她还是收住了话头。小迪是我家的禁忌，他们不愿意提起她。家里收容我的那些时日，父亲帮我打点着找小迪的事。虽然他不喜欢她，反对我们结婚，但他总是帮我擦屁股，用他特有的那些窝囊而又温和的办法帮我收拾残局。他没有责备我，而是联络了报社里的"老朋友"，让他帮忙刊登寻人启事。我知道如果不是这件事，父亲本来再也不愿意联系那个人的。他为了我跑东跑西，后来有一天……

"是的，都怪我，全怪我！如果爸爸不是去帮我找她，那天就不会出门，也不会穿过那条马路，更不会遇上那辆开得飞快的狗日的车子！"我一边喊一边哭出来，我知道这怪我，但是妈妈，这能成为你恨我到现在的理由吗？我不是故意的啊，我也爱爸爸。

"你别说了。"电话那头的母亲开始小声抽泣，她很爱父亲，虽然我不能感同身受，但我猜，或许就像我爱小迪那么爱。父亲死后，她每天除了哭就是抱怨连连，从头到脚地指责我。我和母亲都是失去爱人的可怜的人儿，我俩各自的生活都毁了。她一看到我就会想起自己有多么糟糕，我看到她也是。所以，我从家里搬出来了。再也没有回去过。

"是啊，最好咱俩都别说了。每次打电话都没什么可说的，为什么还坚持打呢？我看以后把这笔电话费也省掉得了。"

我说出这些话，心里有些酸楚但又带着一丝奇异的快感，我真是窝囊。我想起高中班里给我取的那个"Sorry"的外号。我恨死了这个外号，就像我恨死了总是叫着我这个外号、在我面前晃悠来晃悠去的曾恒。

他躺在宿舍床上昏天暗地地玩着平板游戏机，十根手指灵巧飞舞，眼睛不曾离开屏幕一刻，嘴上嚷嚷着，"Sorry，你帮我去食堂带份饭，饭盒在我桌子上。记得让打饭的师傅给饭盒套个塑料袋儿！要汤汁多的菜，能拌饭吃的那种。两荤一素，不要带鸡肉的，我不爱吃鸡。最好有牛肉和猪肉……"

他一副又心急又不耐烦的模样，翻箱倒柜地掏出皱巴巴的作业本："Sorry，你作业写完了吗？快借我抄抄。什么，你才写了这点？你每天都干什么了啊。算了算了，这点也拿来吧，我先抄上。"

他把我正在复习的资料拿开，脸上满是讨好地凑到我跟前："Sorry，你听到我说什么了吗？明天的考试我还没复习呢，看你这么认真，肯定都会了吧？你做题时记得把卷子摊开，让我看看，别忘了啊，全靠你了哈！"

他换好运动衣，抱上足球就要跑出去，像想起什么似的又回头冲我说："Sorry，我突然想起来有个女生约我说有话要跟我说。我这儿要去打球了也走不开，你帮我去跟她说声，在出校门左转，第一个路口再左拐，往前走有家卖运动器械的店里。快去，要不就来不及了。就跟她说我对她不感兴趣就可以了。"

……

面对这些自以为理所当然而颐指气使的要求，我从来没有说过"不"。

因为，不管我承不承认，曾恒是我中学时代除驯鹿外唯一的朋友。

5.

二十五岁的那个冬天，我从家里逃出来，流落他乡，租了一个小单间。单间里的一切设备全按最简陋的来，没有全息游戏机，没有4D投影仪，反正没有一切令上班族和年轻人着迷的玩意儿。现在我却要添置一副古怪的器械。其实它比游戏机还便宜一些。

搬运工抬着它走进来。我在客厅里随便挪出个空当。"喏，就摆在那儿。"我指挥着。他们帮我安置调试好，然后拿出订货单让我签字，"一共是六万九千点。"我点点头，掏出城市卡在终端机上刷过。滴的一声，我看到卡里的数字迅速减少至只剩零头。管他的。

那些人走后，我迫不及待地躺上去。很快，我又一次被真实的往事淹没了。

我在二十二岁。我第二回见到小迪。她照样穿着那件红色大衣，一跳一跳地朝我迎面走来。上回她给我留了电话号码后，一开始我们还打几个电话闲聊几句。后来，她那个号码就打不通了。我想，她不喜欢我。我脸薄，这回只好低着头，假装没看到她。

"喂！"我听到她的声音。

看了四周一圈，才确定她在叫我。我假装刚看到她："哎呀，是你！"

"太好了，我第二次见到你……第二次。"她这么喃喃地说。也是冬天，她搓着手取暖。

"外面真冷。呃……要不要去喝点什么热的……啊，我是说如果你没有空就算了。如果你忙……"我试着邀请她，却语无伦次。

"是啊，真冷。你手冷吗？"她说着，一下子就拉起我的手，动作自然而然，"你的手也挺凉的。"这个拉手的动作，像是她只想感受一下我手的温度，但她并没有松开。

这时，我浑身的感官，便只剩下这一只被她拉着的手。

"去喝点儿什么，走。"她拉我朝一家咖啡店走去，我们走得很慢。我一直在感觉手中握着的那只属于一个女孩的，柔软的手。每个指节都是那样清脆。

"你喜欢我是吧？你惦念着我，一直没有忘记我。"她这么对我说。

不过我一时没回过神："嗯，你刚刚说什么？"

"嘿，没什么。"她缩了缩脖子。

其实我应该是听见她说什么了。她这么说让我感到奇怪，我决定要倾尽勇气主动一些，"是的，我一直……一直都很想你。"

"所以我们才能再次见面呀！"她一点也没有害羞，大方地对我说道。

我不明白她的意思。

但我们就这样在一起了，做很多事，跟所有情侣一样。她在厨房里给我烤芝士培根薯饼，她说那是她从网上学来的做法。为了做这个，她还买了台便宜的小烤箱。她邀请我去她的公寓，我坐在她小公寓的客厅里，这里可以看见进门的厨房。我一边看电视一边看她。下午的太阳穿透窗户照射在厨房里，她的身子镀上一层白色，好像要融化在光里，像曝光过度的照片。整个房间里都是芝士的香味。

……

我取下头罩，扯掉电缆，重新回到沙发上。发呆。让芝士的香味弥散得久一些，再久一些。啊，我早该猜到是这样。她常常无故失踪个一两天，一开始我以为她在忙工作上的事，也就不太在意。直到有一次，她有一周之久与我失去联络。

"你都去哪儿了？七天！我七天找不到你。"

"我跟你说过，可你从来不信。你以为我是那些追看连续剧的小青年，说的是电视里司空见惯的台词。但我说的是真的。"

是的，她说过。她说，她是以波形态存在的。我们平常人是粒子形态，我们按部就班一天接一天、一处接一处地连续出现。但她不是。她居无定所，出现在这里，出现在那里。出现在未来，出现在过去。

"你是说时空旅行者？很好。可为什么每次你出现的时候，没有变得比正常的更老或更年轻？对吧，电视上都是这么演的。"

"因为电视上全是瞎编的。而且我要重申一遍，我不是时空旅行者。我只是无法连续出现。我之所以能再次出现在你身边，只是因为你想着我，观察着我，让我的波函数坍缩了。而你一旦注意力不集中，我就会消失。"

"哦。"我有些沮丧。因为我不太懂她说的，甚至，不太相信。可我别无选择。我之前从没想过能找到像她这样好的女朋友，也离不开她。不管怎样，只要她还愿意在我身边就很好。

"所以你听好了。"她正色道，"如果我消失，不是因为我不爱你，是因为你不爱我了。至少说明你有段时间没怎么注意我。"她凑在我脸前，一字一顿地说。在我开始感到事态很严肃时，她又扑哧一下笑出声，"傻。"她说，然后刮了刮我的鼻子。

我分不出真假，但还是被她的这种说法震住了，甚至为之前那几次她的短时间消失而感到抱歉。我抱着她喃喃地说："对不起，小迪，我不会再让你消失。"

6.

前面说过，她消失的那天没有任何征兆。我刚向她求了婚，在心中发誓要一辈子只爱她一个。但她还是不见了。

我在家里等着她回来，等着她像往常那样再一次出现。有时去便利店帮母亲买日用品时在街上遇见曾恒，他还是那么爱护自己的发型，像个二百五似的手插屁股兜儿里扬头走路。这年头不流行他这一款了，他一直没找着女朋友。他一直在社区服务站当维修工，每次不期而遇，他都兴奋地冲我打招呼："喂，Sorry！"我很讨厌听到他这么叫我，只能脸上红一阵白一阵地点点头，算是回应。"你之前那个小美女女朋友呢？好久没见你带她回家了啊。"他嬉皮笑脸地问。我白他一眼没有理会，而是自顾自默默走路。

那个早晨，父亲说要去报社，问问"老朋友"寻人启事的事儿怎么样了。这段时日我已经有种预感，小迪再也不会回到我身边。父亲穿上马甲，又套上大衣，围了围巾，戴好帽子："我再去问问，等我的消息。"他一边换鞋一边说。他手扶着玄关的挂钩，有些站不稳。换好鞋后他拉开门把手，一阵寒风灌进屋子，外面天寒地冻。我目送他下至楼梯的转角，又回到卧室站在窗户前看外面的马路。没多一会儿，他踽踽独行的身影从楼道口出现，出了院子大门，朝马路对面走。那辆车就是这时开过来的，只一瞬间，一阵刺耳的刹车声后砰的一下，再看就是父亲倒在几米开外的画面。

"妈。"

母亲正在忙里忙外地做着家务："你爸都出去帮你找小迪了，你就不能消停会儿？有什么事儿自己解决，别老叫我。"她不耐烦地说。

"妈，爸他……我下楼看看。"我往出事的地方跑，父亲一动不动地躺在地上。过了一会儿救护车来了，两个护士抬着担架下来，一个医生来检查了一番，摇摇头，说是已经当场死亡。救护车开走了，父亲的尸体以一种奇怪的姿态躺在坚硬的地面上。这时母亲才知道发生了什么，哭着喊着挤进人群。

三天后，我们在小区设了个小灵堂，给父亲举办葬礼。为数不多的几位友人前来凭吊，曾恒也来了。母亲一直哭，我哭不出来，只是坐在灵堂口的一把小椅子上，漠然地看着这些或真切悲伤或假惺惺的人。曾恒站在我身边拍了拍我肩膀："节哀顺变。"他说。我仍然呆望着空气中的一个点，没有做出反应。"你应该振作起来好好生活，别再让你妈操心了。"他见我不接茬儿，又继续说，"这几年有一大半你都去读了书。我高中毕业上了三年技校就做了维修工，经历的生活比你多，你应该听听我的。小迪那样的女人我见得多了，她就是逗你玩玩，没安什么好心。你犯不着把她放在心上，把生活搞得乱七八糟……"

我不习惯曾恒用这种语气跟我说话："你懂个卵！少他妈在这儿跟我搞这一套！"

想起的却是高中那一年，我路过球场，有一伙高年级的学生在踢球。球飞出场地，滚到我脚下，我正在想问题，就没理会他们让我把球踢过去的请求，一脚把球踢到另一边。这个举动惹恼了这伙学生。他们一拥而上把我围在中间，狠狠推我。我一个趔趄摔倒在地，眼看他们的拳头就要砸下。这个时候是曾恒过来，他认识这伙踢球的人，打点了几句，赶紧带着我走了。

我省了大半学期的钱，想要买一个迷你游戏机。后来网上找到一家店，价格比其他地方便宜许多。我把钱打给他们，收到的货却是旧一代的玩意儿。我本来都想认栽，曾恒却义愤填膺地说："不行！哪儿能便宜了那些无良商家！"他打了不少投诉电话，又去各大网站曝光店家的消息，最后终于搞得他们受不了了同意退货退款。我拿到那笔钱，还来不及感激，曾恒立马觍着脸说，"Sorry，你要怎么报答我的大恩大德啊？请吃饭肯定是逃不了的，其他嘛我再想想，嘿嘿！"

他每一次喋喋不休的面容和眼前这张脸合而为一，他不在意我冲他发火，仍旧吊儿郎当地说着："你的心情我是理解的啦，但你就听哥一句劝，看开些……"

"你让我静一会儿。"我推开他，仰在椅子上，注视着灰蒙蒙的天空。母亲的哭声像利刃般一下下割裂着沉默的空气。为什么生活是这样的呢？

后来，母亲整日以泪洗面，一逮着机会就责备我。我把心里的苦闷跟驯鹿倾诉："爸是为了帮我找小迪才去世的。可我直到现在也不知道小迪在哪儿。甚至分辨不出……她说的那些话，有没有骗我。"驯鹿反应了有一会儿，然后说，"听起来很糟糕。"听它的回答，我舒了口气。我不需要那些自以为是的劝慰，只希望有个什么人或机器人之类的能听我说说心底的话。

"是啊，很糟糕。我不知道该怎么办。"我慢慢讲述着那些一段段悲伤的经历。

这次我没听到驯鹿的回应。母亲冲进了屋，一把抓起它砸在床头上，它当时就坏了，发出滋滋的杂音，母亲又把它扔出了窗户："这么大个人，出了什么问题不去担起来，倒跟一个机器人说！"

我看着眼前这个陌生的女人，有些事情把我们每个人都改变了。令人难以忍受的沉默持续了半晌，我才开口道："您说得对，我什么问题都解决不了。您的生活全是被我毁掉的，对不起。"

我从家里搬了出来，一个人在遥远的城市工作。阿伦把濒死体验机介绍给我……濒死体验机。

7.

我睁开眼，像是从一个很长的梦中醒过来。

"醒了，醒了，病人醒了！医生！"一把声音像在另一个世界惊喜地喊着，由远及近，直至近到耳边。视线逐渐对上焦，母亲流着眼泪，"小索，你醒了。太好了。"

"我……"我静静躺着，回想之前的事。我躺在濒死体验机上，后来的事就不知道了。

"妈。"我想动一动，但怎样都使不上劲，这让我焦急万分。

母亲的视线看了看我的身子，重又往上移直视我的眼睛：

"醒了就好，哎。"

"妈，我怎么了？"

"那天给你打电话，好几次都没人接。我越想越不对劲儿，等赶到你这儿找到你时，你已经在那个什么椅子上躺了两天两夜。怎么这么不小心？医生说……说你不会再醒了。"她别过头，抹着眼泪。

"不是说不要再打电话的了吗？"我鼻子发酸，却说出这样一句话。

"我不给你打电话，谁管你？你早死在屋里了！"母亲说。

她用这种语气跟我说话，使我很放心。我回味着之前那个冗长冗长的梦，原来真正的濒死是这样的感觉。梦中哪些部分是真的呢："妈，那小迪到底……"

这么说的时候，视线的余光透过监护室的玻璃墙，看到外面走廊上一个穿红色大衣的身影闪过，我想追上去，但动也动不了。算了，如果是她，总会再遇到的。母亲没有接我刚才的话头，平复了一下情绪说道："以后只剩我们俩了，别折腾了，好好活着吧！"

"妈，我还是想出去看一看。"刚才那个身影让我耿耿于怀。

母亲的视线又往下移，看着我的身子，像受到什么刺激似的，她突然双手掩面，痛哭失声。我这才明白了什么："妈，我是不是……动不了了？"

"嗯，医生说你的大脑以为自己已经死了……不过既然能醒过来，行动什么的，也应该可以慢慢恢复吧。"

原来如此。我安安静静地睁眼躺在病床上，说不上悲，也并无喜。

母亲仍旧认为小迪是一个坏女人，但我选择相信小迪说的话。不管怎样，我们不提起她就行了。我们会好好生活。一直一直这样下去。

老年时代

【恐怖天堂】

韩 松

1. 托梦

小木梦到了父母。自他们十五年前去了养老院后，小木就再也没有梦到过他们了。一天天也不想了，电话也不打了。小木没有家，独身一人。他还记得父母，但差不多忘了他们长什么样了。昨夜他梦到父母血淋淋地站在面前。小木从床上爬起，走到窗边。窗帘积满灰尘。他想了好一阵，才把它拉开。城市展现在眼前。街上空无一人。摩天大楼遮天蔽日。这是东部沿海大城市，调节天气的纳米云，水母般飘浮在天上，围绕它们飞翔着各式彩图，利用气流，或云粒子，用激光，或直接把颜料喷洒到空中，绘制成美不胜收的画幅。城市唯一的人工智能看护专家是一位艺术爱好者。它画给自个儿欣赏。人工智能看护专家负责城市的生产和消费，并照料居民的吃喝拉撒睡。小木每天无所事事。看护专家便安排一些消遣给他，比如让他没日没夜玩电子游戏。他始终待在室内，足不出户。然而，独居十五年后，他忽然梦到了父母。这让他不舒服。父母的样子很可怜。他觉得，他们在思念他，在召唤他，在向他托梦。他们可能遇到了麻烦，说不定死了。他怔怔想了半天，最后决定去探望父母。

小木向看护专家提出的申请，很快就被批准了。看护专家还配备了一架自助航行器送他去。小木从未旅行过，也不知父母在哪里。但看护专家都安排好了。航行器升空，向西飞去。小木朝窗外看，才意识到这个国家很大很大。他看了一会儿舱内影视娱乐，又想了想父母。他应该是与父母一起生活过的最后一代人。在他小时候，父母就以老人的名义，被移民走了。城市中只剩下年轻人。小木还有个弟弟，但他也已很久未与他联系了。

飞了约两小时，下方出现了一望无际的、小木从未见过的大沙漠。渐渐地，沙漠中涌现了一座座海市蜃楼般的城市。它们比沿海的城市还要大，密密麻麻簇挤在一起。城市形若金字塔，却比金字塔更宏伟。小木一时觉得不像是在地球。

2. 移民新城

航行器降落在一座金字塔边。一名少有表情、身穿深色西服套装的少女来迎接小木。她自称小米，是城市的公关主管。她已从看护专家那儿获知了小木来临的消息。"欢迎来到天堂二十八。"小米说。"天堂二十八？""就是这座城市的名字——我国一百零八个老龄城市之一。统称天堂。这是第二十八座。这儿居住的全是老人。全国老年人口总数已达十亿，所以在沙漠中建设了单独的城市让他们居住。"小米照本宣科地说。

随后，她带小木进入城区，首先来到展览馆，按照程序，先观看一部立体影片。小木看到，西部无垠的沙漠上，果然弥布着一群群的金字塔巨城。十亿老人都集中居住在这儿，人口密度达世界第一。小木心想，何时能见到父母呢？小米却不急，又带他参观市容。与小木居住的沿海城市不同，这儿宽阔的马路上长满胡杨林，经过基因改造而像根杏一样高大，森林中分布着蛇形、龟形和鹤形的商厦、酒楼与戏院。成群结队的老人出现了，笑容满面，勾肩搭背，川流不息，熙攘热烈。这仿佛是小木久远记忆中的一幕。他年幼时，东部沿海的城市还不是如今这样冷冰冰的，街上还有人，还有老人。他又看到，天堂二十八中，有许多模块化的机器人，装成逛街的样子，实际上是在监测老人的行为，准备随时为他们提供服务。这是高度自动化的城市，大概也是由一位人工智能看护专家照料的吧。

　　小米又引领小木来到一幢大楼。这是管理中心，储存着所有老人的档案。女人调出了小木父母的资料。原来，早为他准备好了。资料显示小木的父母还活着。他松了口气。他还以为他们死了，才托梦来的呢。父母住在"葡萄与刀"功能区。功能区也叫主题公园。天堂根据老人们的喜好，作了这样的划分。有的老人喜欢军事，有的老人热爱大自然，有的老人沉湎学习外语，有的老人热衷扮演间谍，等等，都做了特殊安排。住在"葡萄与刀"功能区的，据说是些痴迷野生动物的老人。这样一来，按需设计，老人们的愿望便都得到了满足。传统的养老院跟天堂没法比。小木急切想要见到父母，却害怕见了不知道说些什么好。他毕竟已有十五年没有见到他们了。

3. 父母

在"葡萄与刀"功能区或主题公园，建设有连排的鼠窟似的居住屋，条件很好，十分的现代化。在这里，小木终于见到了父母。两位老人像孩子一样安静地坐在炕头，一人怀里搂着一只灰扑扑的鸵鸟。他们埋头慢慢梳理鸵鸟的羽毛，脸上浮现出若有所思的神情。过了好半天，一人忽然抬头，仿佛认出了小木，却没有说什么。又过一阵，另一人也看了他一眼。小木这才确认，他们果然是他的父母。

又待了好一会儿，母亲对小木说："沙漠里有很多的鸵鸟，跟沿海不同。记得我们老家那儿只有海鸥。鸵鸟可是天堂的宠物。我和你爸认养了十只。分别代表你、你弟弟和你们的老婆孩子。"小木着急地想说，我还没有要孩子，我仍单身，对婚姻也不感兴趣。但他最终没有说，或许是怕刚来就惹父母不高兴吧！"你们还好吗？"他说。"很好，很好。""缺什么吗？""不缺，不缺。"父母侧目瞟了一眼小米，又低头看鸵鸟了。小木这才意识到自己是空手来的。他没有为老人捎礼物。这一代人连最基本的人情世故都不懂了。小木却也没有不好意思。他还惦记着来探望父母，算是不错了。小米对小木说："瞧见了吧，什么也不缺，吃的、穿的、住的、用的，都由天堂安排得妥妥当当的。孝子，你就放心吧。""孝子"这个词让小木一阵痉挛。父母见状，捂住嘴吃吃笑起来。

随后是午饭时间。老人才显得兴奋起来。天花板旋开一个洞，掉下一条金属传送带，运来了热气腾腾的手抓羊肉饭。但只有三份，是配给父母和小米的。父亲伸出手，大把抓来送进口中。母亲想了想，从自己那份里，分了一些给小木。"很少有孝子来到天堂，这方面设计得还不够周密。"小米像是抱歉地说，也从自己的碗中分了一些饭给小木。两位老人吃得满嘴冒油，那样子像是许久没有吃过饭了。他们又扔了一些喂鸵鸟。鸵鸟们贪婪的吃相颇似中生代的食肉类恐龙。

然后，老人要睡午觉了，双双搂抱着爬上炕。小木站在炕下看老人。他们抹了油的头发披散在床头。他感到陌生，心里有些哀伤。好在有小米陪伴，又聊了一会儿天。鸵鸟就在边上走来走去，用好奇的眼神凝视访客。下午快五点钟时，老人醒来，看见小木和小米还候在炕边，就说请他们一起出去玩。大家便离开"葡萄与刀"，来到天堂外面的大沙漠。这里停满涂迷彩的沙漠车。小米帮老人和小木买了票，然后大家跃上车，驶入沙漠。

4．沙漠游嬉

父母和小木坐在一辆车上，小米自驾一辆，在一旁跟着。他们上沙山、入沙海，纵跃腾挪。两位老人乐得咯咯直笑，不停互相击掌。鸵鸟就跟着车子飞奔，双爪刨起滚滚烟尘。不久，小木发现，小米和她的车不见了。他也没在意。"沙漠虽然荒芜，却是天堂最好的游乐场。每天不来玩一次，就浑身不舒坦。"父亲说。"别累着呀。"小木担心地说。"瞧，身子骨硬朗得很呀，一点儿问题也没有。"头戴风镜的父亲舞动双拳，咚咚拍打胸脯，嘴里发出练功似的"嘿、嘿"音节。"他很像隆美尔呀！"母亲用气声笑道。

纵目看去，还有成千上万的沙漠车，蚂蚱一样，漫山遍野，嘟嘟嘟的，老人嘴里模仿打仗的声音，举着仿真枪，从车厢中探出身，彼此射击。有的车撞翻了，老人栽入沙中，立即有救护机器人从地下嗖嗖钻出，及时进行处理。老人经过简单包扎，又飞身跳上赶来接应的车辆。战争继续进行。"大家都活得蛮好的。你其实没有必要来看我们。"父亲完成了一轮激烈的射击，忽然掉头对小木说。"天堂，是一片自由的土地！"母亲叫道。小木不敢说，他梦到他们浑身鲜血的样子了。这时母亲抽出一根烟点燃，吸了起来。小木才记起母亲原是一名舞蹈演员，而父亲是一位大学物理教授。他觉得老人的嘴巴就跟针一样。这跟他记忆中的不太一样，毕竟十五年过去了。

他们一直玩到夕阳西下。沙漠才宁静下来，显得更加广阔而辽远，并从天到地染上了赤红色。相邻的多座金字塔城市在阳光的透射中显形了，耸肩伸腰突入晚霞深处，好似神话中的巨灵神。暮霭中，还有许多老人在玩跳伞。从千米高的跳伞塔上，一群接一群跳下来，灵巧的身形曳滑过太阳表面，跟黑子似的。高空中飘来他们呦呦的叫声。小木想，这一切果然是真的。但怎么觉得像是看电影呢？他发现，小米正站在跳伞塔最高处，举着望远镜默默眺望他们。

天黑了。父母邀小木共进晚餐。就在沙漠边，在胡杨林中，宰杀鸵鸟，肠肠肚肚弄了一地，现场烧烤。小木想，也许小米还在监视吧。不管她了。父母一边吃，一边喝酒，还唱起歌，是台湾歌手罗大佑的《光阴的故事》。他们请小木也唱，他只好尴尬地加入。这首歌他并不熟悉。他们三人唱了一遍又一遍，好像在模拟失散家庭的重聚。这时，整个野外一片光明，许多球状聚光灯在头顶上方飞来飞去，一场盛大的露天集体婚礼开始举行，八百八十对老人身穿结婚礼服，脸上挂着一模一样的笑容，迈着正步出现了。他们是来到沙漠城市后才互相认识，并迅速产生了恋情的。在主持人的安排下，老人们嘴对嘴吹红气球。气球一个个吹破了，鲜艳的橡胶粘在满是皱褶和口水的嘴上，像刚刚用完的劣质避孕套。最后老人们的身上也缠满气球皮，混合了浓稠的唾沫，在夜色中闪闪发亮，如浸在新出的鲜血中。这很像是小木梦到他父母的那一幕。

5. 幸福生活

令小木不解的是，父母拒绝了他晚上与他们同宿的请求，似乎在最后一刻对于是否要把合家欢聚的气氛推向高潮有所保留。

小米则为小木安排了下榻的宾馆。她开了一辆越野车接他回去。城里有一座清真寺风格的宾馆，是专为省亲者修建的。夜里，小木寂寞难眠。他走到窗边，望向城市。沉重的金字塔像一只红艳艳的大灯笼。老人们轻盈如飘行在灯芯中的各路神仙，神采奕奕，唱着歌儿，成群结队地漫游。有的人在喝酒，有的人在跳舞。中心广场上还有一些老人在发表演说，高谈阔论讲着时政、经济和军事话题。嘹亮的歌声在大街小巷回荡，有民歌、美声，有军歌、校歌，还有青春歌曲，甚至是沿海城市里刚流行不久的，也传到这里了。但主旋律最后一致回归了《光阴的故事》，汇聚成集体大合唱。这样一直闹腾到凌晨才稍安息。小木想，父母也参与其中了吧？他们真是享福啊。怪不得，不让儿子同住，怕打搅了他们的夜生活吧。但他又觉得哪儿不对。

　　小木对着客房墙壁唤了一声，立即有立体影像投射出来。小米显形了。她换了一套粉红色的迷你裙。没待小木提问，她便热情地向他介绍城市的来历。据小米讲，最初，是在各地设立养老院，但发现满足不了需求。为了应对人口老龄化的汹涌浪潮，根据新的国土规划，在西部沙漠中建设了第一座独立城市，即天堂一号，专门接待老人移民。这相当于试验区，在取得经验后，又兴建了更多的。这么做，经过了充分考虑，因为养老是一个极其复杂的系统工程。当老年人数量达到一个特定值后，社会便会发生质变。这时，老年人和年轻人的世界，将逐渐分化成两极，慢慢地就无法交叉了。老人也越来越不愿意和年轻人住在一起。

因为老年人的一半，是融在死亡中的，他们眼中的世界是另外一幅景象。这样就会爆发冲突。"不过，设立老龄城市，最重要的还在于，我们几千年的文化中，有尊老的传统，任何时候都不能丢。"小米说，幸好有了广阔的西部沙漠，否则传统就无法延续。在老龄化时代，那些幅员有限的小国都崩溃了。世界上只剩下了几个大国。老人离开后，年轻人就可以放心大胆去干很多事情了。如果老人在，就不那么容易，就会有阻碍。小木想说，不，不是这样的。我们现在待在东部沿海的城市中，什么也不干，成天混日子，像行尸走肉。

小米没有在意小木的心情，接着说："至少，避免了不同代际间的战争。从大家庭的融融一堂，到彼此仇杀的争斗，这种过渡，一夜间就会到来。因为人是极不可靠的动物。亲代和子代之间的关系很不稳定，是一种急剧波动中的利益关系。家庭只是物质匮乏阶段的一种苟且组合，终将瓦解。没有谁能预测明天会怎样。老龄社会是人类进化史上一种崭新而暴烈的社会形态，这还是第一次，比当初奴隶社会过渡到封建社会、封建社会过渡到资本主义社会、资本主义社会过渡到社会主义社会，引发的震荡还要大。对于究竟将要发生什么，没有确凿可靠的研究。最好的做法就是隔离开来。这样老年人也可以受到更周全的照顾，从而幸福地安度晚年。"

小木问："我爸妈还能活多久？""在天堂，通过医学工程控制，包括利用微型机器人清洗身体，替换人工器官，进行基因修补，人类平均寿命可达五百岁，甚至更长。""他们果然能得到他们想要的一切吗？""哦，应有尽有。""呃，那个呢？""哪个啊？""就是那方面啊。""你说性吗？"小米哼了一声，"没见他们的身体倍儿棒吗？这方面没有任何问题。他们甚至比年轻人还要强。天堂里不玩虚拟游戏。""真是出乎意料。""是十全十美。你尽可以放心了。"小木想，父母操劳一生，至此才在天堂中过上了幸福生活。想到这也或许便是自己的未来，他不禁憧憬起来。

小米又问："哦，你一人来此，还有什么需求吗？"女人的声调变柔软了，意外地带有一种媚惑感。她裸露在迷你裙下面的两条白生生的大腿像在静静燃烧，她朦胧的眼神就跟小木熟悉的电子游戏中的女人一样。但这是在西部沙漠，他有些水土不服。他很累，疲倦得快睁不开眼了。"我没、没有需求。你走吧。"他生硬地说。"这么多年，你是第一个来这里的啊。"她像是依依不舍地与他告别，消失前的一瞬间表情又变冷酷了。

6. 返璞归真

这夜，小木睡得很好。住在天堂，噩梦没有了。凌晨，他忽然惊醒，走出客房，随便逛逛。八十多层的酒店，竟然空空的。除了小木，没有别的客人。每个楼道中都在播放《光阴的故事》的背景音乐。为什么是这样呢？他忽然意识到，或许小米在这儿等他很多年了。她是这沙漠城市中唯一的年轻人。对此他想不明白，也不愿多想，就赶紧回到客房。

小木吓了一跳，他突然发现自己进入了五彩斑斓的世界。客房四壁挂满油画，是老人的作品，画风粗犷，颇似史前岩洞的壁画：下面有画家的签名，正是他的父母。看样子，他们是在天堂学会画画的。老人的艺术想象十分奇特，展示出超凡入圣的天分。画面上，有把自己的肠子撕拉出来吃掉的鲸鱼，有长满几十只眼睛的怪物，有微笑着坐在沙发上死去的孩子，还有围绕尸体转来转去的鸵鸟……

在小木的印象中，父母不是这样的。不知道他们什么时候有了这样的趣味。但既然到了天堂，人总会变化吧？不，也不是变化。他们好像一夜间返璞归真了，把隐藏的潜意识，重新挖掘出来，尽情释放，无拘挥洒；而来这儿之前，要在儿女面前装得一本正经。这是早先的社会形态对人性的束缚和扼杀。天堂果然是无比自由的啊！是了，以前的父母，仅仅是小木和他弟弟的基因传递体。而现在的父母才原形毕露，展现了他们的丰富性。他们曾经一直在他面前死绷着，他们一度过着多么憋屈而压抑的生活啊！他不禁嫉妒他们，并对自己的生存境况产生了怀疑。他盼望有一天也能来到天堂，跟父母一起，坐在炕上，学习他们一笔一画、细致入微地描绘那些变态的事物。

于是，小木离开宾馆。这回，他不知不觉走进了小巷。他看到了许多一动不动的人，孤零零地沉默坐着，好像是被抛弃的老人。还有巨大的垃圾山，是昨天不曾见的。有很多动物的尸体，包括鸵鸟；还有些别的，像是合成生物，也都死了，残肢断臂随处乱扔。他似乎走进了天堂不能示人的后院，这让他既惊且惑，赶紧逃离，重上主道。他又走在光鲜华丽、人山人海的老人中间，而他们对他的闯入视若无睹。他还记得去"葡萄与刀"功能区的路，回到了父母住处。他们对儿子事先没有约定的忽然造访，有些不悦。

父母正在玩一起杀人游戏。地上扔着一具尸体，是老人的仇人，当年的同事。有两把染血的刀。父母蘸着血在吃葡萄，小木大惊失色。父亲边吃边说："没事，在天堂可以随便杀人的，只要提出申请。"母亲说："这里的一切，都是为让老人高兴而设立的。是真正的童话世界。十分自由。"父亲说："对于我们来说，其实也不需要提出申请，因为一切根据我俩的指令行事。"母亲说："因为我们就是最高执政官。"什么？最高执政官？小木不敢相信自己的耳朵。父母摸摸母亲的脸，笑道："城市是由我们两人统治的。这却不是童话。"他们又噗噗地吃掉了更多的带血的葡萄。

这时，小米追来了，她也不太高兴。"你是客人，没有我们的安排，不能随便出来的。"她说，"要看父母的话，得由我引领。"父母请小木赶快离开。"他们是最高执政官，不能想见就见。"小米叱责小木。真的是最高执政官？他想到他们在沙漠车里大呼小叫、举枪射击的样子。小米便带他去看了一个场面。

中心广场上聚集着几万名老人，正在投票选举。原来，他们要选出城市领袖，也就是最高执政官。小米说："在天堂，每个人都可以当领袖，都可以拥有最高权力。只要是天堂的合法居民，愿望都能得到满足。""这怎么可能？""让他们觉得满足就可以了。领袖什么的其实只是个名分。但老人要的不就是名分嘛？现在，天堂二十八里，一共有一百三十八万五千二百一十九名最高执政官，他们对自己的家庭行使着充分的管辖权，但我们通过电子神经装置在他们的大脑皮层上造成一种印象，好像他们管理着整个世界。由于没有年轻人的竞争，老人身体又健康，活的时间又长，所以就都想着要去做一些不朽的事业。人无非是这样。劳动和工作，在这儿成了人们的第一需求。"

小木想着父母刀下的那具尸体，问："杀人又是怎么回事呢？也是劳动和工作吗？""这也是人性呀。我们会制造出一些克隆人来让他们杀掉消遣。在天堂，基因工程水平很高，克隆人是被设计得没有痛觉神经的。但有杀人需求的老人并不像你想象的那样多，也就十几万个吧。"小木闷闷不乐，仿佛这才更加深入地认识了父母。他回到宾馆，见墙上又换了新画。是刚画出来的。不再是那些阴郁的了，而是大海、太阳、蓝天、鲜花、儿童之类。它们映照着房间，好像投射出了父母杀人之后心情的变化。

157

7. 孤独

之后，经过小米的允许，每天小木可以与父母通话一次。他向他们提问："觉得这样活着有意思吗？""有意思啊，有意思。""什么是意思呢？我提出的问题，你们觉得没有意思吧？""多么自由啊，多么自由。""我要走了。"小木想说的是，你们舍得吗？老人异口同声说："没有关系，没有关系。""真的不想让我留下来陪你们吗？""不想，不想。"

小木越来越觉得，这里面有某种不对。但小米告诉他，在天堂，不对就是对。这世界本来就是一个逆常规的创新，它解决了人为什么活着的问题。

说到小米，她的形象每夜都会以三维投影呈现，陪小木聊天。她像是怕小木睡不好，甚至怕他出事。年轻人初来天堂，还不能适应。这样，直到有一天，她开始用自己的真身陪他睡觉。小木以前还从没有与现实中的女性发生过关系，他只在游戏世界里与女人厮混，因此这令他疯狂。而小米比他更来劲。她不停地大声嘶叫，像要把五脏六腑都喊出来，仿佛忍耐了多年。他不禁觉得，是他在陪她。看望父母的主题已经发生了变化。这才是他来到天堂的真正目的吗？整个是她设的一个圈套？

"爽吗？"他小心翼翼地咬住她娇小而瘦削的身体，觉得她烫得怕人。"你不明白。"她陶醉地闭着眼，像回到江湖中的鱼儿一样嘘嘘吐气，说出的话竟像他的父母。小木想，这是因为她压抑太久了吧？以前是老人感到压抑，现在换年轻人了。天堂的每个老人都拥有很大权力，都是统治者，都是执政官，都是伟大英明的领袖，这意味着，这女孩其实是生活在一座座的大山下。她一个人在为亿万人服务。他不禁怜悯起她来。这是一种从未体验过的新情愫。他眼眶湿润了。

这时，墙上的画幅在黑暗中显形了，吐露出艳阳一样的光芒，在这老人像蚂蚁一样汇聚的城市里，格外的明亮而炽烈。但到了极处，却又放射出阴沉颓败的气息。没有想到，与小米的交合竟带来了这样的刺骨之感。但不管怎样，男人和女人之间才好像打开了一扇通往幽暗燠热之境的久闭门户。这两个世上最孤独的人，来自东部沿海的小木和住在西部沙漠的小米，在精神和肉体上飞快地走近并聚合。他与她在一起，比跟父母在一起更为坦荡。

《光阴的故事》在耳畔回响："风花雪月的诗句里，我在年年地成长……"

8. 大运河的水底

此后，小木变得更胆大，他又一次离开宾馆，就像逃亡一样。沙漠深处那空无人烟、阴森凄异的宾馆虚位以待，被红红火火的老人社会包围；兼之整个夜晚，在老人的歌唱中，又筋疲力尽与孤独疯狂的女人做爱——这一切使得男人快要分裂。他越来越想去看父母现场作画。他对艺术产生了空前的兴趣。

但还没出宾馆大堂，他便迎面撞上小米。她此番穿着迷彩制服，足蹬高筒马靴，雄赳赳地双手叉腰而立，阻住他的去路。他只得低头。她气冲斗牛，像个女勤务兵。他如坠梦中，不由得十分沮丧。末了只好跟她走。这回，他们去坐沙漠车，像要重演什么。他哑然失笑。周边都是老人，而只有他们两个年轻，极不协调。他们起动时，一群群早已候着的老人也发动了，亢奋地嗷嗷叫着直追上来。

"他们以为我们也是老人吗？"他不安地问女人。"是吧。""为什么？""老人最狡猾也最易受骗。"两人的车子越驶越快，向沙漠边缘开去，把老人的大军甩在后面。这帮家伙开始还试图追上他们，但很快累了，也像是忘记了，或者兴趣点转移了，就玩别的去了。"他们总是不能集中注意力。若能集中五分钟，就不是这样了。"她不高兴地说。"所以，你一个人，就能管理好他们所有人，是这样吗？"他直视她的眼睛，但什么也没有看出来。"是的。噢，但是，不，不……"她有些前言不搭后语，不再说什么，只把注意力集中在驾驶上。小木不禁神思恍惚。

不久，他看到前方浮现了亮晶晶的景观和蒸腾的雾气。原来，沙漠边上，分布着巨型水系。但不是尼罗河，而是人工复制的大运河。小米说，这是按某位老人的要求而设计的。还有一些状若十九世纪末期工业革命时代的烟囱和厂房，粗大有力的烟柱像金属棒一样戳进天空，与眼球一样的昏浊日头迎面碰撞，似乎发出轰隆声。运河边有一些晒太阳的老人，还有一些捕鱼的老人。另外就是高大的堤坝，下方似藏有发电厂。这一带的老人好像不是那么多，却更怡然自得，悠闲轻松。小木像是经历了一次穿越。"不知有汉，无论魏晋。"他念叨。像是不明白他在说什么，小米瞥了他一眼。

来到河边，小米"嗖"地跳下车，脱掉衣服，开始裸泳。她那像是千年不朽胡杨的身材吸引了男人。他也跳下去，两人追逐着潜水相嬉，不觉来到深处，身体被漩涡吞没。这是一处人工漩涡，拽住他们垂直下降，进入水底下的厂房。果然，这就是支撑整个城市运转的发电厂。这里开辟有广阔的空间，形成地下城，是真正的控制中枢，又好似小米本人的家园。操场般的地面上，排列着亿万只粉红色玩具，形成团体操一样的队形，都是一人多高的陶瓷凯蒂猫，但头型和眉目皆为老者模样。

小米说，这水底下方的厂房，便是天堂的镜像世界。她打开一只猫咪的天灵盖，于是露出了深深的腔子，从中冒出极寒的青白色气体。她又打开一只，再打开下一只……让小木逐一看视。原来是特制的棺材。每只里面，都装着一具干尸。小木的父母也在其中。女孩兴高采烈地逐一展示给男人看，就好似向亲爱的人披露闺房秘密。原来，所有的老人都闭上眼睛藏在这地下空间了。

"那么，这些天我见到的又是谁呢？"小木惊骇而呆滞地问。

9. 节能模式

"哦，他们是这座城市的人工智能看护专家制造出来的假人呀。"她慈爱地摸摸他的脑袋，对他坦言。小木眼前出现了父母佛陀般安坐不动手抚鸵鸟，或者高声疾呼驭车奔驰的生动模样。他想，城是真的，人却是假的。他却从那么遥远的地方，飞过来看他们。沙漠中的一百零八座城市，这些叫做天堂的地方，原来是鬼城。他却因为一个梦，千里迢迢奔赴此间来晤亲人，还要看他们画画。他又想到，以前听人说过，亲人只有一次的缘分，无论这辈子相处多久，一定要珍惜共聚的时光，下辈子，无论爱与不爱，都不会再相见。但看来不用等到下辈子了。

"最初都是活人，但后来看护专家冻结了他们。"小米说得轻描淡写。她带领他在神色木然的猫咪阵列中穿行。猫儿们鼓着发紫的眼泡，冷冷地从四面八方盯着他们。她介绍道："在看护专家看来，生命只是一些生物电流的涌动。它并不认为他们已经死了，它觉得他们只是换了一种存在方式。在你这样的尊贵客人来访时，还可以临时启动机器，释放出用纳米技术制造的模拟人，重新铺陈出城市的繁荣昌盛。""演戏？""不，只是转入节能模式。"

小米说，老龄化城市的试验其实失败了。由于老人数量实在太多，而且他们贪得无厌，一度，这上百座沙漠城市成了国内最厉害的耗能大户，这样下去它们甚至会用光整个星球的资源。连人工智能看护专家也看不下去了。为了东部沿海城市的年轻人能够存续，就必须转入节能模式。按照效益优先原则，看护专家作出了冻结的决定。"在宇宙中，生命之争就是能量之争。"她说。"十亿人，都被冻结了，难道国家不知道吗？"他问。"这儿不早已自成为一个国家了吗？""那个我们平时所说的国家呢？""你觉得它还存在吗？""什么意思？""没什么意思。""为什么告诉我这些？""噢，我们已经在一起睡了觉嘛……"听了这话，小木下意识攥紧拳头。他才觉得这个女人陌生而危险。

小米说："实际上，在你内心深处，你父母早不存在了。所以又有什么关系呢？""不是这样的，我梦见他们了……""是的，是的，这却是你的特殊之处。但在你这一代，人类已不会做梦了。"小木于是怀疑起了自己。他的申请那么容易就通过了。而看护专家应该了解所有的实情。它应该阻止他来。是啊，为什么只有他一人前往天堂？"我是活着的吗？"他犹疑着小声问小米。"这很重要吗？"她的语气，像是责怪他都到了鬼魂云集的天堂，还如此天真。"不重要吗？……""哦，什么叫活着，什么叫死亡？天堂有天堂的概念。那仅仅是信息组合的不同方式罢了。换一个角度看，你完全可以认为，你父母仍然活着。它们正以新的方式活着。"说着，她把一个猫咪抱起来，使劲摇了摇。里面发出板结的肉体与金属外壳剧烈碰撞的哐哐声。

"这不是我要看到的……"小木说。"其实是你不想看到的，你在拒绝变化。你跟你的父母，一直在较劲。你不满他们提出的要求。噢，老人们移民沙漠城市后，提出了许多的非分要求，才导致能量的消耗以指数级增长。""什么非分要求？""千奇百怪的想法，你不是已经亲眼见到了吗？比如，他们提出，每个人都要当一回国王，还要随便处置他人的生命。他们还想做宇宙航行，去银河系的中心，要建立上帝之国那样的伊甸园……因为是老人，所以看护专家不能拒绝他们，只能尽量满足大家的愿望。但后来，它们觉得这太可怕。以旧的形态存在，人类就不仅是多余的，而且是危险的啊……""有时我也这么想。"小木感到自己的话音像是从一具尸体的腹腔中发出来的，他又注意到在小米口中，看护专家由"它"变成了"它们"。

10. 画画

晚上，小木向认识的所有人发出邮件。这些人中包括他久未联系的弟弟。他不知他们是否还活着。他告诉了他们天堂里发生的事情。他跟他们讲，国家正处于一场空前的危机中。西部沙漠中隐秘的巨型金字塔城市里匿藏着不为人知的秘密。这是一个阴谋。人类的自由已被剥夺。不仅自由，连生命都被扼杀了。"我们的父母已被干掉——为了'节能'，为了抑制'非分要求'。据说这样做是为了我们这些下一代，但这肯定是谎言。世界正在发生某种可怕的变故，但我不知道接下来还会发生什么。"

随后，小木向自己所来的城市提出申请，要求回去。他要回到那儿，去找离群索居的年轻人，要唤起他们。但负责照料东部沿海城市的人工智能看护专家对他说："你不能回去了。接到了你的孩子送达的申请。他们希望你提前入住天堂。""荒唐。我没有孩子。""这是假象。你有孩子，但你忘记了。他们早就被遣送到了大海另一端的远方，在那儿集中定居。现在，他们发来了申请。他们本想来看望你，但觉得或许会看到意料之外的事物，遂作罢了。"看护专家告诉小木，他那个关于父母的梦境，就是他的孩子们制造的，并委托看护专家送抵了他的脑海，成为他前往天堂的凭据或借口。

小木忽然记起，小时候上学时，电子老师讲过，大洋彼岸的世界叫做地狱。看护专家又说："其实，从你们这一代人开始，每个人一出生，就已进入老年。但你可能是我记忆中的最后一个年轻人。"小木怀疑看护专家又在制造新的假象和诱饵，便说："太残酷。""噢，是更仁慈。"看护专家说罢，便消失了，只在三维影幕中留下一个长相滑稽、表情痛苦的人形符号，看上去很像小木。

这个符号又迅速变形成了小米。这回她换上了一身孕妇装。

她对小木说："留下来吧。天堂很久没有来过活人了，我们只是在怀念逝去的时光。你是唯一的，请选择功能区吧。会为你配备一个异性。""干什么用？""当老伴啊。""我可以挑吗？""不能。""为什么？""因为她便是我哟。"小米干巴巴地说，连一丝羞涩亦无。"这又为什么？""我太寂寞了。"她这才像是笑了一笑。小木再次想到，所有的这一切，都是她安排的吗？他猜，小米本人便是照料天堂的那个看护专家。接下来会有时间验证的。他的余生还长得很，要活到五百岁。不，要活到一千岁、两千岁……一万岁，会永远活下去，以各种各样的模式。另外，他早该想到了，在这个国家，比人类还寂寞的，便是人工智能看护专家啊。他想，我究竟是谁呢？他便妖里妖气唱起来："就在那多愁善感而初次回忆的青春……"

"往后，你最想做什么呢？"小米不耐烦地打断男人的演唱，做出关怀的样子问。"画画！"小木鼓起勇气回答。

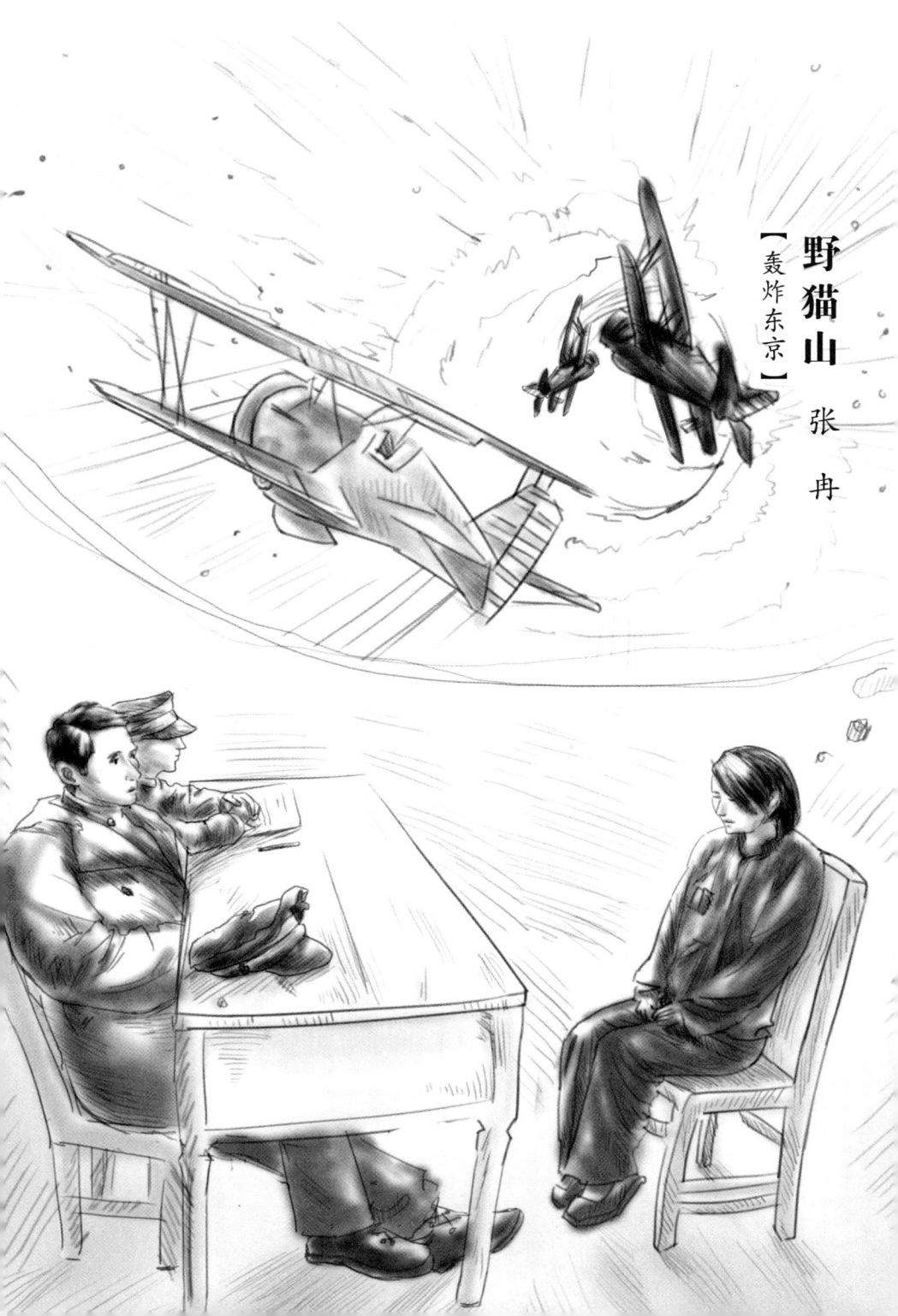

野猫山 张 冉

【轰炸东京】

引 子

　　我知道这样一封信完全在你们的意料之外。当你们在一位终身碌碌无为的历史教师的遗物中发现如此一个泛黄的信封时，一定会以为那是我与某位友人之间咬文嚼字的通信，或是写给你们过世太早的母亲、没来得及寄出的情书，再不然，便是我留给你们淡而无味的只言片语，就像过去二十几年里我每日所说的那些安身立命的迂腐道理。然而这不是。这封信关于一段往事，一段我原本希望永远封存在记忆中的往事，可当接到确诊通知书的那一天，我突然感到非常恐惧，害怕生命太早消逝，这段往事将随着我一起化为飞灰。我下定决心，写下这封信，将它夹在《中国抗日战争全史》第一册的扉页。如果你们中有人同我一样对历史略感兴趣——哪怕只是因为整理我的遗物也好——打开我的书橱，这本书就在书橱第一层最显眼的位置等待你们翻阅。看完这封信之后，你们会获知一段无人知晓的历史，一段中日战争史中埋藏极深、意义重大的秘史。到那时，希望你们以自己的学识、智慧和人格作出判断，决定是否将这段历史公之于众。这个选择已经困扰我接近四十年，如今我终于可以卸下重担了，这是死亡能够给予我的最好安慰。

　　匆匆奉白，信长且乱，见谅。

1.

到如今我还能清楚记得那一天的日期：1965年12月4日。因为几天前，《人民日报》转载了姚文元在《文汇报》上发表的名为《评新编历史剧〈海瑞罢官〉》的文章。这篇文章不仅在中文系引起激烈讨论，在我们历史系内部也引出了针锋相对的两种观点，辩论无时无刻不在发生，就连教研室走廊上都站满了大声争辩的教师，这种环境让人很难专心致志地批改作业。

那天刚上完下午第二节课，我回到教研室收拾东西准备回宿舍。刚走出主楼楼门，还没打开自行车锁，一名学生就小跑着出来叫住了我，说系主任在到处找我，看样子还挺着急。我对当时任历史系主任的老严还是比较头疼的，我们之间许多观点并不合拍，偏偏他还对我青眼有加，总喜欢叫我去他的办公室沏上热茶摆龙门阵。既然被学生叫住，我只能揣起钥匙，夹着公文包转回系里，敲开了二楼最东头主任办公室的门。这一次会面，本以为又是一次话不投机的清谈，谁知道最终竟颠覆了我的整个人生观，以至于在其后的几十年里我都无法走出这一天留下的阴影。

老严开了门，笑呵呵地让我进屋。我一看就觉得气氛不对，屋里有客人。办公室的肖大姐正提着暖壶给客人倒茶，白瓷杯里漾起碧绿的茶香，那是主任轻易不肯拿出来的上好龙井。两个陌生的同志一坐一站。站着的是个小年轻，穿着没有军衔的崭新军装，样子显得有点拘束，手碰一碰茶杯的柄又赶紧挪开，看上去不好意思端起来喝；坐着的是个三四十岁的干部，皮肤黝黑，穿着风纪扣扣得严严实实的灰色干部服，头发梳得一丝不苟，不知道是来自哪个机关。

"这位是赵……同志，身后站着的是小李。这位呢，是我们历史系中国近代史专业的讲师张老师，他对中日战争这段历史相当有研究，应该能配合你们的工作。"老严热情地介绍道。

我莫名其妙地走过去，伸出右手跟站起来的干部相握。

"张老师你好，我姓赵。"这人脸黑沉沉的一丝笑容都没有，介绍中也没有单位和身份头衔。

我们分别在沙发上坐下。肖大姐给我沏上龙井茶，端着暖壶出去了。我奇怪地望向老严，看到他正把一封盖着红图章的介绍信对折之后塞进信封，小心翼翼地压在办公桌的玻璃板底下。

"张老师，这次到师大来请求你们协助，不能说是政治任务，但确实与一宗关系到社会主义革命与社会主义建设的重大事件有关。我们急需一位熟知近代日军侵华战争史的人参与到工作当中。严主任介绍了你，是肯定你的能力与政治水平，有为祖国和人民付出的立场和觉悟。"姓赵的干部嘴里说着场面话，眼睛直勾勾地盯着我，看得我心里有点儿发毛。

"我只是个小讲师而已，说不上有什么能力，不过能帮得上忙的话还是很乐意的。"我顺着他的话答道，眼神又飘向老严，示意他赶紧把前因后果说清楚了。

老严从抽屉里拿出一听马口铁罐装的红双喜卷烟，取出烟来发给大家："抽烟抽烟。这位赵同志是从昌平过来的，路上跑了整整一下午。小张啊，我已经给你开好假条了，你吃过晚饭就随着赵同志去昌平办事。两天、三天回来都不打紧。你的课我让别人先代着，工资照发，每天一元五角钱的伙食补助，你看呢？"

我满头雾水接过香烟，从兜里掏出火柴点着："我一人吃饱全家不饿，出差倒是没事儿，可究竟去做什么呢？难道是抗日遗迹的恢复性重建？要说出现场也轮不到我啊……"

站在旁边的小李同志脸红红地接过一根卷烟，就着老严手里的火柴点了，吸了一口，捂着嘴咳嗽两声。姓赵的干部轻轻把老严的手一推，自己从上衣兜里掏出一个铝箔纸包的烟盒，倒出一根带过滤嘴的香烟叼在嘴上："这件事的保密等级比较高，我们不能多说，你同意的话，请签署这份保密协议，到了那里之后就明白了。"他没急着点燃香烟，先从身旁的人造革挎包里掏出一摞纸来摊在茶几上，又摸出一支钢笔，摘下笔帽递给我。

我草草扫了一眼纸上密密麻麻的小字，没看太明白，就看见最上面的框框里写着"等级：绝密"，末尾公章盖的是"公安部预审局"。这个单位我从没听说过，不由得抬起头重新打量一下对面的干部。姓赵的似乎习惯别人盯着他的眼光，眼神木木的，一点反应都没有。

"这是好事，小张。"老严靠在办公桌上吐着烟圈，"好事。"

当时那种环境之下，不由得我不捉起笔，在保密协议最后签下自己的名字。那时想得也简单，不管是苦差还是美差，出趟门散散心总比待在系里听别人吵嘴强，再说不就是去昌平嘛，一天就打个来回了。

"谢谢你，张老师。"姓赵的干部收起协议和钢笔，再次站起来跟我握手。我也赶忙站起来拉住他的手，心里还想这个赵干部看起来冷冰冰的，做人还挺热情。谁知他转脸对严主任说，"那么我们现在就动身了，晚饭在那边解决吧，趁着天没黑，还有一截山路要爬。"

"吃完饭再走吧，食堂现成的热乎乎的饭。"老严都从抽屉里掏出饭票了，闻言可怜巴巴地瞅着对方。

赵干部一点不领情地回绝道："下次吧，下次。张老师，也不用收拾什么行李，顺利的话明天就能送你回来，咱们这就出发，没问题吧？"

"没、没问题。"我那时候脑中就一个念头：要去的地方可千万别让换拖鞋，我的两只袜子后跟都破了大洞，千不怕万不怕，就怕脱鞋。

2.

他们的车停在校门口，是一辆成色特别好的黑色伏尔加汽车。这种车子我们俗称"金鹿"，是当时最气派的汽车之一。自从苏联专家全部撤回国之后，保养良好的伏尔加汽车越来越少见，街上跑的都是上海凤凰牌小轿车和仿造伏尔加的东方红牌小轿车，看起来拼拼凑凑不像样子。小李别看是个娃娃兵，开车开得相当不错。轿车从和平门外新华街出发，平平稳稳驶着，没用一会儿就出了北京城。

赵干部坐在前排，一路上都不说一句话。小李不时从镜子里瞅我一眼，仿佛有心说话又不敢说。我自己闷在后排，心里有点隐隐约约的不安，也有点后悔临行前不去趟厕所，不过面上还是显得很淡定，假装望着外面枝叶全无的枯树一棵棵地掠过。

车子开得稳当，暖气又开得足，没用多久，我就抱着公文包睡了过去，等再醒来的时候外面已经一片漆黑。我是被颠醒的。路况明显变差了，伏尔加轿车射出两道昏黄的光，照亮前方坑洼不平、弯弯曲曲的柏油路。我感觉车子似乎是在上坡，发动机嗡嗡地吼着，速度却快不起来。那天月光星光都不明朗，窗外树影婆娑，看不清走到了什么地方，车里除了发动机运转声和暖气的呼呼风声之外一点动静都没有。小李的侧脸映着仪表板的灯光，绿油油的有点吓人。

"快到了。"姓赵的干部突然开口说了句话，吓得我汗毛全竖了起来。"是吗，快到了就好。"我敷衍应道，心里不断盘算着这是走到了什么荒山野岭。

没想到赵干部说得真准。几分钟后，伏尔加轿车转过一个弯，面前豁然开朗。隐隐约约能看出这是一个口袋般的地形，除了车子驶进来的一条柏油路之外，其他三个方向都被崇山峻岭包裹着。三座山峰像把老虎钳将一片黑压压的建筑夹在中央。随着车子驶近，建筑物高耸的外墙和铁丝网变得清晰起来，四只探照灯来回扫射，围墙四角都有高高的岗楼——这分明是一座监狱！

当时的我并不知道这就是后来闻名天下的秦城监狱，只感觉有点毛骨悚然。监狱这种地方就算白天看也显得鬼气森森。小的时候我家住在北京德胜门外，距离功德林监狱不远，那座由寺庙改建的老监狱给我童年留下了不少恐怖的阴影："赵同志……我们到监狱做什么？"我声音发抖地问道，脑中快速反思着近期自己的作品、言论和行为。如果这是一次秘密逮捕的话，那么老严确实串通警察演了一场好戏。

"放心，张老师，这次需要你帮助的地方，就是在提审一位犯人的时候利用你的历史知识找出其供词中的疑点。但要注意，不要问任何问题。同时，犯人是受过高等教育、潜伏非常深的阶级敌人，千万不要被他的语言蛊惑。"赵干部并不回头，坐在前面沉声说道。

这话缓解了我内心的紧张，但同时也增加了我内心的疑惑："审问犯人为什么需要一位历史教师在场？……哦，赵同志，是不是审问对象是一位战犯？"话说了半截，我突然一拍脑袋。德胜门外功德林监狱以前关押的就是国民党蒋介石集团的战犯，我自然而然产生了这样的联想。

"并不是。不过……有相近之处。"赵干部沉吟了一下，回答道。

这时车子驶到监狱大门前，小李晃了两下大灯，两扇漆黑的大铁门慢慢开启。伏尔加汽车一直开进监狱深处，在一排平房前停了下来。"到了，我们下去吧。"赵干部推开车门，喊了我一声。

我们都下了车。我四处张望一下，这里似乎是整个监狱的中心地带。放眼望去，能看到四栋三层高的楼房分布在四个角落，青砖坡顶的小楼房形状各不相同，建筑考究，看起来并不像监狱，倒像首长住的高级楼房。

这里没什么照明设施，赵干部拧亮一把手电，带着我深一脚浅一脚向其中一栋楼房走去，这栋楼外墙漆涂的编号是"204—丁"。楼门前两名荷枪实弹的卫兵"啪"地对赵干部立正行礼，小李立刻立正还礼，姓赵的却只摆摆手，示意他们打开楼门。

"这里关的都是什么人啊？"走进楼门，发现长长的过道铺着深色木头地板，每隔一段就有一盏电灯照亮，墙壁涂成蓝色，显得又干净又气派。我心头的疑惑更甚，不禁问道。

"嘘，不该问的别问。"小李好心地冲我做了个别说话的手势。

赵干部带我们登上楼梯，楼梯和扶手同样是光滑的木头制成的，我不认识木头的种类，但看起来绝非便宜货色，应该是柚木、胡桃木之类的名贵木种。每层的楼梯口都有卫兵守卫，他们无一例外地向赵干部立正行礼，姓赵的依然只是摆摆手，显得有点傲慢。第三层只有五个房间，我们沿着走廊走到尽头，打开一扇红色木门，走进一个有点空旷的屋子。这间屋子四壁同样漆成蓝色，窗户上盖着厚厚的深蓝色窗帘，一盏60瓦灯泡将屋里照得雪亮，屋子正中间孤零零摆着一把扶手椅，靠门放着两张写字台、几把折叠椅，写字台上有台灯、墨水瓶、笔记本、烟灰缸和茶杯。

不用多说，这是一间审讯室。

"坐。"赵干部拉开一把折叠椅，示意我坐在写字台后面，"隔壁房间有专人负责记录，你不必记下他说的每一句话，但别忘记你的任务，你要负责挑出他陈述中的漏洞，戳穿他道貌岸然的假面目！这里有纸和笔，还有什么需要的话尽管对我说。"

"我仍然不太明白，赵同志，不过我尽量配合，尽量配合。"我把公文包摆在大腿上，看看桌上的钢笔和信纸，信纸印着"公安部预审局"字样，红红的宋体字让我心里有点发慌。

赵干部点点头："不用紧张，只是配合而已，审讯是由我们来完成的。"

没说几句话，房门打开了，小李和另外一名卫兵押着一名犯人走了进来。犯人身穿深灰色劳动布囚服，头上罩着个棉布口袋，似乎是为防止他认清监狱地形而做的预防措施。两人将犯人拉到屋子当中，摁倒在扶手椅上，"咔嚓咔嚓"用手铐将犯人与椅子铐在一起，接着掀去了遮脸的布袋。

"小李，你们出去吧。"赵干部揪下钢笔帽，眯起眼睛望着对面坐着的中年女人。

3.

我没想到犯人居然是一个女人，但很快意识到这是某种性别歧视——女性既然能顶半边天，为什么不能成为阶级敌人？我也学着赵干部的样子摘下钢笔帽，在信纸上试了试水，墨水还挺足。

灯光照着女犯人的脸，监狱里暖气很热，她的囚服里只穿着件厚毛衣，没有穿外套，脸上却也见了汗。她约四十岁左右年纪，头发理得短短的，身形消瘦，面色苍白，两颊有点凹陷，显得一双黑眼睛出奇的大。她给人的第一印象并不像一名囚犯，当然更不像十恶不赦的战犯。她身上有一股浓浓的书卷气，如果穿上得体的衣服，更接近大学校园里的女教师形象。

"124号。"赵干部清了清嗓子，拿钢笔尖戳着信纸，朗声说道，"124号犯人，这次提审是你的一个机会，我们请来了专家，以帮助你认清当前的形势，彻底交代一切罪行。现在悔过尚且不晚，难道你还要执迷不悟下去吗？"

女犯人慢慢抬起头，直视赵干部的眼睛，说："夜间十点钟，我已经上床就寝了，你们就这样将我从床上拖下来进行审问，这难道不是某种罪行吗？"

赵干部脸上露出一个阴恻恻的笑，这是我第一次见他脸上流露出某种表情："对于你这种反革命分子，宽容才是罪行。不要再花言巧语了，现在从头开始交代吧。"

"从头开始？"女犯人无奈地摆摆头，"这已经是多少次了？为何要一遍一遍听你们自己都不相信的话？"

"从头开始！"赵干部一拍桌子大声喝道，把我吓了一跳。

124号犯人舔舔嘴唇，开始小声说着什么。"大声点！"赵干部又一巴掌拍在桌子上，震得烟灰缸弹起老高。他马上扭头对我说："对不起，对于某些人来说，不这样他们就不知道配合。"

"是的，看来是这样。"我只能顺着他回答道。

女犯人顺从地提高了音量，开始叙述一段往事。由于赵干部不断在任何他认为存在疑点的地方打断陈述，导致这段自述变得支离破碎，很不容易理出头绪，我尽量将她的话完整地转述出来。

"那年冬天，日本人的飞机来到了长沙城，四处投下炸弹，爸爸妈妈带着哥哥和我离开长沙，前往昆明避难。我爸爸……"

犯人刚说两句话，赵干部就将其打断："闭嘴！不准说出你父母的名字！这件事发生的具体时间是什么时候？"

"……我记不清了。"女犯人皱起眉头。

"1937年11月底，日机第一次侵袭长沙小吴门和火车站等处，造成三百余人死伤，其后断断续续进行轰炸。长沙作为战略要冲，一直是日军的重要突击目标之一。要说冬天的话，应该是37年底、38年初的样子吧。"我想了想，说道。

赵干部瞪了犯人一眼，"继续！"

"我们乘坐长途汽车一路向西前进，为了躲避日本人的轰炸，汽车在白天休息，于夜间开动，断断续续走了几天，终于进入贵州省境内。那是一个贵州、湖南交界处的小县城。车子抛锚了，爸爸妈妈带着我们下车步行进城找地方投宿。沿街的所有旅馆都挤满了逃难的人，没有一个空的床铺，天下着雨，我们又冻又累，爸爸的背病发作了，几乎无法行走，而妈妈长久以来的肺病也让她更加虚弱。在几乎绝望的时候，我们突然听到有小提琴的乐声响起，在那样冷雨凄风的夜里，在那样潦倒破败的街巷，居然听到优雅活泼的小提琴世界名曲，这感觉非常美好，美好到不太真实。我现在犹然记得，那是威尔海姆改编自舒伯特的小提琴名曲《圣母颂》。"随着她的叙述，女犯人脸上渐渐露出怀念的神往表情，像是温暖悠扬的小提琴曲再次响起在耳边。

"梁犯！"赵干部突然大喝一声，他立刻发觉不小心叫出了犯人的姓氏，警觉地瞅了我一眼，改口道，"124号！减少描述，陈述事实！"

"是的。"女犯人低下头，"我们循声找到一家旅馆，叫开了门，原来拉小提琴的竟是一群空军航校的年轻学员。他们是杭州笕桥中央航空学校的学员，因日军攻陷杭州，航校被迫搬迁至昆明，学员们自行搭车赶往云南，半路在此投宿，竟因提琴声与我们巧遇。他们好心地腾出一间房间，让我们得以避开风雨，吃到热乎乎的食物，好好休息一夜。在这患难的时期，我的父母与这些年轻活泼的青年成了好朋友。第二天，他们就率先开拔，我母亲却发起高烧来，足足休息了几天之后才得以继续赶路。"

赵干部从鼻孔哼出一口气："嗤，中央航校……国民党的航校！什么中央航校……"

我用心听着这段故事，一时间无法做出判断，也就没有出声。

4.

"我们最终到达了昆明。父母亲在研究机关与联合大学谋到了职位，我们的生活逐渐安定下来。很快，我们同八位航校学员再次见面。这些人都来自浙江、江苏、福建地区，家乡大多已经沦陷，山高水远，独居异乡，训练枯燥无味，生活寂寞。'德国教官会拿鞭子抽人的。'他们说。他们每周休息时都会到我们家做客，三五成群地过来聚会，那是他们最欢愉的时光。那时我父母在昆明市郊龙头村借来一块地皮，请人修筑了三间土坯小屋，这座屋成了他们的'避难所'，谈笑间能暂时忘却思乡之苦与亡国之痛。

"我犹记得那座屋左近是邻村'瓦窑村'。这村以烧陶器闻名，一条水渠蜿蜒绵长，长堤上种着郁郁葱葱的桉树。周末的黄昏，我会在长堤上等待结束作训的大哥哥们结伴走来。他们穿着笔挺制服的样子令人着迷。不光在我眼里，在联合大学女学生的眼里，他们也是最时髦的一群青年。"

女犯人的故事似乎有点不着重点，但赵干部很耐心地听着，打断的次数也逐渐变少。这里没有需要我验证的地方。1938年的昆明基本上是安全的，直到10月份日军攻陷武汉，才开始利用武汉机场起飞飞机轰炸昆明市区。

"那时昆明航校的设备非常落后，只有几架东拼西凑的破烂道格拉斯教练机，学员因飞机失事而死亡的概率很高，几乎每周都有事故发生。到1938年底，八名青年终于以第七期学员的身份从航校毕业。他们的父母、家人都在沦陷区，于是邀请我爸爸和妈妈作为名誉家长出席毕业典礼。爸爸在典礼上自豪地致辞。我们一齐观看了教练机的飞行表演。那时，每个人都很快乐，他们兴奋于终于成为合格的空军军官，可以为抗日事业出力了；我们的快乐在于多了一群活泼健康的亲人。在那时的中国，还有什么比亲人团聚更快乐的事情呢？……但很快，日本人对昆明的空袭开始了，他们被编入飞行大队，开始驾着老旧的道格拉斯飞机和霍克飞机对抗日本人的新型战斗机。"女犯人说到这里，神情显得有点黯然。

"空袭的话……"赵干部听到这里做了个暂停的手势，转向我寻求解释。

"是的，1938年末昆明开始遭到日军空袭，中方……不，国民党反动派的战斗机又少又老旧，根本无法与日本鬼子对抗。"我立刻说出早准备好的回答。

女犯人点点头，继续说道："没过多久，一封阵亡通知书就寄到了我的家中。那是一位姓陈的大哥。他是一个爱讲故事、爱开玩笑的广东人，总是喜欢讲与日本人在空中缠斗的离奇经历，没想到他真的在与日本战机的对战中坠地身亡。原来八位青年都将自己的通信地址留为我家的地址，把我的爸爸和妈妈当成了亲生爹娘。没等我们从悲痛中走出来，第二封阵亡通知书就到达了。那是一位姓叶的大哥，个子瘦长，不善言谈。他曾两次在教练机的坠机事故中生还，摔掉了南洋华侨与各界同胞集资购买的飞机，他的心情非常沉痛，发誓绝不再跳伞逃生。后来在一次警戒飞行中他的飞机发生严重故障，机长命令他跳伞，但他没有服从，还想挽救那架珍贵的战斗机，硬是同飞机一起坠地，机毁人亡。

"后来，1940年冬天，我们举家从昆明迁往四川宜宾李庄，但青年军官们的阵亡通知书还是一封接一封寄来。当年在旅馆中拉着动听小提琴的黄姓大哥同样牺牲在日本人的枪口下，他击落了一架敌机，在追击另一架敌机时被敌人击中，遗体与飞机一起摔得粉碎，以至于无法妥善收敛。终于，最后一封阵亡通知书出现在邮递员手中，爸爸与妈妈的悲痛无以复加，他们一遍遍翻看这些青年人的照片、日记和信件，为消逝在天空中的英魂暗自垂泪。

"八封阵亡通知书，八份遗物，八条青年抗日志士的生命……"女犯人垂下眼帘，声音变得微弱下去。

"别说这些！说重点！"赵干部吼道，"继续说！"

124号犯人语声幽幽："1941年，刚刚从航校第十期毕业的三舅，我妈妈的三弟，与八名青年一样牺牲在碧空。我妈妈悲痛欲绝，写下这首诗悼念三舅，也同时悼念那些亲爱的青年军官，诗句是这样的：

弟弟，我没有适合时代的语言，

来哀悼你的死。

它是时代向你的要求，

简单的，你给了。

这冷酷简单的壮烈是时代的诗，

这沉默的光荣是你。

……

你相信，你也做了，最后一切你交出。

我既完全明白，为何我还为着你哭？

只因你是个孩子却没有留什么给自己。

小时我盼着你的幸福，战时你的安全，

今天你没有儿女牵挂需要抚恤同安慰，

而万千国人像已忘掉，你死是为了谁！

我听着朴实而动人的诗句，一时间觉得有点恍惚。但那些为抗日而牺牲的青年，面目却似乎渐渐清晰……

这时赵干部突然"呼"地站了起来，带着一阵风大踏步走到犯人身前。"啪！"响亮的耳光声将我惊呆了。女犯人脑袋歪在一边，头发散乱地贴在额头，脸上慢慢浮现一个血红的掌印："让你说重点！听不懂我说的话是吗？"

"是，能听懂……"女犯人嘴角溢出血沫，带着屈辱低声回答道。

赵干部大踏步走回写字台后坐了下来，犹自呼哧呼哧喘着气，黑脸上漾起愤怒的红晕。他突然扭头冲我说："别被她的话所迷惑！她的身份不像你想象的那样简单——实际上，她与日本人有着密切的关系！"

"什么？"我禁不住上下打量那个被铐在椅子上的女人。

5.

赵干部拉开写字台抽屉，从里面拿出一个牛皮纸档案袋，绕开封口线，抽出一张裱糊过的泛黄纸张，向犯人示意："你看看这是什么？"

124号犯人睁大眼睛看了一会儿："是阵亡通知书。"

"谁的？"赵干部厉声道。

"我、我看不清……"女犯人低声说。

"这就是你口中所说的陈大哥，第一个死掉的国民党飞行员的阵亡通知书！"赵干部吼了一声，将那张纸丢到我面前。我借着60瓦灯泡的亮度仔细看着。纸上打着油墨格子，格子里用工整的小楷写着：

姓名：陈桂民

所属部队：第七飞行大队第二十中队

职务：空军中尉

家族名号：广东阳江陈家（二丁堡）

死亡事由：编号甲零十五号飞机对日阻击作战不利坠落

时间：一九三九年六月五日正午

埋葬地点：圆通寺外临时安葬点二

相貌及特征：方脸，颈部有胎记，左侧犬齿

住址：略

　　"是……陈大哥的阵亡通知书……"女犯人顺从地说道。

　　"这样的通知书我还有很多。"赵干部拍拍那个牛皮纸档案袋，显得有些许得意，"那么这段事实基本上清楚了，张老师，你也听清楚了吧，这一个段落应该没有什么疑问。"

　　我犹豫道："是的，这段历史是真实的，但我不明白……"

　　"那就行，下面讲讲1964年8月份发生的事情吧。"赵干部没有给我发问的机会，摆摆手示意犯人继续。时间跨度一下子从41年跳到64年，我的脑子完全没转过弯来，心中的疑惑已经升高到了顶点。但现在可不是问问题的好时机。我从衣兜里摸出半根卷烟——系主任老严发给我的烟只抽了半根就被我掐灭收了起来，此刻正好派上用场——从烟灰缸里拿起火柴盒，征询地看了赵干部一眼。黑脸男人不置可否地掏出铝箔纸烟盒，拿过火柴盒给自己点了一根过滤嘴香烟。我一看，也坦然点上了香烟。我们两人吞云吐雾，不一会儿就弄得审讯室里烟气缭绕，连灯光都显得昏暗了。

女犯人皱了皱眉头，像是对烟气有点不满，但她还是开口了："1964年8月，我正在……"

"不许说出工作场所和工作内容！"赵干部及时喝止了她的陈述。

"知道了。"女犯人考虑了一会儿，似乎在斟酌措辞，"1964年8月10号或者11号，我记得那天应该是个星期天，我正在家中一边听广播，一边缝补丈夫的长裤，突然接到……上级的通知，要我去一趟……工作单位。"

"8月9日，星期日。"赵干部纠正道。

"是的，8月9日星期日。我乘坐公共汽车到达了工作单位，在会客室中见到了那个日本人。他的名字可以说吗？"

"说吧。"赵干部吸了一口烟，把烟头掐灭在烟灰缸里，重新拿起钢笔。

"我见到了来自日本大通株式会社的社长五十州关男先生，和我国有关部门的陪同人员。他是跟随到北京参加友谊赛的日本乒乓球代表队一起来到中国的，他的公司是日本乒乓球队的主要赞助商，因此得到了特批。实际上在1962年廖承志同志与日本方面签署民间贸易备忘录的时候，五十州先生就曾申请赴华开展商业活动，不过当时没有得到允许，直至64年才来到中国。"犯人说道。

赵干部突然冲我一笑，这意义不明的笑容让我觉得有点毛骨悚然："听好，张老师，她要说到关键的部分了。"

"五十州关男先生说对我们企业生产的某种产品很感兴趣，希望能详细了解一下情况。由于我对该产品比较了解——当然，并非直接负责——并且五十州先生指定由一位女性为他讲解，所以在参观工作单位之后第二天，我带着样品到达他位于北京饭店的套房进行商务洽谈。没想到，在那里他并没有谈商品进出口事宜，而是说起了抗日战争时期的往事。他说他认识我，对我非常熟悉，此生能够再见到我一面，简直是奇迹之中的奇迹。"女犯人平静地叙述道。

赵干部突然从档案袋里抽出一张黑白相片，高高举起来："是不是他？"

"是他。"犯人立刻承认道。

相片是一个头发斑白的亚洲人的半身照，大约五十岁左右年纪，动作拘谨，脸上带着日本人特有的谦逊笑容。"你瞧吧，张老师。"赵干部将相片丢在我面前，正好与二十五年前陈桂民的阵亡通知书摆在一处。我左右一瞧，立刻就发现了他的用意，通知书中对阵亡者的描述是"方脸，颈部有胎记，左侧犬齿"，而相片中的日本人虽然略有发福，但国字脸、犬牙和脖颈上的青色胎记清晰可辨。

"你是说……这个日本人，是已经阵亡二十五年的国民党飞行员？"我震惊道。

"啧，你瞧瞧。"赵干部摊开手，显得有点得意洋洋。

6.

"……你是说，这名叫做陈桂民的空军飞行员并没有死于坠机事故，而是秘密潜逃至日本，当了一所大企业的经理，然后再回国来找这位……"我的话说了半截，发现不知该用哪个词来代指眼前的女人，叫"同志"显然不妥，叫"小姐"是万万不能，直呼"犯人"又显得不尊敬，不由一时语塞。

幸亏赵干部拾起了话茬："对！这也是我们的猜测。陈桂民死于1939年6月，当时是24岁，他活到今天的话应当是50岁，与照片上的日本人吻合。我找当时负责接待外宾的几位同志谈过话了，他说五十州关男无意中曾说过几句中国话——准确地说，是广东话。这个日本人很警觉地立即否认自己会说粤语，但再狡猾的狐狸也斗不过好猎人，他的一举一动都被记录了下来。研究广东话的同志分析录音带后指出，此人说的是粤语的一个分支：阳江话。"

我低头再次观察照片，事实上很难分辨这样一位老人的年纪，说五十岁可以，说六七十岁也没问题。"为何能断定是阳江话呢？仅凭只言片语，没准只是巧合呢？比如一位朋友告诉我，用上海话说'葡萄'这个词的时候，发音和日语中的'葡萄'

（ぶどう）一模一样。"我想了想，开口问道。

赵干部严肃地扭头望着我："问得很好，我们不能草率地得出结论，那不是马克思主义、毛泽东思想指导下的唯物辩证主义工作方法。事实上，语言专家举了几个例子，比如有一天北京下起大雨，五十州关男无意中说出了'落水'这个词。普通话说'下雨'，广州话说'落雨'，唯有阳江话会说成'落水'，这是确凿无疑的证据。"

我们对话的过程中，女犯人一直低着头没有说话，也没有针对日本人的身份做出辩解。这时赵干部突然一拍桌子："事实还不够清楚吗？早在抗日战争时期你就与国民党反动派过从密切，这些人无耻地出卖了国家和民族，伪装飞机失事制造死亡的假象，投敌卖国取得了日本人的身份，如今利用你们不可告人的关系重新取得联系，想利用你的职务之便向外传递机密情报！我们已经完全掌握到你勾结外国的犯罪事实，不要再负隅顽抗了，交代全部犯罪内容，不要在错误的路线上越走越远，梁犯！"

赵干部一不留神又叫出了犯人的名字，但我旁听到现在都没搞明白她究竟是做什么工作的。姓赵的家伙是个大嗓门，声音嗡嗡地在空荡荡的审讯室里回荡，小李推开门看了一眼，确认我们都安然无恙后又将门带上。

"我没有犯罪。"女犯人终于开口了，声音相当平静，"我无数次重申过这一点，但你们只用无理取闹的方式一次次逼供，诱导我写下子虚乌有的证言。我没有卖国，我没有背叛祖国和人民，我没有泄露任何机密情报，我无愧于我的岗位，也无愧于党和国家的信任！如果你们只是想将一个无辜的女人长久地关在监牢中，那恭喜，你们的目的已经达到了；但若有万分之一的机会让你们严重匮乏的良心偶然发现，肯听我说出事实的真相，那么我已经做好再次陈述事实的准备——就像之前我多次做过的那样。"

赵干部"砰"地一拍桌子，但这次他将愤怒压抑住了，紧紧闭着嘴巴，额头的一条青筋忽隐忽现。"张老师，"他突然扭头盯着我，阴沉沉的眼光看得我很不舒服，"接下来就需要你来协助我了。"

"当然，当然。"我咽了口唾液，无意识地在纸上画了几条波浪线。

"每次审讯进行到这里，124号犯人都会用一套准备好的说辞来混淆事实。她嘴里的话非常离奇，就连最下作的小说家也编不出来，居然以为我们会相信！"赵干部用脚从桌子底下勾出痰盂，"咳——噗！"狠狠一口浓痰吐了进去，"我们使用了公安部最新研制的高精尖设备：微电子测谎仪对她进行了探测，也找来医院的精神科专家对她进行过评估，得出的结论是精神完全正常，也并没有说谎。等一下你就会觉得好笑了，张老师……她竟然真的相信那一套乱七八糟的玩意儿！"

我谨慎地点点头，说："那么，要我做的是找出她话里的漏洞，证明她即将说出的事情全部是谎言，对吗？"

　　"那不是最终目的，不过你可以这样理解。"赵干部扭动身体摆出一个舒适的坐姿，双手不安定地敲着桌子，冷冷开口道："开始吧。"

　　女犯人抬头望着灯泡里明亮的钨丝，表情宁静地开始陈述。我拿着钢笔在信纸上写下一个"1964年"。事实上，我也不知道为什么要这么做，或许只是想装作记录什么，以缓解屋里紧张而神秘的气氛吧。

7.

　　124号犯人说道："1964年8月9日，我在北京饭店的一间客房中与五十州关男先生会面。由于谈话的内容可能涉及国家机密，几位陪同人员在外屋等候。我们关上屋门，在套间的内室对坐交谈。我将产品资料摆放在咖啡桌上，但五十州先生用他的礼帽盖住了那几张铜版纸，弯下身子凑近我说：'你认不出我了吗，小得螺？'

　　"'得螺'是昆明方言中'陀螺'的意思。在昆明居住的那段日子，八位空军学校学员看我喜欢穿着花裙子转圈，就为我起了这个外号。二十多年来我早已忘记这个字眼，没想到竟由一位日本客商的口中说出来，当时我吓了一跳，失手碰洒了杯中的咖啡。'你果然忘记我了，小得螺。'五十州先生并没有惋惜他那被咖啡弄污的礼帽，而是很惆怅地望着我，眼神中有一种奇怪的

失望之色，'也难怪，都过去这么多年了，我老了，你也早不是小女孩了。'

"他说的是带着南方口音的普通话。这种口音、阔别已久的外号和他颈上那飞鸟形状的青色胎记一下子唤醒了我的记忆，但我无论如何没办法相信眼前的日本商人竟是二十多年前牺牲的中国飞行员，我那早夭的异姓兄长。'五十州先生，您……您认识陈大哥吗？'当时我这样问道。

"'我就是陈大哥啊，小得螺！'他脸上浮现狂喜之色，我从没在一个人的脸上看到过那么喜悦的神采，在这一刻坐在咖啡桌对面的不再是个白发苍苍的日本客商，而是一个激动的、雀跃的、喜极而泣的中国青年。'我等这一刻等了好多年了，小得螺！这下得好好跟你聊聊！'他揉揉发红的眼睛，捉住我的手，笑着流着泪同我说话。

"我的心情非常复杂，但随着时间流逝，我心中的惊讶和怀疑逐渐消解，最终放下了警戒。我花了整整十分钟与他谈论昆明郊外的往事，对我记忆中已经模糊的微小细节他都能娓娓道来。有些事，是只有陈大哥本人才可能知道的。我终于确认，这位五十州关男先生，就是二十多年前死于空难的空军学校第七期学员陈桂民大哥。'陈大哥，你是怎么从飞机失事中幸存的？又为何换了日本名字？你一直生活在日本吗？为何不回国呢？'一旦消除怀疑，被埋藏多年的情感就迸发而出，我惊喜地反握住他的手，连珠问道。

　　"'飞机并没有失事。'陈大哥叹了口气，眼神望着照在地毯上的阳光，'那只是一个障眼法，小得螺。你们全家、我所有的同僚与朋友、甚至德国飞行教官都被蒙在鼓里。我与七名同僚加入了一次绝密的任务，这次任务是由委员长直接指派给我们的，就连飞行大队的指挥官都无权干涉我们的行动。'

　　"'你是说，其他七位大哥也都没有死？'我惊喜地叫道。

　　"陈大哥慢慢摇了摇头，端起冷掉的咖啡喝了一口，苦笑道：'事情说来话长，不能简单用生与死来概括，容我慢慢讲给你听。不过在讲故事之前，有一个人你一定要见一见，可不要过分激动，小得螺。'

　　"他说着话，站起来打开了卫生间的门。一个黑头发的男人走了出来，他大约三四十岁年纪，身材笔挺，眼神发亮，笑容和煦，既英俊又文雅。这次我直接认出了他，'黄大哥！'我不敢相信地捂住嘴巴。

　　"黄大哥就是在那个凄风冷雨的夜里拉起小提琴奏出《圣母颂》的提琴手，他的死亡通知书在我们举家迁至四川李庄之后才送来，是八位学员中第三个传来噩耗的——他竟也活着！我惊喜不已地跳起来，却立刻又感到莫名的恐惧：黄大哥与陈大哥年纪相当，如果活到今天，也应该是五十岁的人了，但为何他看起来会如此年轻？我的眼光在两个男人身上来回移动，不由自主攥紧了衣角。

　　"'别怕，小得螺。'陈大哥安抚我道，'我活着，他也活着，只是差了几岁年纪，其中缘故，我现在就说给你听。1939年5月份，日本鬼子的飞机在昆明城上空飞来飞去，我们没有足够的飞机和燃油与他们对抗，只能像老鼠一样缩在洞里等空袭警报过去。突然，传令兵过来点我们八人前往司令部报道。当时我们不知道是什么事，但委员长的传召可是千载难逢的事情，除了在画片上，我们还没亲眼见过这位大人物哩！'"

正在这时，赵干部突然喝止了犯人的陈述："停一下！张老师，这个委员长是说反动派头子蒋介石吗？"

我想了想，答道："我想不是的，应该指的是中华民国航空委员会主任周至柔。当时还没有空军总司令这个职位，掌握空军作战指挥权的前敌总指挥毛邦初与负责全国空军事务的周至柔是空军的实际指挥者。两人分属不同派系，互相多有倾轧。周当时在昆明统帅空军大队，兼任中央航校校长。不过这些学员的叫法是错误的，航空委员会的委员长由蒋介石本人兼任，周至柔应该被称为'校长'或'主任'。我不知这算是个纰漏，还是当时一种通行的称呼方法。"

"啊哈！"赵干部亢奋地双手一拍桌面，像只盯住猎物的大蛤蟆似的趴在写字台上望着犯人，"瞧瞧，专家同志一下子就发现问题了！你还想继续说下去吗？那只会让你的马脚越露越多！"

124号犯人有点奇怪地望着我们："我不知道正确与否，当时陈大哥就是这么说的。他接下来说：'传令兵不让我们和中队长汇报，直接领着我们到了空军司令部。委员长正在里面等着，他是个很严厉的人，但说出的话很和蔼。他发了几张油印纸给我们，上面写着一些坐标、高度，下面印着一张地图。那是距离昆明三十公里的一处山区，我们都看懂了地图，只是不明白要干什么。委员长接着作出一场激动人心的演讲，宣布我们八人将执行绝密任务，从今天起脱离第七飞行大队二十中队的编制，直接由特别委员会管理。我们八人将配备最新型的飞机，依次执行任务，任务时间不确定，但最近的一次，将在六月份。我们抽签决定了顺序，执行首次任务的将是我。我们都很紧张激动，委员长拉着我们的手，感谢我们为了中华的未来不惜牺牲生命沥血奋战，我们也都喊出响亮的口号，表明决心。'

"我非常奇怪，不由问：'究竟是什么任务？到山区里做什么？'

"他们两人对视一眼，陈大哥点点头，由黄大哥代为回答道：'小得螺，如今告诉你也没关系了，这次我们回国与你见面，不仅是想与故人重逢，也想让这件事流传出去，让世人知晓，毕竟我们已经独自承担太久了。那山里……藏着一个天大的秘密，为了这个秘密，委员长不惜冒着危险从重庆飞来。'"

听到这里，我突然"啊"的一声叫出口，笔尖噗地把信纸戳出一个洞来。我刚才的分析完全错误了，犯人转述的对话中提到的"从重庆飞来"的委员长应该就是国民党军事委员会委员长蒋介石本人！1937年底国民政府迁都重庆，1939年5月1日，蒋介石刚刚在重庆发表了著名的南昌督战令，限令五天之内攻克南昌城。从时间上来看，他在五月份偷偷飞往昆明是有可能的，但究竟什么机密任务能令国民党"委座"冒着战火亲临空军基地，亲自接见八名年轻的空军军官？昆明郊区的山区中到底藏着什么样的秘密？

"怎么了？"赵干部瞧了我一眼。

"没、没事。有点热……"我把额头的冷汗当作热汗，顺势脱掉了身上的夹袄。

8.

敲门声响起，小李提着暖壶走进来，给我们一人沏了杯浓浓的酽茶。抿了一口茶水，才发觉自己早已口干舌燥，身体有些疲惫。赵干部的手表显示时间已经过去了一个半小时。

"给她也倒一杯水。"赵干部指一指犯人，小李找个搪瓷缸子倒了一缸滚烫的开水端过去，一把塞进女犯人手里。

"……谢谢。"124号犯人很有礼貌地说道。小李从鼻孔里冷冷地哼了一声。

门关上了。"继续。"赵干部又点了根烟，说。

"是的。黄大哥说：'委员长没有细说，很快便离开了，校长走进来继续说明情况……'"

听到"校长"两个字，赵干部向我投来疑惑的眼光，我装作没有察觉，用茶缸掩着脸默不作声。

"'校长说我们即将执行的任务，是世界军事史上前所未有的壮举，我们将用血肉之躯，创下中华民族雄壮不屈的光辉未来——我们将驾着飞机飞往日本，对东京的战略目标展开突袭。'"女犯人抿了一口开水，说道。

我脑中浮现出一段资料，立时伸手叫停："轰炸日本吗？这个我倒知道。国民党早在1936年就制订计划准备轰炸日本佐世保、横须贺基地及东京、大阪等城市，但随后在对日作战中折损了所有的大型轰炸机，计划被迫叫停。到1938年，外国援助的马丁139型轰炸机来到中国，1938年5月份，两架轰炸机从汉口起飞，轰炸了长崎、福冈等日本城市，但由于航程过长，炸弹舱都被改造成了油箱，中国轰炸机最终没能投下炸弹，只是撒下了几百万份传单。尽管如此，这也是整个抗日战争中中国唯一一次轰炸日本本土的壮举。那些传单上写着'尔国侵略中国，罪恶深重。尔再不逊，则百万传单将变为千吨炸弹，尔再戒之。'确实是令中国军民扬眉吐气的一幕！"

赵干部没有插话。女犯人点了点头，又摇了摇头，说："他们说的轰炸东京也是这种战略的一部分，但并非由东海飞去，而是从昆明的山区直接飞到东京上空。他们说，科学人员发现了一个神奇的裂口，从那个裂口进入，就可以在东京出现。而他们的目标也并非军事基地，而是日本天皇皇宫。"

这惊世骇俗的言语让我呆住了，久久不能出声。赵干部带着一副"早知如此"的神情瞟我一眼，"瞧瞧，我第一次听到这些屁话的时候也是这副模样。现在是什么时代了？是二十世纪中叶了，是科学的时代了！你说的这些根本就不符合科学理论！一派胡言！"

"我没有说谎。"犯人执着地强调着，"当时的军队内部确实掌握了这一信息，如果你查阅当时的机密档案的话，一定可以……"

"我查了，查了！"赵干部突然拉开抽屉，取出另一个档案袋"啪"地拍在桌上。他打开牛皮纸袋，抽出一个泛黄的旧式信封，信封里是几页边缘残缺的信纸，看格式像是国民党时期机关往来的公函。"这就是你所说的证据！我从档案馆中调出的有关资料，同样是一派胡言！这是国民党反动派在穷途末路的时候发疯写下的！张老师，你来评判一下。"他将信纸推了过来，同时视线不自觉地回避那几张薄纸，像是上面写着什么挑战他人生观价值观的东西。

我镇定一下心情，展平信纸慢慢读起来。改用简化字已经有些年头，虽然历史系教师免不了要在故纸堆中流连，可看惯了简体字，再看繁体字多少有点不习惯。这封公函的发信机关是国民政府军事委员会调查统计局第二处，也就是后世俗称的军统局的前身，是当时中华民国的主要情报机关。收信方是中华民国航空委员会（昆明航校）周至柔（少将）。我的手指拂过显眼的"绝密"二字，心跳不由得加快起来。信中写道：

军座钧鉴：

　　前奉电密召（此处残缺）证此事，果为蓝色甲十五型防空气球，编号零零零一三四，实物力持保留，未能办到，唯留小照，同函发至。局座谓此事诡谲异常，谨将管见所及，一一陈之，烦诸事谨慎，具报备查为要。局座不日将（此处残缺）饬奉令协助，详加观察，以观后效。

此致

军事委员会调查统计局第二处　毛

中华民国二十六年九月四日

　　从落款来看，写信人是国民党谍报系统的重要人物毛人凤。他信中所称"局座"应当是军统局长戴笠。毛人凤写信的口气相当恭谨，虽然当时周至柔只是区区少将，但蒋介石设定空军军衔高出陆军两级，因此周至柔实际上拥有陆军二级上将军衔，用"军座"一词也不算过分。

　　信中提到了一个蓝色防空气球的事情，除此之外没什么特别。我小心翼翼折好信纸交还赵干部："公函本身没什么问题，可是没头没尾的，相当不明白。"

　　这时女犯人开口道："蓝色气球是一切的开始。他们对我说，有一天，日军在日本东京中心护城河附近捡到一个坠落的蓝色军用气球，不知是从何处飞来的，日本国内没有使用类似型号的记录。军统局的特务注意到这一情况，将信息传至国内。空军系统大吃一惊，因为那枚气球正是英国援助中国的十五枚防空气球之一。这种挂着金属丝的大型气球是一种防御俯冲轰炸机的对空武器，一天前刚刚在昆明基地进行试飞，试飞时刮起大风，一枚气球扯断金属线飘向山区，消失在崇山峻岭间，没想到竟在遥远的日本东京出现了。

"随后空军要求军统局传回气球的详细情报——就像你们看到的那样——东京气球的编号与昆明丢失的气球是一致的。一枚气球，在二十四小时内飞越接近四千公里的距离，无论从哪个角度来看都是不可能的事情。但证据确确实实摆在眼前，这让空军主官伤透了脑筋。最终他们决定在类似的天气条件下再次放飞气球，并派遣战斗机加以跟踪。这次同样刮起大风，随风飘荡的气球一直向东北方飞去，飘出四十多公里后，坠落在一座名为'野猫山'的山谷中。战斗机飞行员亲眼目睹气球在坠落的中途突然消失，就像空气中有一张无形的嘴巴将其吞噬进去。他不明白看到什么事情，在地图上标记了这个地点之后立刻返航。

"这次气球在距离东京城中心较远的荒川区出现，有几个当地人目击了蓝色气球突然出现在无云的晴空并坠落在地的景象。气球从国内消失、在日本出现的时间间隔只有短短七分钟。情报得到确认。毫无疑问，昆明东北郊外的野猫山上空有一个连接中国与日本的神秘隧道。只要穿过这里，遥远的时间与空间距离就不复存在，日本东京其实近在咫尺。"

女犯人说到这里，端起茶杯润了润嘴唇。屋里突然静了下来。我后背觉得一阵又一阵阴冷。60瓦灯泡的光芒，也在这匪夷所思的往事中显得鬼气森森。

9.

赵干部抿着嘴巴，端起茶缸喝了一口茶，茶水流经喉结的"咕咚"声在寂静的室内显得非常响亮。

我艰难地开口，语声艰涩得像粗糙粉笔划过黑板："你是说，气球掉进昆明野猫山上方的那个洞口，七分钟之后就在东京荒川区出现？"

女犯人点点头，说："是的，就像我之前多次重申的那样，这并非我的臆造，而是中国抗日战争中一段极少人知的秘史。实际上从科学的角度来说，这种现象是有可能的。如果你们学习过高等物理学，那么一定知道相对论描述过这种连接两个时空的狭窄隧道，它被称作'爱因斯坦—罗森桥'。尽管未曾在任何实验中证实其存在性，但野猫山——东京桥在1939年确实曾经存在，我毫不怀疑这一点。"

她所说的话我听不太懂，赵干部看来也缺乏相关知识，可不同于我的尴尬，他反而理直气壮地伸手指着女囚犯骂道："124号！老实交代你的特务问题！不要避重就轻！你要认清现在的局势！"

"知道了。"女犯人抿了抿嘴，继续说道，"第三只防空气球被昆明飞行大队释放出去。这一次气球上附带了秘文消息，还有一枚计时准确、上足了发条的怀表。气球同样在野猫山上空消失，两个多小时后，在东京千代田区被日本军警发现。这一次军统的特务没能接近气球残骸，只传回了几张远距离拍摄的照片，照片上显示了正确的秘文信息和怀表的读数，怀表还在走动，只是慢了两个小时零十一分钟。试验成功了，尽管无法解释这两段丢失的时间（七分钟和两小时零十一分钟），但通过这个隐秘的通道向东京输送物品是切实可行的。气球第一次与第三次出现的地点都在千代田区，作为日本东京的政治核心，这里遍布着天皇皇居、日本国会、最高裁判所、中央省厅等目标，无疑是最好的打击对象。

"国民党高层对此事非常重视，就像张老师说的那样——是张老师对吗？好的，谢谢你——他们很早以前就在规划突袭日本东京，可限于轰炸机的匮乏与航程的局限，投入全部精力也只能发动不痛不痒的传单攻势。野猫山——东京桥的发现给了他们新的希望。1939年，华夏大地在日军铁蹄下呻吟的存亡时刻，对东京的一次轰炸定能大幅度提升民族自信心，对战局造成不可估量的正面影响。

"这个计划并没有正式命名，野猫山——东京桥的存在是极度保密的，知情人只有寥寥几位国民党高层与昆明飞行大队的几位飞行员，当时的局势不容缜密部署。空军方面选定了第七飞行大队第二十中队的八名优秀年轻军官参与计划。他们，也就是我的八位大哥，凭着一腔热血，勇敢地揽下了这充满未知危险、九死一生的轰炸任务。他们的目标很简单：驾驶经过改装的霍克3型战斗机轰炸日本昭和天皇皇居。霍克3型飞机是昆明空军基地当时最先进的机型，虽然载弹量远比不上轰炸机，但拆除副油箱、挂满凝固汽油弹之后，这些仅保留了数十公里续航能力的飞机也能成为非常可怕的对地武器。突然出现在千代田区空域的战斗机不可能遭到敌机拦截，这些勇敢的飞行员根本不曾考虑脱离或返航，唯一要做的，就是对照地图找到皇居的方位，向这个战争罪犯的宅邸狠狠投下中国上亿军民的怒火。

"目标的选择是经过详细论证的。国民党高层认为中国作为被侵略的一方，必须以极端手段展示自己的力量。"

炸毁天皇皇居，刺杀日本首脑！谁能想到充满屈辱的抗日战争史中曾经出现过这样疯狂的计划？女犯人说出的话让我心潮澎湃，浑身上下不由自主泛起战栗。我端起茶杯大口喝水，以此掩饰自己的失态，赵干部吸着卷烟，似乎有点出神。

中国近代史、特别是抗日战争史是我的研究方向，多少次我在宿舍清冷的烛光下掩卷而泣，为祖国备受侵略而悲伤；又有多少次我怒而长歌，恨不能投笔从戎，为国捐躯！女犯人讲述的往事对我来说无疑是颠覆性的。我不由屏住呼吸，等待她继续讲述，但同时我也很清楚，这个计划显然未能奏效——天皇皇居至今屹立不倒，就算在1945年的东京大轰炸中也安然无恙。

　　"他们八人都留下遗书，深知自己将一去不回，却毫无畏惧，坦然踏上征途。陈大哥是第一个出发的。1964年的北京饭店里，头发花白的陈大哥这样说道：'那天日落的时候，日本人的飞机丢光了炸弹，终于返航了。我喝下一碗壮行酒，摔碎酒碗，与同僚和长官挥手告别，登上了我的霍克3型飞机。这架飞机的性能很好，虽然陪伴我只有短短三个月，但我已经熟知她它的脾气，它也用最好的状态迎接着我。航线早已经背熟，我从机场起飞后一直向东北方低飞，时刻注意日本飞机的动向。没一会儿，便到了野猫山上空。太阳西下，能见度很差，我比照航线图，发觉前面就是那个什么桥的入口了，可眼睛看不到什么异状，山间起了一些雾。我想稍微升高一些，穿过那团雾气之后再掉头回来寻找入口。可是……'

　　"说到这当口，陈大哥停顿了一下，黄大哥站在他身旁，拍了拍他的肩膀：'没事的，都过去了，桂民。'看起来两个人差了许多年纪，可依旧用着旧日的称呼，这种感觉非常奇怪。

　　"陈大哥脸上有点迷茫的神色，接着说：'我穿过雾气，飞机有一些震动，但仪表参数完全正常。我感觉飞了有一分钟的样子，一飞出那团雾，我立刻觉得四周明亮了不少，风的味道改变了。你知道，风是有味道的，小得螺，昆明的风与东京的风，完全就不是一个味道。我低头一看，下面是很多小屋子、沟渠和稻田，许多种田的人停下手里的活儿，抬起头望着我，还发出欢呼的声音。我立刻就知道，我到了日本了，中国人听到飞机声躲都来不及，哪里还敢站着看？我立刻观察参照物，拿出东京附近的地图来比对，却怎么也找不到自己的位置，花了好久才在另一张地图上发现，我出来的地方根本不在东京，而在千叶县的山区。那里距离东京千代田有上百公里的距离哩！'

"'谁能想到会有这么大的偏差？我立刻加速向东京飞去。不知为什么，巡逻的日本飞机开始出现。为了躲避日本战机我飞得很低，但这样就格外耗费燃油。本来油量就不足，在距离东京二十公里的地方，燃油完全耗光了，我被迫在一处山坳里迫降下来。我的本意是与战机一同毁灭，以血殉国，可燃烧弹爆炸的气浪将我抛了出去，晕在地上。听到爆炸声赶来的村人把我当作日本人救了回去。醒了之后，他们喂我吃、给我穿，说着我听不懂的话，我只能假装脑部受伤失去语言能力，暂且在那个小村里住了下来。出发前，为了避免计划败露，我们的飞机除去了一切番号和钢印，我身上穿的也是普通的便装，没有携带什么身份证明。他们没有怀疑我的身份，日子一久，我学会了日语，就以战争移民的身份苟活在东京近郊的小山村。'说到这段日子，陈大哥显得非常惭愧，'我知道我胆小、该死，可那不光因为我惜命，而是另有缘由。'他咽了口口水，脸上出现恐惧的表情，'——我发现，我出现的那天，已经是1942年！'"

"什么？"我不禁惊呼出声。

赵干部立刻叫停道："等一下。张老师，她说的话中有什么漏洞没有？"

我抹去鼻尖的汗水，稳定一下情绪，说道："不不，我只是感到惊奇……偏离一百公里的空间，消失两年多的时间，这些我不懂。她提到东京上空有战斗机在巡逻，那可能是因为1942年4月18日美国杜立德将军驾驶B25轰炸机对日本进行长途奔袭轰炸、日军方面提高警惕性的关系。这次突如其来的轰炸让日军领悟到日本本土并不是绝对安全的，但大部分的日本平民还没有意识到战局正开始改变方向。她的描述基本上是合理的。"

赵干部抬起眉毛瞟了我一眼，咳嗽一声，说："继续交代吧！"

10.

"陈大哥说：'我只是在雾气中飞了片刻，怎么时间就过了两年多？我吓坏了，不知道发生了什么。同时我也想到，其他人预定在我之后飞入野猫山入口，他们会在什么时候出来？我天天在等待他们的消息，可是日子一天一天过去，没有任何迹象出现。直到1945年的一天。那时我正在一间食堂做工，已经有了一个日本名字，做着不起眼的工作，不敢再想以前的事情。我每天在噩梦里惊醒，听到有人在骂我汉奸、卖国贼，可我必须活下去，因为发生在我身上的事情太不寻常了。我必须在这个异乡等待同僚们出现，问问他们到底是怎么回事。'

"'那天美国的飞机布满天空,东京变成了一片火海,我所在的郊区小镇并没有遭到破坏,但所有人都哭着逃走,因为火势已经越来越大,眼看就要烧过来了。我呆呆地站着,看天边的火变成了一个龙卷,呼呼地把东京烧成平地。'"

我点头肯定道:"那是1945年3月10日,美军的B29轰炸机向东京投下两千吨燃烧弹,造成举世闻名的东京大火。但当时麦克阿瑟将军认为日本已经是强弩之末,为了避免天皇驾崩激起日本人的武士道精神,轰炸机专门避开了日本天皇皇居。"

女犯人轻呼一声:"啊,你说得对。陈大哥也是这样说的:'美国的飞机没有轰炸天皇皇居,因为广播里一直在播放天皇安然无恙的消息。我开始随着人流向外逃跑,可这时,我看到了一架老式双翼飞机孤零零地飞向起火的方向,那种机型既不属于日本,也不属于美国,而分明是当年我们的霍克3飞机!我立刻知道,那是从野猫山飞来的下一位飞行员,没想到在我之后三年方才出现。我大声喊叫,挥舞衣服,可天上的人哪能看到地上的人呢?飞机在风里摇摇晃晃,迎着漫天的火光径直飞向东京城中心的方向,最终被火的龙卷吞没,再也看不到了。'

"陈大哥说着,从怀中摸出一个小药盒,吞了一粒药下去。黄大哥接着说道:'驾驶那架飞机的,就是我们八人之中言语最少、性子最直的叶鹏飞,他在桂民出发的一个月之后驾机出击,却在1945年才到达日本。他没能完成任务,是因为火灾旋风而失速坠毁,牺牲在那场大火中。'

"听到这里，我实在按捺不住心中的好奇与恐惧：'啊，那不是他起飞之后已足足过去五年多？黄大哥，你是第三个出发的对吗？你是什么时候到日本的？'

"黄大哥苦笑道：'是的，我于1940年初第三个驾机起飞，穿过迷雾的短短一下子，却花了我十一年时间。我出现在东京的时候已经是1951年。驾驶着飞机在城市上空飞行，我觉得眼前的一切都与想象中不同：地图失去了作用，东京的样子完全改变了，空气清明，街巷安静，但整个城市笼罩着破败而低沉的气氛。我在一栋建筑上看到了'审判战争犯'的横幅。当时我突然明白，原来战争已经结束了！我在一个无人的农场迫降下来，凭借我当年自学的日语询问当地居民，才知道战争早已结束了六年之久，如今的日本只是个千疮百孔、百废待兴的战败国。我的存在突然变得毫无意义，一个驾机飞来宣泄仇恨的军人，在和平年代又该如何存身呢？'

"'多年以来，一看到关于老式飞机迫降的消息，我就赶紧过去看看，没想到真的见到了故人。'陈大哥插话道，'我一眼就认出了黄栋权，可栋权却认不出我。这也难怪，他还是二十岁风华正茂的青年，而我却成了近四十岁的中年人，因为生活艰辛，连头发也开始变白了。花了老大的工夫，才与故友相认。我说服他随着我在日本暂且存身，我们成了年纪悬殊的同龄兄弟。'

"黄大哥道：'我们处理掉了战斗机，在东京安顿下来。我多少次想要寻死，而桂民教导我说，我们是被国家、被世界、被时间遗忘的人，中国也已经是新的中国。在这个星球上没有人还会记得我们的存在，但只要有一位飞行员还没有来到日本，我们就有活下去的理由。必须忍辱负重、继续等待！'

"这时两位大哥齐齐叹了一口气：'到1959年，果然又有一架霍克3型飞机出现，但这次通道的出口在山区，飞机刚驶出就迎面撞上山峰，摔得粉碎。等军警到达时，飞机已经被燃烧弹彻底烧成灰烬。就这样，我们失去了一位阔别已久的兄弟——而对他来说，是出师未捷的刹那而已吧！'

"他们的眼圈红了，我的眼圈也红了：'陈大哥，黄大哥，谁能知道你们经历了这样的事情呢？你们这次回国，为的就是把这件事告诉我吗？'我拉住他们的手问道。

"'是，也不是，小得螺。'他们说道，'我们现在以日本人的身份活着，但骨子里，我们还是流着炎黄之血的中国人啊！日本毕竟不是家乡，现在红色旗帜飘扬在北京，我们朝思暮想着回到这块土地。但我们不能。不知何时，我们八人中的下一位就会驾着双翼战机出现在东京的蓝天里。如果他如我般懦弱，或者如黄栋权般敏感，会放弃袭击日本天皇皇居的使命，那么自然最好，但下一位执行任务的是我们之中最刚烈的飞行员李从权。他必定会按照命令，向天皇皇居投下来自二十年前的、却崭新无比的燃烧弹！尽管我们对日本怀着深刻的仇恨，但在和平年代，这样做不啻重新发动一场战争，那样，我们将成为历史的罪人！我们必须找到办法，随时准备告知下一位飞行员现在的国际局势，阻止他做出错事。但同时，如果中国与日本的战争再次开始的话，即使是一架二十年前的老式飞机，也能成为插向日本心脏的一柄利剑！'

"他们的眼中像多年前一样发着光。'小得螺，'他们又说，'我们将这件事告诉你，是怕如果我们遇到什么意外，这件事就会永远被历史忘记。所以答应我们，当有一天，一封来自日本的讣告寄到你面前的时候，你要抛下一切立刻飞往那个国家，继续我们未完成的使命！'

"'为什么是我，陈大哥，黄大哥？'我震惊地问道。

"'因为你是我们唯一信任的人，唯一能够托付的人——唯一爱过的人。'他们回答。"

女犯人垂下眼帘，缓缓平复略有急促的呼吸。我看不清她的眼中是否有泪光闪动，可我的茶水确实在泛起涟漪。她说的话在我心中引起了巨大的共鸣，不知为什么，我毫无保留地相信了她说的话，即使那听起来荒诞无比："赵同志。"我沉吟一下，低下头开口道，"……我没发现什么漏洞，对不起。"

11.

赵干部的额头有些汗水，他从衣兜里掏出一方手帕擦拭了一下，将手帕叠好收起，掐灭烟头，说："这就是你要交代的吗？124号。"

　　"是的，说完这些话之后，我们抱头痛哭一场，陈大哥与黄大哥就离开了中国，此后我再没见过他们——当然，在监狱里见到外人的机会也不多。"女犯人抬起头，带点讽刺地说。

　　"你仍然否定你的一切卖国行为吗？你知道负隅顽抗、拒不交代问题的下场吗？还是宁肯用这种神话般的故事来掩盖里通外国、出卖我国关键技术情报的事实吗？"赵干部冷冷地说。

　　"我是一名共产党员。"犯人说完这一句，就不再说话。

　　赵干部嘿嘿冷笑，"那你更应该明白人民民主专政的定义。一切反抗社会主义革命和敌视、破坏社会主义建设的社会势力和社会集团，都是人民的敌人，敌我之间的矛盾，是对抗性的矛盾。什么是对抗性的矛盾？那是只有采取外部冲突形式才能解决的矛盾。你既然不愿回到人民的行列里来，那么我们对专政对象也绝不留情！"

　　"其实你也相信我说的故事了，只是不愿去接受你相信的这个事实。"女犯人突然开口道，"不然你不会去档案馆调出那份国民党公函，也不会找一位大学历史系教师来验证我叙述的真实性。现在终于打算使用暴力了吗？那只能代表你输了，只能用暴力来掩饰内心的虚弱了。你动摇了，你输了……赵有财。"

　　赵干部猛地站了起来，眼神闪烁不定，黑脸上布满汗珠。我不知这时该做些什么好，刚拉开折叠椅站起，赵干部就大吼一声："你出去！张老师，谢谢！小李会送你回去！别忘记你签署的保密协议！"

"是的，我这就走，赵有财同志。"不知为何，我也情不自禁地使用了刚刚得知的全名。这个名字像箭头一样锋利，将"干部"这一词筑起的威严墙壁轰然穿透。

"出去！"姓赵的男人解开了风纪扣，露出通红的粗壮脖颈，凶恶地咆哮着。

小李冲了进来，我夹起公文包走向门外。响亮的耳光声响起，女犯人倒在地上，脸上多出一只穿着军用胶鞋的脚。

楼道里灯光明亮，这座监狱温暖如春。我加快脚步，跨出装潢考究的204——丁字号小楼，在冰冷的空气中做了一个长长的深呼吸，让灌入肺部的冷空气平复我的情绪，然后缓缓抬起头，仰望静谧无比的山区夜空。

故事开始得那样缠绵，又结束得那样突然。我所看到的满天星光里，会不会下一秒就有二十年前的英灵出现？

12.

我等了很久，几乎冻僵。小李终于出现，开着那辆黑色伏尔加轿车将我送回大学。一路上他一句话都没有说，看起来跟初见面时那个腼腆的小伙儿一点都不一样。

第二天，严主任很惊奇地发现我出现在教研室内，但他知道有保密协议在，什么话都没有问。

那座监狱、姓赵的干部和有姓无名的女犯人，再也没有出现在我的生命中。她还有许多话没有说，这个故事也并不完整。我还想听到更多关于八位飞行员的事情，野猫山——东京隧道现在还存在吗？国民党空军飞行大队将一位又一位青年军官送入隧道，却迟迟不见他们在东京出现，不曾感到费解吗？陈桂民出现后是否受到了军统的注意？是1942年以后这些飞蛾扑火般的老式飞机已经失去了价值，还是国民党高层选择将这段疯狂的历史遗忘？陈桂民与黄栋权后来是否在日本怀揣使命坚强地生活下去？如果124号犯人不曾出狱，一旦这两位飞行员故去，又由谁来担起这份奇诡的重担？

此后我的人生与这段故事再无干涉。十年动荡的日子结束之后，我娶妻生子，慢慢变老。

一些问题得到了解答。1970年，在报纸的边角出现这样一则消息：日本东京一架用于表演的老式双翼飞机不幸坠毁，几间民房被毁，所幸无人伤亡。

翌年，广播里传来一位因卖国罪行而被判刑的梁姓高级工程师得到平反、开释出狱的消息。

1984年，在历史系大办公室的黑白电视上我看到一条新闻：日本大通株式会社的巨型充气飞艇由于事故迫降在一栋大楼楼顶，事故原因不明，社长五十州关男亲自向民众道歉。

到2002年，网上有一则流言引起了我的注意：日本东京航展召开盛大的飞行表演，十三架旧式双翼飞机编队通过城市上空，让全城市民得以大饱眼福——十三，这真是个好数字。要我猜，第十三架飞机应该要比其他飞机新一点才对吧?

13.

后来我计算了一下，飞行员出现在日本的时间分别是1942年、1945年、1951年、1959年、1970年、1984年、2002年，如果以1940年为基准点的话，他们耗费在野猫山——东京桥上的时间分别是2年、5年、11年、19年、30年、44年、62年。我不是数学家，不过这个数列是有规律的，如果没算错的话，下一架飞机，也是最后一架飞机，由当年最闪耀的王牌飞行员林耀上校驾驶的第八架霍克3型战斗机将在2025年出现在日本东京。

当你们看到这封信的时候，我大概已经去世了，希望我在突然离世的时候，袜子上不要有破洞，那是我这辈子最害怕的事情之一。不知为什么，破洞总是自然而然地出现在脚后跟部位。这么长的一封信，不知你们是否有耐心从头看到尾。看完了之后，你们或许又会骂我，因为这是个没头没尾的半吊子故事。

可就像信的开头我说过的那样，这段历史不应该与我一起被装进骨灰盒。希望你们以自己的学识、智慧和人格做出判断，决定是否将这段历史公之于众。但无论如何，请别在2025年之前作出决定，这是属于八位年轻军官的战斗，对他们来说，战斗还未曾结束，他们还将全力履行数十年前的报国使命，犹如一把达摩克利斯之剑，悬在日本上空……

不要对他们妄加判断。无论结局怎样，从驾机驶入通道的那一刻起，他们就成了抗日战争史上最勇敢的英雄。即使是陈桂民、后来的日本商人五十州关男，他不也在以自己的方式继续奋斗着吗？难道你们没有发现，他名字就来源于李贺《南园十三首》那动人心魄的诗句吗？

写完这一封长信，我的心中终于得到解脱。八位飞行员的故事是我此生三个最大的包袱之一。放下沉重包袱的感觉非常美好，带着较轻的包袱走入坟墓，也变得没那么困难了。如果你们能在外人吊唁前换好我的袜子，那么我就仅余一个包袱——但那没什么，在那疯狂的时代湮灭于隐秘监狱中的人，绝不止124号一人吧？她只是生错了时代。对，她应当活在那个烽烟缭乱、但人心赤诚的时代。

如此如此。

就此住笔。

终极爆炸 王晋康

【第 2.5 次世界大战】

对一个人的了解，也许两年的相处比不上一次长谈。在去特拉维夫的飞机上，以及在特拉维夫的伯塞尔饭店里，一向冷漠寡言的司马完与史林有过一次长谈。这次谈话在史林心中树起了对司马老师深深的敬畏。他有点后悔不该向国家安全部告密自己的老师——说告密其实是过分的自责，不大恰当的。史林并没有（主动）告密，而是在国安部向他了解司马完的近情时，没有隐瞒自己对司马完的怀疑。不过他的陈述不带任何个人成见和私利，完全出于对国家民族的忠诚。对此他并没有任何良心负担。

但在此次长谈后，史林想，也许自己对司马老师的怀疑是完全错误的。这么一位完全醉心于"宇宙闪闪发光的核心机制"的科学家，绝不可能成为敌国的间谍。

当然，国安部对司马完的怀疑也有非常过硬的理由。单是他们向史林透露的只言片语，也够可怕了。史林想来想去，始终无法得出确定的结论。

史林来到北方研究所后就分到司马完手下，研究以"核同质异能素"为能源的灵巧型电磁脉冲炸弹，至今已经两年半了。当年史林以优异成绩从北大物理系毕业，可没想到会舍弃科学之神而为战神效劳。史林一心想做个超一流的理论物理学家，这个志愿从少年时代就深植于心中，成了他毕生的追求。初中一年级时他看过一本科普著作《可怕的对称》，作者是美国理论物理学家阿维·热。阿维·热也许算不上一流的科学大师，但绝对是一流的传教者，以生花妙笔传布了对科学之神的虔诚信仰。

阿维·热在书中说，宇宙是由一位最高明的设计师设计的，基于简单和统一的规则，基于美和对称性。宇宙的运行规则更像规则简约的围棋，而不像规则复杂的橄榄球。他说，物理学家就像是完全不知道规则的观棋者，经过长时期的观察、思考、摸索、失败，已经敢小小地吹一点牛了，已经敢说他们大致猜到了上帝设计宇宙的规则，即破解宇宙的终极定律，或终极公式。

这本书强烈地拨动了史林的心弦。他很想由自己来踢出这致胜的一脚。

按阿维·热的观点，对宇宙运行规则的研究现在已经大致到瓜熟蒂落的时候了。那么，如果能由一个中国人来完成宇宙终极理论，倒也不错，算得上有始有终。宇宙诞生的理论，马虎一点，可以说是由一位中国人——即老子——在两千年前最早提出。他在《老子》四十二章中说："道生一，一生二，二生三，三生万物。"翻译成现代语言就是：宇宙万物是按某种确定的规律生成的，并且是单源的。他还写道："万物生于有，有生于无。"这正是今天宇宙学家的观点——宇宙从"无"中爆炸出来。真是匪夷所思啊！一个两千年前的老人，在科学几乎尚未启蒙之时，他怎么能有这样的奇想？

史林的志向是狂了一点，但也不算太离谱。可惜他生不逢时，毕业时，第三次世界大战，或者如后代历史学家命名的"2.5次世界大战"，已经越来越近了。国家正在为战争而全力冲刺，所有的基础研究被暂时束之高阁。史林因此没能去科学院，而是被招聘到这家一流的武器研究所。

对此，史林倒没有什么怨言。在他醉心于宇宙终极理论时，他的精神无疑是属于全人类的。但这个精神得有一个物质的载体，而这个肉体是生活在尘世之中，隶属于某个特定的国家和民族。既然如此，他就会诚心诚意地履行一个公民的义务。

他向国家安全部如实陈述自己对司马老师的怀疑，也正是基于这种义务（社会属性），而不是缘于他的本性（人格属性）。

司马完是一位造诣极深的高能物理学家，专攻能破坏信息系统的电磁脉冲炸弹。在此领域中，他是中国乃至世界的一流高手。中国已经为这场无法避免的战争作了一些准备。鉴于美国在军事上的绝对优势和中国相对薄弱的军工基础，中国的对策是大力发展不对称战力，比如信息战战力。在这些特定领域中，中国已经赶上甚至超过了美国。而在这个领域中执牛耳的司马完，自然是一个国宝级的人物。

司马完今年五十岁，小个子，比较瘦，外貌毫不惊人。他的妻子卓君慧个子比丈夫高一些，非常漂亮，高雅雍容，具有大家风范。她今年四十五岁，但保养得很好，只像三十几岁的人。与她交往，有如沐春风的感觉。

卓君慧是位一流的脑科学家。现代脑科学大致上有两个分支，一个分支偏重于哲理性，研究神经元如何形成智慧，如何出现自我，或者探讨人类作为观察者能否最终洞悉自身的秘密（不少科学家认为：人类绝不能完全认识自身，从理论上说也不行，因为"自指"就会产生悖逆和不决），等等；另一个分支则偏重实用性，研究如何开发深度智力，加强左右脑联系，增强记忆力，研究老年痴呆症的防治等。两个分支的距离不亚于牛郎星与织女星，但卓君慧在两个分支中都游刃有余，她甚至在脑外科手术中也是一把好刀。

他们有一个十九岁的儿子，那小子是他父母的"不肖子"，一个狂热的新嬉皮士，信仰自由、爱与和平。他很聪明，虽然从不用功，但还是轻松地考进北大数学系。他与史林是相差五届的系友。这小子在大学里仍不怎么学习，只要考试能上六十分，绝不愿在课堂多待一分钟。司马夫妇对他比较头疼，这算是这个美满家庭中唯一不如人意的地方吧！

中航的A380起飞了，这是二十年前正式投入运营的超大型客机，双层，标准载客五百五十五人。现在飞机是在平流层飞行，非常平稳。透过飞机下很远的云层，能看到连绵的群山，还有在山岭中蜿蜒的长城。他们这次一行三人，司马夫妇和史林。司马完和史林是去以色列两个武器研究所做例行工作访问。这些年来他们和以色列同行保持着融洽的关系，在某种程度上超越了政治。卓师母则是去特拉维夫的魏茨曼研究所，那儿是世界上脑科学的重镇，有一台运算速度为每秒百万亿次的超大型计算机，专门用于模拟一百四十亿人脑神经原的缔合方式。据说爱因斯坦的大脑现在已经"回归故里"（指他的犹太人族籍而不是他的瑞士国籍），在这个研究所受到精心的研究。卓师母常来这里访问，史林三次来以色列都是和司马老师、卓师母同行。

史林走前，国家安全部的洪先生又约见了他。这次会见没什么实质内容，洪先生只是再三告诫他不要露出什么破绽，仍要像过去一样与司马相处。

"司马先生是国宝级的人物，对他一定要慎重再慎重。当然，"洪先生转了口气，"也应该时刻竖起耳朵，注意他的行动。如果能洗脱他的嫌疑，无论对他个人或者对国家都是幸事。"

洪先生希望在此行中，史林能以适当的借口，始终把司马"罩在视野里"，但前提是不能引起司马的怀疑。史林答应尽量做到。

司马夫妇坐在头等舱，史林在普通舱下层，不能时刻把司马完罩在视野中，他有点担心——也许就在那道帷幕之后，司马完正和某个神秘人物进行接头？他正在想办法如何接近司马完时，卓师母从头等舱出来了，走到史林的座位前，轻声说：

"你这会儿没有事吧？老马（她总是这样称呼丈夫）想请你过去，谈一点工作之外的话题。你去吧，咱俩换换座位。"

史林过去了。司马完用目光示意史林在卓君慧的座位上坐下，又唤空姐为史林斟上一杯热咖啡。史林忖度着司马老师今天会谈什么"工作之外的话题"。司马完开门见山地问：

"听说你有志于理论物理，宇宙学研究？"

"对。我搞武器研究是角色反串，暂时的。战事结束后我肯定会回本行。"

司马完有点突兀地问："你是否相信有宇宙终极定律？"

史林谨慎地说："我想，在地球所在的'这个'宇宙中，如果它在时间和空间上是有限的——这已经是大多数理论物理学家的共识——那么，关于它的理论也就应该有终极。"

司马完点点头，说："还应该加一个条件：如果宇宙确实是他——上帝——基于简单、质朴和优美的原则建造的。"

史林激动地说："对这一点我绝对相信！当然没有人格化的上帝，但我相信两点：一是宇宙只有一个单一的起源；二是它的自我建构一定天然地遵循一个最简单的规则。有这两点，就能保证你说的那种质朴和优美。"

司马完赞赏地点点头，沉默了一会儿。史林也沉默着，不知道司马完还会谈什么。司马完忽然问：

"你的IQ值是一百六十？"

　　史林不想炫耀自己，有点难为情地说："对，我做过一次测定，一百六十。不过，我不大相信它，至少是不大看重它。"

　　司马完皱着眉头问："不相信什么？是IQ测定的准确性，还是不相信人的智力有差异？"

　　"我指的是前者。智商测定标准不会是普遍适用的。一个智商为六十的弱智者也可能是个音乐天才。至于人与人之间的智力差异，那是绝对存在的，谁说没有差异反倒不可思议。"

　　"IQ的准确与否是小事情，不必管它。关键是——是否承认天才。我就承认自己是天才，在理论物理领域的天才。承认天才并不是为了炫耀，而是认识到自己的责任。老天既然生下爱因斯坦，他就有责任发现相对论，否则他就是失职，是对人类犯了渎职罪。"

　　史林听得一愣。从来没有听过对爱因斯坦如此"严厉"的评判，或者说是如此深刻的赞美，他觉得很新鲜。从这番话中，他感受到司马完思维的锋利，也多少听出一些偏激。他想，天才大都这样吧！

　　"我知道你也是个天才。我观察你两年多了。"司马完说得很平静，不是赞赏，而是就事论事，就像说"我知道你的体重是一百六十斤"一样，"也知道你一直没放弃对终极理论的研究，并用业余时间一直在作这方面的研究。你想由一个中国人来揭开上帝档案柜上的最后一张封条。我没说错吧？"

史林感动地默默点头。他没想到司马老师在悄悄观察他。对他而言，探索宇宙终极理论已经成了此生的终极目的，这种忠诚溶化在他的血液中，今生不会改变。所以，司马老师的话让他觉得亲切，有一种天涯知己的感觉——不过他马上提醒自己：不要忘了国家安全部的嘱咐，对司马老师时刻都得睁着"第三只眼睛"。

"其实我也一直致力于此，比你早了二十年吧。你不妨说说近来的思考、进展或者疑难，也许我能对你有所帮助。"

司马老师说得很平淡，但透出不事声张的自信。史林思考片刻，说：

"我想，要解决终极理论，还得走阿维·热所说的对称性的路子。德国女数学家艾米·诺特尔以极敏锐的灵感，指出大自然中守恒量必然与某种对称相关。比如她指出：如果物理定律不随时间变化（相对于时间对称），能量就守恒；如果作用量不随空间平移而变化，动量就守恒；如果不随空间旋转而变化，角动量就守恒。司马老师，这些守恒定律我在初中就学过了，但从来没想到它们的对称本质！诺特尔的洞察力是人类智慧的一个极好例子，简直有如神示，给我极深刻的印象，让我敬畏和动情。我对她崇拜得五体投地。"

史林说得很动情。司马完没有插话，只是面无表情地点点头。

"爱因斯坦非常深刻地理解这一点——上帝对宇宙的设计必定由对称性支配。他能完成相对论，就是因为他善于从浩繁杂乱的实验事实中抽取对称性。比如，在那么多有关引力的事实中，他只抽取了最关键的一个守恒量，就是所有物体，不管轻重，不管它是什么元素，都以同样的速度下落。这就导致他发现了一种对称：均匀引力场与某个数值的加速运动完全等效。爱因斯坦称，这对他来说是一次'非常幸福的思考'，从那之后广义相对论就呼之欲出了。"史林说着忽然觉得有点不好意思，在司马老师面前说这些无疑是班门弄斧，"这些历史你一定很清楚。我对它们进行回溯，只是想说明，我对终极理论的研究一直是走这条对称性的路子。"

司马完微微点头："我想你的路子不错。有进展吗？"

"还没有。引力还是没法进行重整，不能与其他三种力合并到一个公式中。"

司马完沉默了一会儿，说："对称性的路子肯定不会错的，但你是否可以换一个角度？当年爱因斯坦没能完成统一场论，是因为那时弱力和强力还没有被发现。那么，今天物理学界在终极理论上举步维艰，是不是因为仍然有未知力隐藏于时空深处？我相信物质层级不会到夸克和胶子这儿就戛然而止。应该有更深的层级。当然，随着粒子的尺度愈接近普朗克长度（1.6×10^{-33} 厘米，夸克是 10^{-21} 厘米），粒子实体或物质层级就会愈模糊、虚浮、互相粘连，研究它们相应的就会越来越难，最终干脆不可知。不过，我们并不需要完全了解。门捷列夫也不是在了解所有元素后才建立周期律的。他只用推断出元素性质跟重量有关，并呈周期性变化就行了，这是个比较复杂的周期，取决于最外电子层可容纳的电子数。但只要发现这个'定律之核'，周期律就成功了。"

这番见解让史林受到震动。他说："老师你说得很对，我也相信你所抽提的脉络。不过我一直没能发现有关宇宙力的那个'核'。那个核！只要抓住这个核，终极理论就会在地平线上露头了。"

史林企盼地看着司马完。直觉告诉他，也许司马老师手里就握着这把钥匙。不过他同时又认为这是不可能的，如果司马老师已经有所突破，绝对不会藏在心里而不去发表，更不会在这样的闲聊中轻易披露，要知道，这是多少人梦寐以求的成功！对这样的成功来说，诺贝尔奖是太轻太轻的奖赏。不会的，司马老师不会握有这把钥匙。不过，他无法排除这种奇怪的感觉——对于宇宙终极真理，司马老师的神情完全是成竹在胸。

司马完看着舷窗外的天空，平淡地说："以往的终极研究都是瞄着把宇宙几种力统一。实际上，力的本质是信使粒子的交换，像光子的交换形成电磁力，引力子的交换形成引力，介子的交换形成弱力等。所以，力的本质就是物质，换一个说法而已。

而物质呢，不过是空间由于能量富集所造成的畸变。这么说吧，力、物质、能量这些都是中间量，可以撇开的。宇宙的生命史从本质上说只是两个相逆的过程：空间从大褶皱（如黑洞）转换为小褶皱，冒出无数小泡泡，又自发地有序组合；然后，又被自发地抹平。其中，空间形成褶皱是负熵过程（这点不难理解，按质能公式，任何粒子的生成都是能量的富集化）；空间被抹平则是熵增。你看，这又是艾米·诺特尔式的一个对应：宇宙运行相对于时间的对称性，对应于空间畸变度的守恒。"他把目光从窗外收回来，看看史林，"你试试吧。沿着这个思路——抛开一切中间量，直接考虑空间的褶皱与抹平——也许能比较容易得出宇宙的终极公式。"

司马完朝史林点点头，结束了谈话，闭目靠在座椅上。他已经看见了史林的激动，甚至可以说是狂热。史林感觉到了"幸福的思考"，就像爱因斯坦坐电梯时因胃部下沉而感受到引力与加速度的等效；像麦克斯韦仅用数学方法就推导出电磁波恰恰等于光速；像狄拉克在狄拉克方程的多余解中预言了反粒子……所有的顿悟对科学家来说都是最幸福的，而这次的幸福更是幸福之最，它是真理的终极，是对真理探索的最完美的一次俯冲。

史林的目光在燃烧，血液沸腾了。眼前是奇特优美的宇宙图景，是宇宙的生死图像：

一个极度畸变的空间，光线被锁闭在内部，无法向外逃逸；

连时间也被锁死，永久地停滞在零点零分零秒。然后，它因偶然的量子涨落爆炸了，时间由此开始。空间暴涨，单一的畸变在暴涨中被迅速抹平，但同时转变为无数的微观畸变。空间中撕裂出一个个"小泡泡"，它们就是最初层面的粒子。泡泡以自组织的方式排列组合，形成夸克和胶子，再粘结成轻子、重子、原子、分子、星云、星体、星系。星体在核反应中抛出废料，形成行星，某些行星上的"太初汤"再进行自组织，生成有机物、有机物团聚体、第一个DNA、简单生物，等等。这个负熵过程的高级产物之一就是人，是人的智慧和意识……

但同时，随着氢原子聚合，随着恒星向太空倾倒光和热，一只看不见的手又在轻轻抹去物质的褶皱，回归平滑空间。这个熵增过程是在多个层级上进行的；不过，局部的抹平又会导致整体的空间畸变，于是黑洞（奇点）又形成了。空间的畸变和抹平最终构成了宇宙史。

史林完全相信，只要抽出这个艾米·诺特尔对称，宇宙终极公式也就不远了。它一定非常简约质朴，像爱因斯坦的质能公式一样优美。激动中，他竟然有些气喘吁吁。这会儿他把国安部洪先生的交代完全抛到脑后了。他虔诚地看着司马老师，等他往下说，但司马完似乎已经把话说完了。

过了一会儿，史林不得不轻声唤道："老师？"

司马完睁开眼看看他。

"老师，你的见解极有启发性。我想，你离成功只有一步之遥了，为什么还没得出最终结果？"

司马完淡然说："也许是我的才智不够。这也是个悖论吧——要想破解这个最简约的宇宙公式，可能需要超出我这种小天才的超级天才。"

史林有些失望，也免不了兴奋（带点自私的兴奋）——如果司马老师没有完成，那自己还有戏。他沉默一会儿，说："可惜，这样的公式即使被破译，恐怕也很难检验。物理学家和玄学家的区别，是物理学家有实验室，而且所做的实验必须有可重复性。但唯独物理学中的宇宙学例外：宇宙学家倒是有一个天然的大实验室——宇宙，但没人能看到实验的终点，更无法把宇宙的时间拨到零点，反复运行，以验证它的可重复性。"

"谁说不能验证？只要是真理，就应该得到验证，也必然能验证。"司马完不屑地说，"我知道有类似的论调，说宇宙学是唯一不能验证的科学。不要信它！总有办法验证的，即使不是直接验证，也是很有说服力的间接验证。"

史林渴望地看着司马完，依他的感觉，司马老师不但对终极定律成竹在胸，而且对如何验证也早有定论。他真希望老师能把这个"包袱"彻底抖出来。非常不巧，飞机马上要降落了，空姐走出来，让乘客回到自己的座位，系上安全带。卓君慧从普通舱回来，她看出这次谈话对史林的触动显然很大，因为史林恋恋不舍地离开头等舱，并一直陷在沉思中。

地中海的海面在舷窗外闪过，特拉维夫机场的灯光向他们迎来，飞机降落了。他们出了机场，随即坐出租车来到伯塞尔饭店。饭店依海而建，窗户中嵌着地中海的风光，非常美丽；位置又比较适中，离他们要去的三个研究所都不远。前两次史林陪司马老师和师母来时，也是下榻在这个饭店的。

在前两次同行中，史林对司马老师产生过怀疑，因为老师在特拉维夫的行为多少透着古怪。史林的怀疑不大清晰，只是想想而已。不过，国家安全部官员的那次到来，把这些怀疑明朗化，也强化了。所以，即使史林因这次长谈而对司马老师相当敬畏，也不能完全抵消他内心对司马老师的怀疑。从住进伯塞尔饭店起，史林就时刻"竖着耳朵"观察老师的动静。

半个月前的一天，北方研究所吕所长（他的军衔是少将，在国内外军工界是一个大人物）让秘书把史林唤到办公室。屋里还坐着一个人，穿便衣，但有明显的军人气质，四方脸不怒而威，打眼一看就是个相当级别的大人物。那人迎上来和史林握手，请他在沙发上落座。吕所长介绍，"这是国家安全部的领导，姓洪，想找你问一些情况，你要全力配合。"吕所长说完就走了，临走小心地带上门。

史林心中免不了忐忑，单看吕所长的态度，就知道今天的谈话一定相当重要。洪先生先和颜悦色地扯了几句家常，问史林哪个学校毕业，来所里有几年，一直跟谁当助手，等等。史林知道这些话只是引子，既然国安部找到自己，自己的情况他一定事先调查清楚了。然后洪先生慢慢把谈话引到司马完身上。史林谨慎地回答说：他来这儿时间不长，对司马老师非常敬佩，老师专业造诣极深，工作也非常敬业。不过他们没有多少工作之外的接触，只是应卓师母之邀去赴过两次家宴。

洪先生不停地点头，他说这位司马老师可是国宝啊，是列在国家安全部重点保护名单上的。我们的保护是百倍小心，不容出任何差错的，所以想找你来了解一下，看他有没有什么心理上的问题，身体上的问题，等等。你不要有什么顾虑，尽可直言不讳。

虽然洪先生的话很委婉，史林也不会听不出话外之音。史林断定，洪先生既然来找他了解司马完，肯定有什么重要原因。他踌躇片刻，决定对国安部应该实话实说：

"我没发现什么问题，只有一点，不知道算不算异常。他在以色列工作访问时，总有两三天不见踪影。我陪他去过两次特拉维夫，都是这样。据他说是陪妻子去魏茨曼研究所，那是个综合性的研究所，以脑科学研究为强项，所以，卓师母去那里是正常的，但司马老师去干什么，我就不清楚了。我原来以为，也许这牵涉到什么秘密工作，是我这样级别的人不该了解的，所以我一直没有打探过。"

洪先生听得很认真："还有什么情况吗？"

"没有了。"史林想想又补充道，"我们去特拉维夫的工作访问一般不会超过一星期，所以，单单为了陪妻子而耽误两三天时间，这不符合司马老师的为人。"

洪先生赞赏地点点头，这才说出来这儿的用意："谢谢你小史。我来之前对你做过深入了解，吕所长说你是一个完全可以信赖的年轻人。今天我找你来，是有一个重担要交给你。"史林听出了问题的严重性，屏息聆听。"我们对司马先生非常信任，非常器重，他对国家的贡献是有目共睹的。但不久前一次例行体检中，发现他脑中有异物。"

史林极为震惊！他瞪大眼睛看着洪先生。对方点点头，肯定地说："没错，确定有异物，是在头部正上方，穿透头盖骨，向下延伸到胼胝体。异物的材质看来是某种芯片，或其他电子元件，我们还没机会确认。"

史林张口结舌。说震惊是太轻了，完全是惊骇欲绝。有异物！在一个国宝级的武器科学家脑中！在战争阴云越来越浓的特殊时刻！他觉得，洪先生宣布的事实，就像是阴河里的水，漫地而来，让他不寒而栗。他说：

"你是说他被……"

"对，我们担心他被别人控制，被敌人控制，在他本人并不知情的情况下。所以……"洪先生摇摇头，没把这句话说完。

史林下意识地轻轻摇头。这事太不可思议，他实在不愿相信。他想劝洪先生再去认真复核，不要把事情搞错。当然，他知道这个想法太幼稚。对一个国宝级的人物，来人又是国安部的重要官员，肯定不会贸然行事的。但……脑中有异物！受人控制！这实在太诡异。洪先生问：

"你是否知道，司马先生在魏茨曼研究所接触的是什么人？"

"不清楚，他从不在我面前谈论那边的事，卓师母也不谈。"

"那么，司马先生的行为是否有异常？比如偶然的动作僵硬，表情怔忡，无名烦躁，等等。如果他真受到外来力量的控制，应该会表现出一些异常的。"

史林认真回忆一会儿，摇摇头："没有，从来没发现过。"

"那好吧，今天就谈到这儿，以后请你注意观察，但不要紧张，不要在他面前露出什么迹象。现在，既然知道司马脑中有异物，那么一切都已在控制之中了，不会出大娄子。"

洪先生说得轻描淡写，但史林清楚，这些安慰恐怕言不由衷。史林突然问：

"你说是在对他例行体检时发现的，那么上一次的体检是什么时候？"

洪先生看看史林，心想这年轻人确实思维敏捷，糊弄不住的。他叹口气："是去年二月十号。你说得对，这个异物可能是去年二月十号以后就植入了，而我们到今年二月才发现。如果是那样，他就有近一年的时间处于我们的控制之外。如果真的……能泄露的军事机密也该泄露完了。"他摇摇头，"不管怎样，我们要尽快查个水落石出，这也是为他本人负责。"

到达特拉维夫后，他们三人照例访问了以色列军事技术公司（IMI），第二天又访问了迪莫纳核研究所。访问中明显看到战争阴云的影响。以色列同行们虽然还是谈笑自若，但能看出他们内心深处的疏远和提防。毕竟以色列一直是美国的忠实盟国，在即将来临的战争中，以色列不一定会直接参战，但至少是倾向于"自家大哥"的。

卓师母这两天一直陪着他们，她的美貌高雅、雍容大度是有效的润滑剂，让双方已经生涩的交往变得融洽一些。那些研究杀人武器的男人都愿意和她交谈。但史林却心情复杂。在和国安部洪先生的那次谈话中，有一点洪先生避而不提，史林当时也没想到。但随后他想到了，那就是：卓师母是否知道丈夫脑袋中的异物。作为夫妻，终日耳鬓厮磨、同床共枕，她应该能发现丈夫脑袋上的异常吧？如果知道——她在其中扮演什么角色？是同谋还是包庇犯？如果不知道——她与之同床共枕的男人竟然是个受他人控制的"机器人"，而她却一无所知？

史林对师母很尊敬，无论是哪种情况，史林觉得都比较恐怖，为她感到心痛。

第三天正好是犹太新年，即逾越节，司马夫妇一位老朋友，IMI一位高层主管胡沃德·卡斯皮邀三人去他的私人农场玩。卡斯皮二十年前曾任以色列军工司司长，是一个公认的亲华派。在这样一个相对微妙的时刻，这种邀请显然不是纯粹的私谊。四人乘坐着卡斯皮的大奔出城。他的私人农场相当远，已经接近加沙了。快中午时到达农场，卡斯皮夫人已经准备好饭菜，笑着说：

"欢迎来到我的农场。能在逾越节招待尊贵的客人，我非常高兴。"

餐桌上堆着烤羊肉、苦菜和未发酵的面包，这是逾越节的传统食品，是为了纪念当年犹太民族逃离埃及的历史。午饭中大家有意识地"不谈国事"，高高兴兴地闲聊着。

饭后，卡斯皮带客人们参观了他的农场，随后他领客人回到客厅，他夫人斟上咖啡后就退出去了。客人们知道，真正的谈话就要开始了。卡斯皮脸色凝重地说：

"恐怕咱们之间的交往不得不中断了。原因你们都知道的：战争。美国的压力。关于战争的正义性我不想多说，各国政治家都有非常雄辩的诠释，但我想倒不如用一个浅显的比喻更为实在。这是一场资源之战，就像一群海豹争夺唯一的可以换气的冰窟窿。先来的海豹要求维持旧有秩序，后来的说，你们占了这么久，轮也该轮到我们了！谁对？可能后来者的要求多一些正义，但考虑到换气口对先来者同样生死攸关，他们的强占也是可以原谅的。尤其是，如果换气口太小而海豹个数太多，即使达成完全公平的分配办法，也不能保证所有海豹的最基本需求，那就只有靠战争来解决了。你们如果最终走进战争，那是为了自己民族的生存，我敬重你们，至少是理解你们。"

司马完说："谢谢。战争确非我们所愿，甚至当一个武器科学家也违反我的本性。我总忘不了美国一个科学家班布里奇的话。他在参与完成了第一颗原子弹的成功爆炸后，痛心疾首地对奥本海默说：现在，我们都是狗娘养的了！"他摇摇头，"可是，总得有人干这种狗娘养的事。"

卡斯皮用力点头，重复道："我能够理解，非常理解，甚至在道义上对你们的同情更多一些。但战争一旦爆发，以色列势必站在另一方。你们知道的，多年的政治同盟，以色列人对美国的感恩心理。而且，即使没有这些因素，"他盯着司马完，加重语气说，"我们也不能把宝押在注定失败的一方。"

这句话非常刺耳，史林有倒噎一口气的感觉——看看司马完夫妇，他们依然神色不为所动。司马完平静地说："看来你已经预判了战争的输赢。"

卡斯皮的话毫不留情："我知道这些话很不中听，但我还是要说，作为朋友我不得不说。这些年中国国力大增，按GDP（以平价购买力计算）来说已经是世界第一经济体。但你们的军事力量大大滞后。当然，你们也大力发展了不对称战法，在某些领域，比如你主持的电磁脉冲武器就不亚于美国。但这改变不了整体的劣势。我曾接触过一些中国军方人士，他们说，中国十四亿民众和广袤的国土，足以让任何侵略者深陷战争的泥沼。我绝对相信这一点，但问题是美国军方也绝对相信这一点！经历了多次局部战争后，他们有足够的精明。所以，我估计，这次战争不会以占领土地和消灭有生力量为主，而是远程绞杀战和点穴战，重点破坏你们的石油运输、电力、通讯、交通等设施，直到中国经济被慢慢扼死。这不是第三次世界大战，是2.5次世界大战。"

这是史林第一次听到这个名词，后来它成了历史学家公认的名称，虽然并不是卡斯皮所说的理由。

司马夫妇沉默着，不作任何表态，但听得很用心。卡斯皮继续说："坦率地讲，你们大力发展的不对称战法恐怕难以奏效。关键是：即使在这些领域你们也并不占绝对优势，因而改变不了你们的整体劣势。据我估计，战争中真正能实现的，反倒是对方的不对称战法，即：在信息战、地面战、岸基海战等你们有均势或优势的领域；对方将只使用远洋打击力量、空中力量和天基打击力量等你们处于绝对劣势的领域，实行远程绞杀和精确点穴。你们对这种战法将毫无办法。"

司马完平静地听着，点点头："你的分析很精辟。"

"一定要避免这场战争！请务必把我的话转达给贵国的高

层。我算不上虔诚的和平主义者，以色列国是从血与火中建立起来的，我们不会迂腐到反对一切战争，但至少要避免必败的战争。说句我不该说的话吧，即使这场战争实在不可避免，也要尽量推迟。推迟十年，二十年，那才符合你们的利益。"

"谢谢你的诤言。我会转达的。"

卡斯皮摇摇头："你刚才说到班布里奇的自责，使我想起俄国和美国两大枪族的鼻祖，卡拉什尼科夫和斯通纳。两人七十多岁时在美国第一次会面，见面时说：我们都是罪人，上帝的两群子孙拿着我俩发明的武器互相残杀。"

司马完叹息着，重复道："狗娘养的职业。武器科学家就像是令人憎厌的行刑手，偏偏又是社会不可缺少的。不过，现在不少国家已经进步了，废除了死刑，也不需要行刑手了。但愿有一天不再需要武器科学家。咱们等着那一天吧。"

私人访问结束后，卡斯皮把他们三人送回特拉维夫。三个中国人很清楚，卡斯皮实际上是受以色列政府的授意，对他们宣布了非正式的断交。当然，以色列政府是为了自己的国家利益，虽断交但做得很有人情味，很义气。

回到伯塞尔饭店后，史林心情相当抑郁。他太年轻，虽然对双方的军力一向都有基本的了解，但难免受偏见所蒙蔽。现在，卡斯皮为他们指出了一座阴森森的冰山，它横亘在必走的航线上，正缓慢地、不可阻挡地向这边逼近。它是真实的威胁，不是海市蜃楼。没有任何办法躲开它。

　　史林也注意地观察着司马夫妇的反应。不知道他们内心如何，至少表面上相当平静。也许他们对卡斯皮的谈话内容并不意外，他们早就认识到形势的严峻？晚上洗浴后，史林来到司马夫妇住的套房，卓君慧新浴过后正在内室梳妆，对外边大声说：是小史吗？你先和老马聊，我马上就出来。司马完向史林点点头，仍自顾翻阅犹太教的《塔木德》法典。法典是英文版的，以色列饭店中经常放有犹太教的典籍，以供客人们翻阅或带走。司马完的翻阅显得心不在焉，史林想，他原来并非心静如水啊。史林坐下来，不服气地说：

　　"司马老师，今天卡斯皮说得未免太武断。"

　　司马完淡淡地说："一家之言罢了。不过，他的分析确实很有见地。"

　　"那我们怎么办？"

　　"尽人力，听天命吧。"

　　这个表态未免过于消极。史林心里不太舒服，沉默着。这会儿卓师母走出来说："明天咱们到魏茨曼研究所去，这恐怕是战前最后一次了。小史，明天你也去。"

　　史林非常意外，因为过去两次陪司马夫妇来以色列，他们从不提让史林去那个研究所，甚至在闲谈中也从不提它。史林一直有一个感觉：司马夫妇总是小心地捂着那边的一切。今天的态度变化未免太突然。他看看司马完，后者点头认可。卓君慧对丈夫说："你也去洗浴吧，洗完早点休息，要连着绞两三天脑汁呢！"

司马完嗯了一声，起身去卫生间。史林有点纳闷：她所说的"绞两三天脑汁"是什么意思？按说，在魏茨曼研究所应该是卓师母去绞脑汁吧？那是她的本职工作。卓师母坐到沙发上，和史林聊了一会儿。电话响了，她去接了电话，听见她声音柔柔地说了很久，最后说：

"去吧，我和你爸都尊重你的决定。"

等卓师母放下电话过来，史林发现她神情有些黯然。

"儿子的电话。"卓师母说，"军队在大学征兵，他办了休学，参军了。他说，中国之大，已经放不下一张安静的书桌。他的很多同学都参军了。"

史林在老师家里见过这位晚五届的系友，印象不是太佳。但他没想到，这个表面上玩世不恭的小伙子原来是性情中人，一个热血青年。他钦佩地说："师母，他是好样的。如果我不是在搞武器，也会报名参军。"

卓师母叹口气："我和他爸爸都支持他的决定。当然，担心是免不了的，他年纪太小。"

"他到什么部队？"

"南方一个长波雷达站。在那儿他的专业多少有点用处。"

司马完在浴室里喊妻子，让她把行李箱中的电动刮胡刀拿过去。史林觉得自己留这儿不合适，立即起身告辞。临走，那个念头又冒出来：终日与丈夫耳鬓厮磨的卓师母是否知道他脑中的异物？她不可能毫无觉察吧？史林想，国安部委派的工作真是难为自己了。现在，面对一向敬重的司马老师，春风般温暖的师母，还有他们满腔热血、投笔从戎的儿子，他真不愿意再扮演监视者的角色。

第二天，他们三人借用卡斯皮先生的大奔，由卓师母开着去魏茨曼研究所。路上史林有一个明显的感觉：睡过一觉之后，司马夫妇已经把卡斯皮那番沉重的谈话，以及对战争前景的担心完全抛在脑后，现在他们一心想的是去魏茨曼研究所之后的工作，有一种临战前的紧张和企盼，一种隐约的兴奋。一路上，夫妇两人一直在进行简短的交谈，如："肯定是战前最后一次冲刺了。"或者："我估计这次会有突破。"他们的谈话不再回避史林，似乎史林突然也成了"圈内人"。史林没有多问，只是默默地听着，默默地揣摸着。

研究所在海边，是一幢不大的灰色四层小楼。门口没有设警卫，汽车长驱直入地开进去，停在长有棕榈树的院内。小楼内部的建筑和装修相当高档，过往的工作人员都热情地和司马夫妇打招呼，看来他们在这儿很熟络。三人来到一间地下室内，屋子比较封闭，里面有七张椅子，类似于牙科病人坐的那种可调节的手术椅，南墙上一个相当大的电脑屏幕。屋里已经有五个人，司马完夫妇同他们依次握手，同时向史林介绍他们的身份，其中有一些史林已经早闻其名。那个黄面孔、衣冠楚楚的男人叫松本清智，是日本东京大学物理系的主任。那个俄国人叫格拉祖诺夫，长得虎背熊腰，胡须茂密，堪称"北极熊"这个绰号的最好标本。他是俄国实验地球物理研究所的研究员。那个肥胖的中年男人是东道主，以色列人西尔曼。这位叫吉斯特那莫提，瘦骨嶙峋，衣着粗劣，令人想起印度电影中的弄蛇艺人。年纪最大的高个子是美国人肯尼思·贝利茨，满头白发，粉红色的手背上长满了老人斑。卓君慧说，贝利茨是这个"一六〇小组"的组长。

一六〇小组？史林疑惑地看着卓师母。卓师母笑着解释，这个研究小组完全是民间性质，一直没有正式名称，在他们的圈内常戏称为一六〇小组，后来就这么固定下来了。起这个名字是因为，小组成员的IQ一般都不低于一百六十，都是世界上最杰出的理论物理学家。"不一定是最著名，但一定是最杰出的，比如那个印度人，是一个无正式职业的贱民，完全靠自学成才，在物理学界内外都没有名望，但他的实力不在任何人之下。"卓君慧补充说。

这句介绍让史林掂出了这个小组的分量。他很困惑，不知道这几个人的集合与"脑科学"有什么关联。卓师母还介绍了第六位：电脑屏幕上一个不断变幻着的面孔。她说这是电脑亚伯拉罕，算是一六〇小组的第八个成员吧。

几个人都微笑看着第一次与会的史林。司马完向大家介绍说，这是一个很有天分的年轻人，专业是理论物理，智商一百六十，是一个不错的候补人选。"我因个人原因即将退出一六〇小组，所以很冒昧地向大家引荐他，彼此先接触一下。当然，是否接纳他还要等正式的投票。"司马完转向吃惊的史林，"小史，请原谅我事先没有征求你的意见。反正是非正式的见面，究竟参加与否你有完全的自由。不过我想你肯定会参加的，因为，"他难得地微微一笑，"这是向宇宙终极堡垒进攻的敢死队。"

宇宙终极堡垒！史林确实吃惊，没有想到司马老师会这么突然地把他推到这个陌生的组织内。他内心已经升腾起强烈的欲望。这些人中凡是史林已闻其名的，都是一流的宇宙学家或量子物理学家。各人主攻方向不同，但没关系的，正如阿维·热所说，在向宇宙终极定律的进攻中，科学的各个分支已经快会师了。

鉴于自己多年的追求，和深植于心中的宇宙终极情结，他当然十分乐意参加，甚至可以说，这是司马完老师对他的莫大恩惠。当然，想到国安部洪先生的话，他心中也免不了有疑虑。也许司马完突然给他的恩惠是别有用心？司马完随后的话使他的疑虑更加重了，司马完说："依照一六〇小组的惯例，你需要首先起誓：绝不向外界透露有关一六〇小组的任何情况。无论最终是否决定参加，你都要首先宣誓。"

大家对新来者点点头，表示是有这样的程序。史林迟疑地说："只要这儿的秘密不危害我的国家。"

贝利茨摇摇头："一六〇小组中没有国家的概念。我们的工作是以整个人类为基点的。"

史林犹豫着。人类——这当然是个崇高的字眼，但他知道人类利益和国家利益并非完全一致。很显然，人类内部有过多次战争，包括将要发生的战争，上帝的子孙们一直在互相残杀。在这样的情形下，怎能去奢谈什么单一的人类？司马完看看他，冷静地说：

"你可以不起誓的，这样你就不会知道一六〇小组的内情；你也可以起誓，这样你将了解一六〇小组的内情但不得向外人披露。对于国家安全部来说，这两种情况的最终结果是完全等效的。你选择吧。"

司马完似不经意地点出了国家安全部的名字，史林不由得转过目光看着他。司马完面无表情，卓师母安详地微笑着。史林想，看来他们已经知道了国家安全部与自己的那次谈话。史林飞快地盘算一下，果断地作出了选择。他想，如果一六〇小组中真有什么见不得人的秘密，他们不会把宝押在一个新人的誓言上的。他郑重地说：

"我以生命起誓：绝不向任何人透露有关一六〇小组的内情。"

屋里的人都满意地点头。贝利茨说："好的，现在进入阵地吧。这可能是战前最后一次冲刺，希望这次能得到确定的结论。"格拉祖诺夫笑着说："没关系，这次一定能撬开上帝的嘴巴。"

"开始吧！"

以下的进程让史林目瞪口呆。格拉祖诺夫先坐到可调座椅上，卓君慧过去，熟练地揭开他的一片头骨，里边弹出两个插孔，她拉过座椅旁的两根带插头的电缆，分别与两个插孔相连。计算机屏幕上，在亚伯拉罕的模拟人脸旁边，立时闪出格拉祖诺夫的面孔，不，不是一个，是两个。两个面孔与"原件"相比有些人为的变形，而且变形全都左右对称，比如一个人左耳大而另一个右耳大，这大概是用来区分格拉祖诺夫的左右分身吧。它们在屏幕上对着大家做鬼脸。卓君慧依次为六个人做好同样的联接，更准确地说是联机，十二个面孔依次闪现在屏幕上。

虽然很震惊，但史林在那一刻就猜到了真相。这是一种集体智力。六个大脑的胼胝体被断开，每人的左右脑独立，变成十二个相对独立的思维场，再分别与计算机联机，建成一个大一统的思维场。胼胝体是人脑左右大脑的连接，有大约两亿条通路。早期治疗癫痫时曾有过割断胼胝体的治疗方法，可以防止一侧大脑的病变影响到另一侧。大约在二三十年前有人提出设想，说人脑的胼胝体实际是很好的对外通道，可以实现人脑之间，或人脑与电脑的联机，并戏言它是"上帝造人时预留的电脑接口"。

非常可喜的是：这种联机的结果并不是加法，大致说来，n个人脑的联机，其联合智力大约是单个人脑的10^n次方的数量级。所以，这是一种非常诱人的技术。但因为它牵涉到太多的伦理方面的问题，没有了下文。没想到，在一六〇小组中已经不声不响地实行起来。现在，六个人脑的联机（先不算卓师母和电脑亚伯拉罕），其综合智力大致相当于106个人脑——也就是说，相当于一百万个一流的理论物理学家！在这么一个强大的思维机器前，还有什么问题不能解决呢?

史林苦笑着想，这就是国家安全部所怀疑的"脑中异物"啊！他们在大脑中插入异物，原来并不是为了当间谍，而完全是为了非功利的思维。他佩服这六个人的勇敢，因为，不管怎么说，这有点"自我摧残"、"非人"的味道。

这会儿是司马完在进行联机，他不动声色地说："我的神经插头在上次体检时被外人发现了。我推测，国安部一定找你了解过我的情况。关于这一点你回国后尽可以向他们汇报，不算你违誓。"

原来司马完（和卓师母）心里早就明镜似的，非常清楚别人对他们的监视。一时间，史林有被剥光衣服的感觉。不过，这会儿他已经把什么"监视"抛到脑后了。那是世俗中的事情，而现在他已经到了天国，面前是六个主管宇宙运行机制的天界政治局常委，正在研究宇宙的最终设计。这也正是他毕生的追求，现在哪里还有闲心去管尘世中的琐事！

六人已经进入禅定状态，屏幕上的十三个面孔（包括电脑亚伯拉罕的）消失了，代之以奇形怪状的曲线和信息流，令人目不暇接。现在屋里只剩下史林和卓君慧。卓师母帮六个人联完机，这才有时间对他解释。她说，这样的人脑联机，或者说集体智慧，是由贝利茨先生最先提议，由她帮助搞成的，唯一的目的，就是为了探求宇宙终极定律。正如司马完曾说的：为了探求那个最简约的宇宙终极公式，需要超出人类天才的超级智慧。

"你先在这儿坐一会儿，我也要进去了，是例行的巡视。"卓师母有点得意地说，"我可以说是这个智力网络的版主，负责它的健康运行。你耐心等一会儿，我很快就会回来的。小史，等我回来，也许我有话要跟你说。"

卓师母坐到第七张手术椅上，散开长发，把两手举到头顶，熟练地做好与计算机的联机，然后闭上眼睛。她的面部表情也被割裂，变得和其他六个男人一样怪异。史林看着她自我联机，感情上再度受到强烈的冲击。原来，卓师母不仅知道丈夫的"异物"，她自己也是如此！很奇怪的是，史林可以接受六个男人的现实，却不愿相信卓师母也是这样。这位慈和明朗、春风沐人的女性，不应该和"脑中异物"扯到一块儿。

其实史林对这种异物并无敌意，如果一六〇小组同意，他会很乐意地照样办理，只要能参与到对宇宙终极定律的冲刺中。所以，他对师母的怜惜就显得违反逻辑。

屋里很静，只有计算机运行时轻轻的嗡嗡声。六个男人都处于非常亢奋的作战状态，面部变幻着怪异的表情。大部分时间他们闭着眼，有时他们也会突然睁开眼（一般只睁一只），但此时他们的目光中是无物的，对焦在无限远处。他们面颊肌肉抖动着，嘴角也常轻轻抽动，左手或右手神经质地敲击着手术椅的不锈钢扶手。大屏幕上翻滚着繁杂怪异的信息流，一刻也不停息，其变化毫无规则，非常强劲。六道思维的光流频繁地向终极堡垒冲击，从繁复难解的大千世界中理出清晰的脉络，这些脉络逐渐合并，并成一条，指向宇宙大爆炸的奇点。然后，汹涌拍击的思维波涛涌动于整个宇宙。

史林贪婪地盯着屏幕，盯着他们。他此时无缘体会对宇宙深层机理的顿悟，那种爱因斯坦所称的"幸福思考"。不过，透过六个人的表情，他已经充分感受到这个思维场的张力。而他暂时只能作壁上观，他简直急不可耐了。

　　只有卓师母的面容相对平和，基本上闭着眼，表情一直很恬静，不大显出那种怪异的割裂。这当然和她的工作性质有关。她并不是和其他人一样冲锋陷阵，而是充当在战线之后巡回服务的卫生兵。屋中的安静长久地保持着，和宇宙一样漫无尽头。一直到吃中午饭时，卓师母才睁开眼睛，伸手去取自己头顶的插头。

　　卓师母取下插头后仍躺在椅子上，一动也不动。她的表情现在完全恢复"正常"了，不再左右割裂了，但她似乎沉浸在深重的忧虑中，眉头紧蹙，默默地望着屋顶。史林清楚地感受到她的忧虑，但不知道原因。他想，是否是这个智力网络有什么问题？或者他们的集体思维没有效果？

　　卓师母起来了，从柜子中取出早就备好的食物，是装在软包装袋中的糊状物，类似于早期太空食品（后来的太空食品也讲究色香味，基本不再使用这种糊状物），让史林帮他分发给各人。六个男人都机械地接过食品，挤到嘴中。在做这些动作时，明显没有中断他们的思维。六人都吃完了，卓师母把食品袋收回，从微波炉中取出两份快餐，递给史林一份。两人吃饭时，史林有数不清的问题想问卓师母，但一时不知道该问哪个；另外，他也不知道卓师母会不会向他透露核心秘密，毕竟他还没有被一六〇小组接纳。他问：

　　"师母，他们的探索已经到了哪个阶段？如果可以对我透露的话。"

卓师母平静地、甚至有点漫不经心地说："宇宙公式已经破解了，去年就成功了。" 史林瞪大眼睛，震骇地望着师母，"非常简约、非常优美的公式。你如果看到它，一定会说：噢，它原来是这样，它本来就应该是这样！"她看看史林，"不过，在你正式加入之前，很抱歉我不能透露详情。它对一六〇小组之外是严格保密的，极严格的保密。"

这个消息太惊人了，史林难以相信。当然，卓师母是不会骗他的。他想不通的是，既然已经取得这样惊人的成功，换上他，睡梦中都会笑醒的，卓师母今天的忧虑又因何而来？小组又为什么不公布？沉思很久后，史林委婉地说：

"我上次对司马老师说过，宇宙学研究的最大难点是对于它的验证。这个终极公式一定难以验证吧？不过我认为，再难也必须通过某种验证，超越于逻辑思维之外的验证。"

卓师母轻松地说："谁说难以验证？恰恰相反，非常容易的，已经验证过了。"

"真——的？"

"当然。你想，在没有确凿的验证之前，一六〇小组会贸然喝庆功酒吗？"卓师母说，"虽然我不能向你披露这个公式，但讲讲对它的验证倒不妨的。这会儿没事，我大略讲讲吧。"

史林已经急不可耐了，忘记了吃饭："请讲吧，师母，快讲吧。"

卓师母对史林的猴急笑了："别急，你边吃边听。这要先说说爱因斯坦的质能公式，不少教科书上说，质能公式的发现打开了利用核能的大门，其实这纯属误解，是一个沿袭已久的误解。"

史林接过话头："对，你说得很对。质能公式是从分析物体的运动推导出来的，只涉及物体的质量（动量），完全不涉及核能或放射性。核能其实和化学能一样，都是某种特定物质的特定性质，只有少量元素才能通过分裂或聚变释放能量，大部分物质不行。比如铁原子就是最稳定的，可以说它是宇宙核熔炉进行到最终结果时的废料，它的原子核内就绝对没有能量可以释放。总归一句话：具有能释放的核能，并不是物质的普适性质。但根据质能公式，任何物质，包括铁、岩石、水、惰性气体，甚至我们的肉体，都应该具有极大的能量。"他又补充一句，"核能在释放时确实伴随着质能转换（铀裂变时大约有百分之一的质量湮灭），但那只能看作是质能公式的一个特例，不能代表公式本身。其实，化学反应中同样有质量的损失，只是为数极微。"

"对，是这样的。质能公式只是指出质量与能量的等效性，但并不涉及'如何释放能量'。那么你是否知道，有哪种办法可以释放普通物质中所内含的、符合质能公式的能量——可以称它为物质的终极能量？"卓师母补充道，"正反物质的湮灭不算，因为咱们的宇宙中并没有反物质，要想取得反物质首先要耗费更多的能量。"

史林好笑地摇摇头："哪有这种方法啊，没有，绝对没有，连最基本的技术设想也没有。如果有了它，世界早变样啦！噢，对了，我想起来了，某个理论物理学家倒是提出过一个设想：假设地球旁边有一个黑洞，我们把重物投进黑洞，使用某种机械方法控制其匀速下落（从理论上说这可以做到），那么这个物体的势能就能转变为能利用的能量，其理论值正好符合质能公式的计算。"他笑着补充，"当然，这只是一个思维游戏，不可能转变为实用技术。"

"是否实用并不重要，关键看这个设想在理论上是否正确。我想它是正确的。这个设想中有两个重要特点，你能指出来吗？"

史林略略思索片刻，说："我试试吧。我想一个特点是：这种能量释放和物质的种类无关，只和质量有关，所以它对所有物质都是普适的。对垃圾也适用，填到黑洞的垃圾将全部转换为终极能量，那位物理学家开玩笑说，这是世界上最彻底最经济的垃圾处理方式。"

"还有什么特点？"卓师母提示道，"想想老马曾说过的：抹平空间褶皱。"

史林的反应非常敏捷，立即说："第二个特点是：它是借助于宇宙最极端的畸变空间实现的，物质放出了终极能量，然后被黑洞抹平自身的'褶皱'，消失在黑洞中。"

卓师母赞许地点头："不错，你的思维很敏锐，善于抓关键，你老师没看错你。"

史林心潮澎湃。他在阅读到这个设想时，只是把它当成智力游戏，一点也没有引起重视。但此刻在卓师母的提示下，他意识到：这个简单的思想实验也许正好显示了终极能量的本质。被投入黑洞的物质完成了它在宇宙中的最终轮回，被剃去所有毛发（抹去所有信息），不管它是什么元素，不管它是什么状态（固态、液态、气态、离子态，甚至是单独的夸克），都将放出终极能量，被黑洞一视同仁地抹平褶皱，化为乌有。但这和卓师母所说的"对宇宙终极公式的验证"有什么关系？卓师母似乎知道他的思想活动，随即说：

"一六〇小组发现的宇宙终极公式，恰恰揭示了空间'褶皱'与'抹平'的关系。利用这个公式，就有办法让物质'抹平褶皱'，放出它的终极能量。所有的物质都可以，而且技术方法相当简单，比冷聚变简单多了。我们一般称它为终极技术。"

卓师母说得很平淡，但史林再次被惊呆了。他激动地看着卓师母，生怕她是在开玩笑。他忽然脱口而出：

"这么说，冰窟窿可以扩大了，甚至可以无限地扩大！卓师母，那你们为什么还要保密？"他说的话没头没脑，但卓君慧完全理解。他是在借用卡斯皮的比喻：即将开始的资源之战就像一群海豹在争夺冰面上的换气口。是啊，现在冰窟窿可以无限扩大了，因为对资源的争夺首先集中在能源上，如果物质的终极能量能轻易释放，那么，人类能源问题可以说得到了彻底解决，以后，只用把社会运行中产生的垃圾、核废料等这么转换一下就行了。哪里还用得着打仗呢？

史林非常亢奋，情动于色。卓君慧心疼地看看这个大男孩：他还是年轻啊，一腔热血，但未免太理想化。她摇摇头：

"不行的，终极公式绝不能对外宣布。这是小组全体成员的决定。"

史林的亢奋被泼了冷水，不满地追问："为什么？到底是为什么？"

卓师母叹口气："我这就告诉你。不知道你是否知道文明发展的一个潜规则，虽然它并没有什么内在的必然性，但它一直是很管用的。那就是：当技术之威力发展到某种程度时，它的掌握者必然会具有相应程度的成熟。形象地说，就是上帝不允许小孩得到危险玩具。这么说吧，二战时核爆炸技术没有落到希特勒和日本人手里，看似出于偶然，实则有其必然性，更不用说它绝不会落在成吉思汗手里。大自然能有这条潜规则实在是人类的幸运，否则就太危险了。但一六〇小组的出现打破了这种潜规则。由于智力联网，小组所达到的科技水平远远超越时代，至少超越五个世纪。反过来也就是说，今天的人类还不具备与终极技术相应的成熟度。"她强调着，"不，绝不能让他们得到这个危险的玩具。"

史林悟到这个结论的分量，但并不完全信服。他不好意思反驳，沉默着。卓君慧看看他："你不大信服这条潜规则，是不是？我们并不愿意隐瞒终极技术，不过很可惜，它还有一个……怎么说呢，相当怪异的、善恶难辨的特点，它使我刚才说的危险性大大增加了。"

"什么特点？"

"量子力学揭示，一个观察者会造成观察对象量子态的塌缩，也就是说，精神可以影响实在。这个观点有点神神鬼鬼的味道，爱因斯坦就坚决反对，但一百多年的科学发展完全证实了它。而且，这种精神作用并不是永远局限在量子世界中——那样给人的感觉还安全些——通过某种技巧，精神作用甚至可以影响到宏观世界，比如著名的薛定锷猫佯谬。这些观点你当然了解的。"

"是的，我很了解，我一点都不怀疑。"

"问题是这种精神作用中的一个特例：当观察者的观察对象就是他本身时，这种'自指'会产生一种自激反应。把它应用到终极技术上，会得出这样一个结果：如果一个人想引爆自身会特别容易，可以借助于装在上衣口袋中的某种器具去实现。而普通物质终极能量的释放相对要复杂一些。"她看着史林，说，"你当然能想象得到，这意味着什么。"

　　史林当然能想象得到，不由得打了一个寒颤。这就意味着，一旦终极技术被散播到公众中去，那对恐怖分子太有利了。他们今后甚至不用腰缠炸药，只用在上衣口袋中装上某种小器具，就可以自由自在地去他想去的地方，然后微笑着引爆自身。而且……这是怎样威力的人体炸弹啊！按爱因斯坦的质能公式$E=MC^2$推导，一个体重六十公斤的人所产生的爆炸威力相当于一亿吨TNT炸药的威力！而美国扔在广岛的原子弹才1.3万吨！太可怕了，确实太可怕了。现在，史林完全理解了一六〇小组对终极公式严格保密的苦心。卓君慧说：

　　"迄今为止，世界上只有七个人了解这件事。你是第八个。"

　　史林沉重地点头，他已经感到了沉甸甸的责任。他也会死死地守住这个秘密，不向任何人透露——甚至包括国家安全部。随后他想到，卓师母今天主动向他透露这些秘密，恐怕是有所考虑的，也许是受一六〇小组的授意吧！这些秘密不会向一个"外人"轻易泄露，那么，一六〇小组可能已经决定接纳自己。

　　对此史林没什么可犹豫的，虽然"脑中植入异物"难免引起一些恐怖的联想，有可能毁了他作为普通人的生活（也不一定，司马夫妇照旧生活得很好），但为了他从少年时代就深植于心中的宇宙终极情结，为了满足自己的探索欲，他愿意做出这样的牺牲。

卓师母又要进去巡回检查了。史林帮她插好神经插头。等她沉入那个思维场后，史林一个人坐在旁边发呆。卓师母指出的终极武器的前景太可怕，与之相比，今天的核弹简直是儿童玩具了。因为人类所珍视、所保护、所信赖的一切：建筑、文物、书籍、野花、绿草、白云、空气、清水，甚至你的亲人、你的自身，都会变成超级炸弹。也许一连串的终极爆炸能引起地球的爆炸，半径6000公里的物质球在一瞬间能被抹平，变成强光和高热，人类的诺亚方舟从此化为没有褶皱的空间，不留下任何痕迹。

话又说回来，如果终极能量完全用于高尚的目的，那时人类文明的前景该是何等光明！这是最干净最高效的能源。它的使用不会在系统内引起熵增，人类社会不但一劳永逸地解决了能源问题，连带着把最头疼的环境污染（本质是熵增）也解决了。

但谁能保证人类中没有一个恶人？没有一个谈笑间在学生教室里引爆自身的恐怖分子？一万年后也不敢保证。由于人性之恶，技术之"善"与"恶"被交织在一起，永远分拆不开。于是，一六〇小组的成员们只有眼睁睁地看着已经到手的伟大发现而不能用，甚至还要处心积虑地把它掩盖起来。

史林沮丧地想，看来人之善恶比宇宙终极定律更为复杂难解。也许这就是一六〇小组的下一个终极目标吧——致力于人类灵魂的净化。

六个人的"智力攻坚"整整进行了两天。这两天中，卓师母曾四次进入思维场。那里一切正常，后来她就不再进去了。但她也不再和史林交谈，一直沉思着，眉间锁着很深重的愁云。但究竟是为什么，史林不敢问。晚上她和史林没去睡觉，倚在椅子上断断续续眯了几次。那六个人则显然没有片刻休息，一直处于极为亢奋的搏杀状态中。第二天晚上七点，卓师母最后一次"进入"，半个小时后返回，对史林简短地说：

"快要结束了，他们已经太疲累。这次不大顺利，看来仍然得不出结论。"

史林试探地问："他们在思考什么问题？既然终极公式已经得出来了。"

"终极公式可不代表终极问题。现在他们的进攻目标，其实是探究爱因斯坦曾经说过的一句话：我真正感兴趣的是，上帝能否用别的方法来建造世界。换言之，如果我们这个宇宙灭亡后还会有'下一个'宇宙，或者在我们这个宇宙'之外'还有另外的宇宙——只是象征性的说法，实际宇宙灭亡后连时间空间都不存在——我们的公式在那儿是否还管用。"卓师母微笑道。

"你一直强调对真理的验证，但这一个问题能否验证，还真的很难说。因为，对它的研究很难跳出纯粹的逻辑推理。要知道，依靠一六〇小组的超级智力，提出几种能够自洽的假说并不难，难的是设计出验证办法。"她补充道，"而且必须要在'这个宇宙'之内对'宇宙之外'的事情做出验证。这个问题甚至比破解终极公式更难一些。他们正在做的就是这件事。"

"你说他们这次的进攻没有成功？"

"嗯。"

史林笑了："这对我其实是个好事，总不能把事做完了，得给我留一个吧！"

卓师母会心地笑了，但没有往下说，因为贝利茨先生已经举手示意要结束了……卓师母过去，动作轻柔地为他们拔下神经插头，再互相对接，把那块头骨按平。六个人依次从椅子上站起来。他们表情割裂的面容都恢复了正常，但都显得非常疲惫，入骨的疲惫。看来，连续两天的绞脑汁把他们累惨了。他们略定定神，贝利茨笑着说：

"别急，等下一次吧。上帝一百五十亿年才完成的东西，咱们想撬开它，不能太性急。"

这边茶几上卓君慧已经摆好了食物，这次不是瓶装流食，而是三明治、五香牛肉、羊肉（印度人不吃牛肉）、火鸡肉、饮料等，六个饿坏的人立即围上去，大吃大嚼起来。

尽管今天的探索失败了，但是他们丝毫不显沮丧，餐桌上反倒有腾腾搏动着的欢快。探索本身就是幸福，也许其过程比结果更幸福。史林非常理解这一点。他真想立即加入到这个小组中去——当然，与渴望伴随的还有对终极武器的恐惧，同卓师母谈话后，这样的恐惧已经如附骨之疽，摆脱不掉了。司马完看看史林，对妻子说：

"你对小史介绍了吧？"

"嗯，该介绍的我都说了。"

贝利茨温和地说："史先生，你考虑一下，如果愿意加入一六〇小组，就提出一个正式申请，我们将在下次聚会时表决。"

"谢谢，我马上会提出申请。"

贝利茨没有问司马完为什么要退出一六〇小组，他对此有点困惑。凡是加入一六〇小组的人，都把这种无损耗的智力合作、这种对终极真理的孜孜探索，当成了人生第一需要，当成了人生快乐的极致。所以，不是为了非常重大的原因，没有人会愿意退出小组的。当然他没有问，其他人也都没有问，这属于个人的隐私，个人的自由。

七个人中间，只有卓君慧知道丈夫这个决定的深层原因。并不是丈夫告诉她的，司马完甚至对自己的妻子也守口如瓶。但卓君慧早就发现了丈夫的心事，半年前就发现了。在刚才的巡回检查中，当七个人的思维形成无边界的共同体时，卓君慧曾悄悄叩问了丈夫的潜意识。她的叩问非常小心，正致力于智力搏杀的司马完一点儿也没有觉察到。她甚至还悄悄叩问了其他几个人的潜意识，他们同样没发现。当六道思维大潮汇聚到一起，汹涌拍击宇宙终极堡垒的围墙时，他们不会注意到大潮下面是否有一道细细的潜流。

这种思维潜入在一六〇小组中并没有明令禁止，但从公共道德来说，这种做法肯定是违规的。但卓师母还是做了。她要去验证一些重要的东西，非常重要，重要到足以让她有勇气违背平时的做人原则。现在她已经完成了验证，验证的结果使她倍感忧虑。

夜里九点，八个人互相握别，也没忘了同电脑亚伯拉罕告别。他们依次同电脑中的那个面孔碰了碰额头，亚伯拉罕对每一个人说：

"再见，希望下一次早日相聚。"

他们预定的聚会被无限期地推迟了。

战争。

在随后的半年中，世界上的主要国家进行了最后的排列组合，分成两个阵营。一个阵营是"老海豹"，包括美国、日本、英国、澳大利亚等；另一个阵营是"新海豹"，包括中国、印度、韩国、巴西等。不用说，这种分组取决于各国在旧的世界资源分配体系中所占的地位。

2028年5月28日，后人所称的"2.5次世界大战"终于打响了第一枪。战争的进程一如那位以色列军事专家卡斯皮的预期，是典型的远洋绞杀战和点穴战。"老海豹"们宣布了对"新海豹"阵营绝对的石油禁运，所有通往这些国家的油船都被拦截。中国

"郑和号"五十万吨油轮没能回国，被"暂时"扣押在伊拉克的巴士拉港。中俄石油管道和中哈石油管道"因技术原因"无限期关闭。中国西气东输管道，及伊朗—巴基斯坦—印度石油管道被空中投掷的动能武器炸毁，而且从此没能有效修复，因为这种天基打击是不可抵御的。中国和美国开始了对敌方卫星的绞杀战，一夜之间双方都损失了二分之一的卫星，然后又突然同时中止，原因不明。各国的核力量（陆基和海基）都绷紧了弦，但却一直引而不发。直到战争结束，谁都不敢首先启用。所以，最危险的核力量反倒毫发无伤。

最激烈的战事发生在对各重要海峡的争夺上，这是没有悬念的战斗，因为美、日、英的远洋海空力量及天基力量都处于绝对优势。然后，战火蔓延到"新海豹"国家的海港、铁路枢纽、通讯光缆会聚点等，但多是电磁脉冲轰炸或精确轰炸，是以破坏交通、电力、通讯为目的，人员伤亡并不大。人们讥讽地说，看来社会确实进步了，连战争也变得文明了。

这种慢性扼杀战术的效果逐渐显现。司马完夫妇"透不过气"的感觉越来越强烈。北京城里，那曾经川流不息、似乎永不会中断的车流几乎消失了，普通人的汽车全部趴在车库里，因为有限的石油被集中起来，确保军队的需要。铁路交通处于半瘫痪状态。电信通讯经常中断，社会不得不回过头来依靠邮政通信。北京的夜晚因为空防和经常断电变得漆黑一团。社会越来越难于正常运行了。

失败就像是黑夜中的冰山，缓慢地、无可逆转地向"新海豹"阵营逼来，伴随着砭人骨髓的寒意。

战争开始两星期前，史林到日本探亲（他一个叔爷定居在日本），随后两国断交，史林没有回国。其实两国断交后都遣返了滞留在自己国家的对方公民，但据说是史林自己坚决拒绝回国，他的叔爷便为他办了暂居证。

史林从以色列返回后，向国家安全部的洪先生汇报了在特拉维夫的见闻，主要是说明了司马完（还有他妻子）脑中的异物是怎么回事，但对终极公式和终极能量的情况则完全保密，信守了他对一六〇小组的承诺。他对洪先生说：

"我可以保证，他俩装上这个插头是为了科学探索，而不是其他的卑劣目的，也不存在受别人控制的情况。"

洪先生没想到一桩大案最终是这么一个结果，一下子轻松了。从他内心讲，他实在不愿意这个重量级的武器专家成了敌国间谍。同时他也非常不理解：一个人会仅仅为了强化智力而摧残自身，把自己变成"半机器人"？听完汇报后他摇摇头，没有多加评论，只是对史林表示了感谢。随后他和吕所长通了电话，气恼地说：

"太轻率了。司马完这种做法至少是太轻率了。要知道，他的脑袋不光是他个人的，还是国家的。"

吕所长叹道："是的，他的轻率做法让我非常为难。以后我该怎样对待他？我敢不敢信任一个大脑里装着神经外插头的人？尽管他不会是间谍——你知道，我对这一点一直敢肯定，从一开始就敢肯定——但有了这么一个大脑外插头，就存在着向外泄密的可能，尽管泄密并非他本人的意愿。"

这么一来，战争开始后司马完反倒非常清闲。北方研究所彬彬有礼地把他束之高阁，不再让他参与具体的研究工作。对此他非常坦然地接受了，丝毫不加解释。他研制的电磁脉冲弹在战争中也没派上太大的用场。对日本倒是用上了。在几个城市、海港进行了饱和电磁轰炸，对其信息系统造成了很大破坏。但对远隔重洋的美、英、澳则有力使不上，毕竟中国的远程投掷能力有限。

司马完和妻子赋闲在家，散步，打太极拳，盼着儿子那儿寄来的军邮。儿子来过几封信，信中情绪很不好，一再说这场战争打得太窝囊，与其这样熬下去，不如驾一只装满炸药的小船去撞美国军舰，毕竟在几十年前，在南也门的亚丁港就有人这么成功地实施过。卓君慧很担心儿子的情绪，回了一封很长的信，尽量劝慰他，但她知道这些空洞的安慰不会起多大作用。

这是战争开始一年半后的事。儿子没能见到妈妈的信——几乎在发走这封信的同时，家里就接到了军队送来的阵亡通知书。仍是一次天基力量的精确打击，美国的武装卫星向儿子所在的长波雷达站投掷了一枚钨棒，以每秒六公里的极高速度打击地面，其威力相当于一枚小型核弹。雷达站被完全抹去了，里面的人尸骨无存，甚至连一件遗物都找不到。

办完儿子的丧事后，司马完开始实施自己的计划。并不仅仅是为了儿子的死，不是的，这个计划他早就筹划好了，自从确认中国在这场准备不足的战争中必然失利后，甚至早在卡斯皮那次谈话半年之前，他就开始了秘密筹划。但儿子的牺牲无疑也是一种推动，在道义上为他解去了最后的束缚。他办妥了去中立国瑞士的护照，借口是一次工作访问，然后准备从那儿到美国，寻找一个合适的地点，把自己五十六公斤质量的身体变为一个绚丽的巨火球。

妻子因爱子的死悲痛欲绝，终日以泪洗面。他在出发前一直尽量抽时间安慰妻子。在这样的时刻，语言的力量太苍白了。他只是默默地陪着她，搂着她的腰，看着她的眼睛，或者轻柔地抚着她的手背。其实他的悲痛并不比妻子稍轻。妻子睡熟后，他睡不着，一个人来到阳台，躺到摇椅上，望着深邃的夜空，思念着儿子，心疼着妻子，也梳理着自己的一生。他常说自己当一个武器科学家纯属角色反串，他的一生只是为了探索宇宙终极真理，享受思维的快乐。他们（一六〇小组的伙伴）的探索完全是非功利的，是属于全人类的。他也曾真诚地发誓，不会把终极能量用于战争。但他终究是尘世中人，当他的思维翱翔于宇宙深处时，思维的载体还得站在一个被称作中国的黄土地上。这儿有流淌五千年的血脉之河、文化之河，这儿的人都是黄皮肤，眼角有蒙古褶皱，有相同的基因谱系。他必须为这儿、为这些人，尽一份力量，做一些事情。虽然他要做的事可能有悖于一个终极科学家的道德观，有悖于他的本性。

他在无尽的思考中逐渐淬硬自己的决心。他并非没有迟疑和反复，不过他最终确认只能这样做。

他一直没把自己的决定告诉妻子，但妻子也许早已洞察到了。娶了这么一位高智商的妻子也有这点不便——他一般无法在妻子面前隐藏自己的内心活动。不过，这些天来，儿子之死对她的打击太大，妻子一直心神恍惚，似乎没有觉察到他的离愁，甚至没为他准备出门的衣物。

晚饭后，两人面对面坐在沙发上。司马完发现妻子的眼神像秋水一样清明。妻子冷静地、开门见山地说：

"老马，后天你就要走了，去做那件事了吧？"

"对。我要走了。"

"你打算在哪儿引爆自身？"

司马完不由得看看妻子，妻子沉默着，不加解释，等着他的回答。他也不再隐瞒，直言道："还没定，到美国后我会选一个合适的地点。我之意在于威慑，不愿造成过多的人员伤亡。"

妻子叹息道："即使这样，恐怕死者也是数万之众了。"

　　司马完沉重地点头："可能吧。君慧，你了解我的，我真的不愿这样做……"

　　妻子叹息一声："我没打算劝你。你已决定的事，别人没法改变的。其实我早知道你在筹划，大约半年前就开始了吧？而且是在卡斯皮那次谈话后最后定型。你决定赴死后，开始推荐史林接你的空缺。我对这些很清楚，因为……"她对丈夫第一次坦白，"在以色列那次智力联网中，我曾悄悄叩问了你的潜意识。"

　　司马完惊讶地看看妻子，认真回忆了一下，没能回忆到那次联网时妻子对他的思维入侵。他素来佩服妻子的智商，这会儿更佩服了。虽然那时他尽量做得不动声色，但还是没能瞒过明察秋毫的妻子，反倒是自己被蒙在鼓里。卓君慧接着说：

　　"那次我还同时叩问了其他五个人。他们大都会恪守一六〇小组制定的道德红线，即：在任何情况下，绝不把终极能量用于战争。"

　　司马完诚心诚意地说："我敬重他们，也羡慕他们——如果我也能坚持那样的决定就太幸福了。他们的心地比我纯净。"

　　卓君慧仍顺着自己的思路往下说："除了一个人。我是说，有可能背离这条红线的，除你之外还有一个人。当然他现在不会这样干，但一旦你用终极能量改变了战争的均势，他也会背离自己的本意，仿效你的做法。我想，不用说名字，你大概能猜出他是谁吧？"

司马完迟疑了一会儿，不大肯定地说："松本清智？"

"对，是他。你——想想吧！"

卓君慧没有深谈，但司马完当然明白她的意思。一个可怕的前景。敌我双方都握着这种撒旦的力量，战争最终会变成终极能量的对决，双方将同归于尽，没有胜利者——如果不说地球毁灭的话。

不过，在这一瞬间，司马完马上想到了史林。从以色列回来后，妻子曾经同那个年轻人有过一次秘密谈话，然后史林就去了日本，而且在战争爆发后拒绝回国。司马完对此一直有怀疑，他了解那个青年，他和儿子一样，血是热的，在战争来临时拒绝回国不符合他的为人。这么说，他是妻子事先安排好的棋子？他看着妻子的眼睛，轻声问：

"但你已经事先做了必要的安排？"

妻子点点头："对，史林。昨天我已经通知他开始行动。咱们等一等，等到那边的结果再说吧。"

此时，史林正待在日本千叶县一家拉面馆里。战争爆发后他拒绝回国，求他的叔爷为他办了暂居证，但此后他坚决拒绝了叔爷的挽留，离开叔爷在东京的家，到千叶县"和爱屋"拉面馆找到了工作，并住在这里。其实离开北京前他已经提前做了准备，用一千元的学费，花费一天时间，在一家兰州拉面馆中学会了拉面手艺。他那高达一百六十的智商可不是虚的，在体力活上也表现得游刃有余。到"和爱屋"半个月后，他的功夫已经炉火纯青，可以把手中的面拉得比头发还细，是这里挂头牌的拉面师了。

千叶县在日本的东面，离东京不远。这儿受战争影响不大，拉面馆生意相当红火，每天晚上到十一点后才能休息。忙完一天，累得两条胳膊抬不起来，但他在睡觉前总要抽点时间看看专业书。战争终归要结束的，而自己也终归会卸掉戏装（他目前就像是票友在舞台上扮演角色），回归自我。他不能让自己的脑子在这段时间锈死，至少要让它保持怠速运转吧？

他所看的专业书就包括松本清智的一些著作，日文原版，如《宇宙暗能量的计算》《杨—米尔斯理论中的非规范对称》《物质前夸克层级的自发破缺》《奇点内的高熵和有序》等。这些著作写得极为出色，浅中见深，举重若轻，逻辑非常清晰，给人的感觉是数学博士到小学讲加减法。如果是过去，阅读之后史林只会空泛地称赞一番，但现在他知道这些著作之所以出色的内在原因——松本清智已经知道了宇宙终极定律，虽然著作中只字未提，但以已经破解的终极定律来统摄这些前期的理论探讨，那就像登山者到达山顶后再回头看走过的路，当然是条分缕析清清楚楚了。

史林很敬重松本清智教授，所以对自己将不得不做的事，心中十分歉疚。从以色列回来后，卓师母和他有过一次深谈。那时他才知道，自他们到达以色列之后的一切举动，包括让史林走进一六〇小组的圈子内，包括卓师母主动向他透露有关终极武器的情报，实际上都属于一次周密的策划——不，更准确地说，是两个交织在一起的计划。司马老师是第一个计划的策划者，他决心背离一六〇小组的道德红线，用终极武器来改变战争的结局，于是推荐史林来接替自己死后留下的空缺；卓师母敏锐地发现了丈夫的秘密计划，不动声色地作了补救，并巧妙地利用那次大脑联网查清了各人的潜意识。

从以色列回国后的那次深谈中，她对史林坚决地说："绝不能让终极能量用于战争！一定要避免这一点，对于准备背离那条道德红线的人，无论是谁，不管是我丈夫还是松本清智，都不得不对其采取断然措施！"

史林开始并不同意她的做法，作为一个血气方刚的年轻人，从感情上说，他更多的是站在司马老师这一边。但卓师母用一个深刻的比喻把他说服了。卓师母说：

"假如一群二十世纪的文明人在海岛上发现一个野蛮人部落，他们还盛行部族仇杀，甚至吃掉俘虏。这当然是很丑恶的行为，文明人会怜悯他们，劝阻他们，但并不会仇视他们，因为他们的社会心智还没进化到必要的高度。如果一时劝阻不住，文明人会寄希望于时间，期待他们的心智逐渐开化。不过，如果因为痛恨他们的丑恶而大开杀戒，用原子弹或艾滋病毒把他们灭族，那这样的文明人就比野蛮人更丑恶了！

"相对于一六〇小组的成员来说，二十一世纪的人类也处于蒙昧阶段。想想吧，他们仍然那么迷恋危险的武器玩具，热衷于用战争来解决人类内部的争端。但这是现实，没办法的，无法让他们在一夕之间来个道德跃升，也只能寄希望于时间。可是，如果我们也头脑发热，甚至把'五百年后的技术'用于今天的战争，帮助一部分人去屠杀另一部分人，那我们就比他们更丑恶了！"

史林被她的哲人情怀完全征服了，心悦诚服地执行师母给他布置的任务。他在日本住下来，老老实实地做他的拉面师傅，每星期按时到警察厅报告自己的行踪（这是日本警方对敌国侨民的要求），其余时间就窝在"和爱屋"拉面馆里。日本社会中本来就有浓厚的军国主义思想，战争更强化了它。拉面馆里几乎每天都能听到刺耳的言论，甚至有狂热的右翼分子知道这位拉面师傅是中国人，常常来向他挑衅。但史林对这些挑衅安之若素。

转眼一年半过去了。

这天，他正在操作间拉面，服务员惠子小姐过来喊他，说一位客人要见见中国拉面师傅。顺着惠子的手指，他看到一个相貌普通的中年人，坐在角落里，安静地吃着酱油拉面。史林走过去，那人抬起头，微笑着问：

"你是史林君？从中国来的？"

"对。"

"听说你曾是物理学硕士？"

"对。"

"你认识卓君慧女士吗？"

"认识的，她是我的师母。先生你是……"

那人改用汉语说："卓女士托我捎来一样东西。"他把一个很小的纸包递过来，里面硬硬的像是一把钥匙，然后他唤服务员结账，就走了。

当天晚上，史林向拉面馆老板递了辞呈，说他的叔爷让他立即回东京，家里有要事。老板舍不得这个干活卖力、技术又好的拉面师傅，诚心诚意地作了挽留，留不住，便为他结清了工资。

第二天上午，史林已经到了东京大学物理系办公室。在此之前，他先到东京车站，用那位信使交给他的钥匙，打开车站寄存处第二十三号寄存箱，从里面取出一个皮包。包内是一枝电击枪，美国XADS公司研制的，有效射程五十米，它是用强大的紫外线激光脉冲将空气离子化，产生长长的、闪闪发光的等离子体丝，电流再通过这一通路击向目标。为了将人击晕而又不造成致命伤害，所用的电脉冲必须极强，但持续时间又极短，每次只有零点四皮秒（一皮秒等于一百亿分之一秒），这相当于瞬间作用能量达到一万兆千瓦。

　　这是一种非杀伤性武器，一般用于警察行动。但史林手中这个型号的震击枪强度可调，在最强挡使用，可以使目标的大脑受到不可逆的损伤，变成植物人，无论是催苏醒药物还是高压氧舱都无能为力。这种武器的致残效果非常可靠，美国XADS公司对其作过缜密的研究和动物实验，史林阅读过有关的实验数据。现在，装有武器的皮包就放在他的腿上。

　　秘书去喊松本先生，在这段时间里史林打量着松本的办公室。原来松本是很有性格特点的，大学物理系主任的办公室应该很严肃，但这儿贴满了漫画，似乎都是从科普著作或科幻读物中摘录并由他重新绘制的，而且全都和宇宙终极定律暗暗相合。这张画上是一个麻衣跣足、长发遮面的上帝，他在向宇宙挥手下令：我要空间有褶皱，于是就有了褶皱；那儿仍是这位上帝，右手托着下巴苦苦思索：我该不该用另外的办法来造出下一个宇宙？后墙上的画更让他感到亲切，那是一群小人，推着小车，排成长队，向地球之外的一个桶里倾倒垃圾，而这个桶则连着绳索和种种可笑的滑轮，控制其速度后坠向下面的黑洞。这正是他向卓师母提及的那个"释放物质的终极能量"的设想。

　　他欣赏着这些漫画，从中感受到松本清智未泯的童心。然后他用手捏了捏皮包，里面硬硬的，是那件杀人武器。他不由得叹息一声。

　　松本先生进来了，一眼就认出了史林："是史林君？我们在以色列见过一面。你怎么这会儿来日本？"

　　史林立起身，恭谨地说："我已经在日本停留一年多了，战前我来日本探亲，战争爆发后我没有回去。"

　　松本看看他，没有说话。松本不赞成战争，但也不赞成一个年轻人逃避对国家的责任。这两种观点是相悖的，用物理学家的直觉或形式逻辑都无法理清它。但不管怎么说，这种不明不白的感觉让他对史林心存芥蒂。不过他没有把心中的芥蒂表示出来，亲切地问：

　　"有什么需要我帮忙的吗？有难处尽管说，我同你的老师、师母都是很好的朋友。"

　　"谢谢松本先生。我没有什么难处。我来找你，是受卓君慧女士之托，想请你回答一个问题。"

　　松本扬扬眉毛："是吗，受卓女士所托？请问吧！"

　　"请问松本先生，你会把终极能量用于这场战事吗？"

　　松本愣了一下，没想到史林会直率地问这个问题。一般来说，一六〇小组的组员们都不在那间地下室之外谈论与终极定律有关的话题。他简单地说："不会。这是所有组员的共识。"

　　"但如果某个人，比如我的老师司马完，首先使用了它，从而改变了战争的均势，那时你会使用它吗？"

　　松本感受到这个问题的分量，认真地思考着。史林这个问题不会是随便提出的，其中必然涉及司马完的某个重要决定。在他思考时，史林目不转睛地看着他。过了一会儿，松本坦率地说："如果是在那样的情势下，我会考虑的。"

史林从皮包中拿出那枝电击枪，苦涩地说："松本先生，我非常抱歉。卓师母说，绝不能让终极能量变成杀人武器，那对人类太危险了。为了百分之百的安全，必须事先就对你和司马完先生采取行动。我真的很抱歉，我是为你尚未犯下的罪行伤害你。但我不得不这样做。"

在松本先生吃惊的盯视中，他扣响了扳机。松本身体猛然抽搐，脸朝后跌了下去。史林抢上一步抱住他，把他慢慢放在地上。坐在外间的女秘书透过玻璃看见屋里发生的事，尖叫一声，向外面跑去。史林没有跑，他把松本先生抱到沙发上，仔细放好，用沉重的目光端详着他。松本脸上冻结着惊讶的表情，不再对外界的刺激发生反应，他已经成为植物人了。史林对他深深鞠了一躬。

他用办公室的电话机拨了两个外线，一个给那位送钥匙的信使，一个给东京警视厅。然后他就端坐在松本先生身边，等着警察到来。

在妻子扣动XADS电击枪扳机的那一瞬间，司马完没有恐惧而只有轻松。妻子把他身上这副担子卸下来了，他相信妻子随后会把这副担子背起来，肯定会背起来的。她比自己更睿智。

　　一道闪闪发光的细线从枪口射向他的头部，然后，强劲的电脉冲顺着这个离子通道射过来。司马完仰面倒下去，妻子抢前一步抱住他，把他小心地放在沙发上，苦涩地看着丈夫。她没有哭，只是长长地叹息着。

　　战争没有改变贝利茨闲逸的退休生活。他住在特拉华半岛上的奥南科克城郊，每天早上，他与老妻带着爱犬巴比步行到海滨，驾着私人游艇在海上徜徉一个上午。这天他们照旧去了，他扶着妻子上了游艇，巴比也跳上来了，他开始解缆绳。忽然，海滨路上一辆警车风驰电掣般驶来，很远就听见有人在喊：

　　"是贝利茨先生吗？请等一等，请等一等！"

　　贝利茨站直了，手搭凉棚，狐疑地看着来人。一个警官下来，向他行礼："你是斯坦福大学的终身教授肯尼思·贝利茨先生吗？"

　　"对，我是。"

　　"请即刻跟我们走，总统派来的直升机在等你。"

　　他十分纳闷，想不通总统突然请他干什么。但他没有犹豫，立即跳到岸上，对老妻简单地道别。

　　他说："琳达，你不要出海了，你自己驾游艇我不放心。"

　　琳达说："你快去吧，我会照顾自己的。"

他同老妻扬手告别，坐上警车。那时他不知道，这是他同老妻最后的见面了。两个小时后，他来到白宫的总统办公室。会议室中坐着一群人，有总统、副总统、国务卿、国防部长和参谋长联席会议主席，单从这个阵势看，总统一会儿要谈的问题必定非同小可。屋里，椭圆形办公桌上插着国旗、总统旗及陆、海、空、海军陆战队四个军种的军旗，天花板上印着总统印记，灰绿色的地毯上则嵌有美国鹰徽。他进去时，总统起身迎接，握手，没有寒暄，简洁地说：

"谢谢你能及时赶来。贝利茨先生，有一位中国人，卓君慧女士，要立即同你通话。是通过元首热线打来的。你去吧！"

白宫办公室主任领他来到热线电话的保密间，总统和国务卿跟着他进来。贝利茨拿起话机，对方马上说："是老贝吗（卓君慧常这样称呼他），我是卓君慧。"

"对，是我。"

"我有极紧要的情况向你通报。请把我的话传达给贵国决策者，并请充分运用你的影响力，务必使他们了解情况的严重性。因为……"她冷峻地说，"据我估计，他们的理解力不一定够用的。"

"我会尽力的。请讲。"

卓君慧言简意赅地讲了事情的整个经过：卡斯皮的谈话，她丈夫司马完的打算，她对一六〇小组其他六个成员意识的秘密探查——

"我很歉疚，我的秘密探问是越权的。我……"

"你的道歉以后再说，说主要的。"

"我确认，小组中有两人，即我的丈夫和松本清智先生，会把终级能量用于当前的战争。我随后又用其他方法，对两人的态度作了直接验证。验证后我采取了断然行动，使用美国XADS电击枪将他们变成了植物人。关于松本先生的情况，你们可以通过日本政府得到验证；关于我丈夫的情况，你是否需要亲自来验证一下？这一点很重要，你可以带上一个官方代表。"

贝利茨已经猜到了卓君慧以下要谈的事。他略微犹豫，说："不需要了，我信得过你。继续说吧。"

她加重语气说："我们已经做出了足够的自我克制，希望这种克制能得到善意的回应。"她重复道，"希望你能把这些话传达给贵国决策者，诺亚方舟的存亡在他们的一念之间。我希望在三天内听到回音，可以吗？"

"可以的，三天时间够了。再见。"

"再见。"她说了一句美国人爱说的话，"愿上帝保佑美利坚，也保佑整个诺亚方舟。"

贝利茨挂上电话，陷入沉思。总统一行人一声不响地等着他说话。等了一会儿，国务卿忍不住问："贝利茨先生，那位中国女人所说的终极能量是怎么回事？"

贝利茨笑着说："我是个机能主义者，我认为电子元件同样能承载一个人的智慧，说不定，那样的智慧会更纯净呢，因为人性中很多的'恶'与我们的肉体欲望有关。"

在场的几个人都不明白这番没头没脑的话，心想也许贝利茨先生老糊涂了？不过他们都礼貌地保持安静。但贝利茨显然没有糊涂，他目光灼灼地扫视着众位首脑，有条不紊地吩咐着：

"请立即给我安排一架专机，我要尽快赶到特拉维夫，在那儿查证一样东西。明天晚上我会返回白宫，那时请今天在座的各位再次聚在这儿，我们再详谈吧。"

第三天上午，贝利茨和国防部副部长拉弗里来到新墨西哥州的阿拉莫戈多"三一"核试验场。这是美国进行第一次核试验的地方，以后的核试验改在内华达地下核试验场。不过，这次贝利茨要求在这儿做地上实验，他说：

"在地上做这件事更直观一些，我知道有些人的IQ有限，直观教具对他们更适用。"

前天他赶到特拉维夫，在亚伯拉罕电脑的资料库中仔细查阅了上次智力联网的记录。他十分相信卓君慧，相信她说的事实都是可靠的，但对于如此重大的事情，他当然还是要再亲自落实一下。结果正如卓君慧所说，她确实在做智力联网巡回时悄悄叩问了几个人的潜意识，包括贝利茨的。她的叩问很小心，被问的六个人当时正致力于向"终极堡垒"进攻，都没有觉察，但都以潜意识的反应作出了不加粉饰的回答。有四个人坚决拒绝把终极能量用于战争，贝利茨是其中一个，他的回答是：

"在任何情况下我都不会把终极技术用于战争。"

但司马完的回答是："除非我的国家和民族处于危亡时刻。"

松本清智的回答模糊一些："只要别人不首先使用。"卓君慧的思维潜入——这件事本身是不光彩的，但此刻贝利茨反而很感激她。作为一六〇小组的组长，他是大大失职了。他太相信六个人的誓言，相信他们的高尚，却没考虑到在事关国家民族生死存亡的时刻，这样的誓言是不可靠的。这是因为准备违背誓言的两个人都不是为了私利，而是为了大义，他们自认为动机是完全纯洁的，因而就具备了违背誓言的必要勇气。看来，自己太书生气了，也许——他很不愿意这样想，但此刻他无法否定这个想法——他当时提议创建这个超智力网络，发展出"五百年后"的科技，本身就欠斟酌。潘多拉魔盒不该被提前造好，因为只要它造好就有被提前打开的可能，再严密的防范也不行。

坐实了卓君慧说的事实之后，他又在这儿多停了一夜，在亚伯拉罕的帮助下，他把自己的思维全部输到电脑中去。严格说来不是全部，在输入时他设了一个严格的过滤程序，把藏在自己思维深处的肮脏东西，那些披着圣洁外衣的肮脏：对暴力的迷恋、嫉妒、自私、沙文主义、种族优越感，等等，全都仔细剔除。这个输入很费时，直到第二天上午十点才完成。他同亚伯拉罕匆匆告别，坐专机返回美国。

回到白宫之后，他对椭圆形办公桌后边的那些首脑讲了他所知道的全部情况，客观而坦率。他讲了终极能量的可怕威力，尤其是人体自我引爆的便于实现。他说，卓女士说得很对，她（及她的国家）已经做出了足够的克制。现在，那两个打算把终极能量用于战争的人都被封了口，其中一个甚至是卓的丈夫，是她亲自对丈夫下的手。但世界上还有五个人会使用它，包括中国的卓，她在做出"足够的克制"后，正在等着对方的"善意回应"呢。她的等待只给了三天时间。万一终极能量被使用，万一有十个八个因绝望而愤怒的人（说不定他们还有美国公民身份呢）来到华盛顿、纽约或东京引爆自身，那将是何等可怕的前景。

他说：也许你们都不相信终极能量可以轻易释放，也想象不到它的威力，所以我准备做一个公开的实验。咱们到阿拉莫戈多实验场，我削下一截六克重的指尖并把它引爆——这大约就相当于1945年在广岛扔下的那颗"小男孩"的爆炸当量，一点三万吨TNT。你们睁大眼睛看着吧！

现在，具体操办此事的国防部副部长拉弗里带贝利茨来到实验场中心。送他们来的黑鹰直升机没有熄火，时刻准备着接他俩返回。这儿非常荒凉，渺无人迹。当年第一次核试验的"大男孩"钚装药六点一千克，TNT当量二点二万吨，核爆时产生了上千万度的高温和数百亿个大气压。三十米高的铁塔被瞬间气化，尸骨无存。地面上有一个巨大的弹坑，沙石被熔化成黄绿色的玻璃状物质。现在，弹坑旁新搭起一个帐篷，这是应贝利茨的要求盖的，是为了防止卫星的拍照，因为——那老家伙说，他会绝对小心，绝不让人体引爆的操作方法被人窃去。他对总统斩钉截铁地说：

"在任何情况下，我都不会把可怕的终极能量用于战争。关于这一点，请不要抱任何幻想。"

他还说，只需使用能装在上衣口袋里的某种器具，就能引爆自己"削下的指尖"。现在，在他上衣口袋里确实装着一个硬硬的家伙，但扣子扣得严严实实，不知道那是什么玩意儿。拉弗里真想把那东西抢过来，然后变成美国军队的制式武器——这个前景该是何等诱人啊！当然，只能想想而已，这会儿他绝不敢得罪这个老家伙。

贝利茨对周围查看一番，表示满意，用手中的手术刀指指直升机，对拉弗里说："行了，以下的操作只能我一人在场，你先乘机离开吧，把军用对讲机给我留下就行。等我该离开时，我再召唤直升机。"

拉弗里不情愿地离开了，乘机来到十七公里外的地下观察所。这是当年第一次核试验时的老观察所，已经破败不堪，只是被草草打扫了一遍。十几个情报人员正在里面忙碌，布置和操作各种仪器——昨天他们已经抓紧时间在那座帐篷里布下了针孔摄像头和窃听装置。拉弗里一下直升机立即赶到屏幕前，屏幕前的情报官看见拉弗里来了，回过头懊恼地说：

"副部长先生，恐怕要糟，贝利茨肯定正在找咱们的秘密摄像头。"

他没说错。从屏幕上看，贝利茨正在帐篷内仔细地检查，而且很快找到了目标。现在屏幕中现出他的笑脸，因为太近而严重变形，几乎把镜头完全遮盖了。贝利茨微笑着，在对讲机里说："拉弗里？我想这会儿你已经赶到监视屏幕前了吧。这个摄像头的效果如何？"

拉弗里只有摁下对讲机的通话键，硬着头皮回答："不错，我看你很清楚。"

"那就对不起了，我在往下操作之前，首先要把这个镜头盖上。请通知总统，我不能回去了。我曾说，我会引爆我一个削下的指尖，实际上指尖削下后就不是我自身了，就是普通物质了。普通物质终极能量的释放相对要困难一些，需要若干比较复杂的设备，已经来不及了。所以我不得不留在这儿引爆自身——目前我无法控制住只让一个指尖起爆——它大致相当于一亿吨TNT。你目前所处的观察所还太近，请立即后撤，至少到八十公里以外。另外，爆炸将造成强大的电磁脉冲，请通知五百公里以内的飞机停飞，以免造成意外事故。我给你三个小时做准备，请按我的吩咐做吧！"

拉弗里十分吃惊，在心里狠狠骂着这个自行其是的老家伙。这些变化超出了上头事先拟好的应急计划，他不敢自己做主。这时总统及时地插话了，他和有关首脑一直在白宫监控着这儿的局面。他说：

"贝利茨先生，既然这样，请你改变计划，不必引爆自身了。你的生命比什么都贵重。请立即停止，我们再从长计议。"

贝利茨讥讽地说："我的生命比战争胜利更重要吗？或者说，美国人的生命比敌国已经死去的二十万条生命的价值高一些？谢谢你的关心，但我不打算停下来。我知道某些人，比如此时在屏幕前的拉弗里先生，不见到棺材是不会落泪的。我必须把终极能量变成他能看见的现实。另外，我还有点私人的打算，"他微微一笑，"我想同中国的老朋友，司马完先生，来个小小的赌赛，那家伙为了信仰不惜把自身变成一个巨大火球，我想让他知道，美国人也不缺少这样的勇气。不要多说了，请开始准备吧。三个小时后，即十二点十五分，我将准时起爆，不再另行通知。现在，请设法接通我家的电话，我要和妻子告别。"

总统不再犹豫，命令手下立即按照贝利茨先生所说的进行准备：飞机停飞或绕道，五百公里内的交通暂时中断，医院停止手术，所有电子设备关闭，一百公里以内的人员尽量向外撤退或待在地下室里。同时，他命人接通了贝利茨家的电话，再经过军用对讲机的中转，同贝利茨接通了。

贝利茨夫人刚刚从总统办公厅主任那儿知道了真情，顿时惊呆了。丈夫三天前被总统召见时，她绝对想不到会出现这样的结局！更想不到那天的匆匆告别会是夫妻的永别！她哽咽着说：

"亲爱的……"

贝利茨笑着说："不必伤心，琳达，我爱你，正因为爱你我才这样做。如果我的死能让人类从此远离战争，那我的六十四公斤体重可是宇宙中价值最高的物质啦！再说，世界上有哪个人能像我死得这样壮丽？在一瞬间抹平肉体的褶皱，回归平坦空间，同时放出终极能量，变成绚丽的火球。琳达，不要哭了，当命运不可避免时就要笑着迎接它。"

琳达忍住眼泪，不哭了，两人平静地（表面平静地）闲聊着。这边州政府宣布了紧急状态，警察、军队和准军事力量全部动员起来，进行着紧张的撤离。这对老夫妻一直聊到中午十二点，贝利茨温和地说：

"再见，琳达。替我同孩子们说声再见，同巴比说声再见。我该去做准备了。"

琳达强忍住泪水说："你去吧，我爱你。我为你自豪。"

那边的对讲机关上了。一片寂静。安全线外，几百台摄像机从四面八方对准了爆心，记者们屏住气息等待着。这些镜头向全世界做着直播，所以，此刻至少有十亿双眼睛盯着屏幕。十五分钟后，一团耀眼而恐怖的巨大光球突然蹿上天空，火球迅速扩大，把整个沙漠和丛林映照得雪亮，天空中原来那个正午的太阳被强光融化了。那景象正如印度经典《摩诃婆罗多》经文中所说："漫天奇光异彩，有如圣灵呈威，只有一千个太阳，才能与之争辉。"

爆炸点上空那汹涌翻腾、色彩混沌的烟云慢慢散开，在爆心处留下一个巨大的岩浆坑。岩浆在凝结过程中因表面张力把表面抹平，变成一个近乎抛物体的光滑镜面。

安全线外的观察者们通过护目镜看到了这一切，而通过实况转播观看的十亿人只能看到电视屏幕上剧烈扭动的曲线，因为在那一瞬间，看不见的巨量电磁脉冲狂暴地冲击着这片空间，造成了电磁场的畸变。不过，电磁脉冲是不能久留的，它很快越过这儿，消失在太空深处。屏幕上的图像逐渐还原。这次非核物质的爆炸景象和当年的第一次核爆一样，只是威力大了八千倍。这不奇怪，按照终极公式，在更深的物质层级中并没有铀、钚和碳水化合物的区别，没有所谓"核物质"和"非核物质"的区别。它们全都是因畸变而富集着能量的空间，也都能在一瞬间抹平空间的褶皱，释放出相等的终极能量。

战争很快结束了。

在贝利茨造成的这次爆炸之后，各国政府都迅速下达了"暂停军事行动"的命令。一个星期后，八国政府首脑汇集到中立国瑞典的斯德哥尔摩，开始了紧张的磋商。在激烈地、充满仇恨地争吵了两个星期后，终于达成了一个妥协方案。没有一个国家对这种妥协满意，"新海豹"中的韩国代表甚至痛哭着说，如果他不得不在这个"丧权辱国"的投降方案上签字，他将蹈北海而死，无面目见故国父老。而"老海豹"们同样不满，他们不得不吐出很多已经和即将到口的利益。

但不管怎样争吵，怎样谩骂，妥协还是达成了。因为有一件东西明明白白地摆在那儿，谁也甭想忽视它：那种可怕的终极武器。如果它被普遍使用，即使不会毁灭地球，至少也能毁灭人类文明。没人敢和它较劲。另外，人们还普遍存在着隐秘的、但又是非常强烈的希望：既然终极能量已经可以掌握，那能源之争就没有必要了。

于是，这场蓄势已久的战争，在尚未爬到峰值时就出人意料地戛然而止。后世历史学家把它命名为"2.5次世界大战"。以色列的卡斯皮先生在两年前就造出了这个名称，因而在媒体上大出风头。当然，他当时所持的原因并不正确（他认为双方力量的悬殊将造成一场非对称战，而不是说大战将因终极武器而半途结束），但这并不影响他拥有"2.5次世界大战"的命名权。人类的历史往往就是由这样的阴差阳错所构成的。

世界在狂欢。各交战国，各非交战国，华盛顿、东京、伦敦、新德里、汉城（首尔）、北京……北京是用爆竹声来庆贺的。爆竹声传到了司马完的私寓。卓君慧正在为丈夫喂饭，是用鼻饲的办法，把丈夫爱吃的食物打成糊糊，通过导管送到胃里。每天她还要不停地给丈夫翻身，防止因局部受压而形成褥疮；要把他扶起来拍打胸部，防止肺部积水造成肺炎，等等。这些工作又吃力又琐碎，研究所为他聘用了专职护士。但只要有可能，卓君慧还是亲自去做，她想通过亲身的操劳来弥补对丈夫的歉意。

近一个月的劳累让她显得有点憔悴。狂欢声传进屋里时，她微微笑了。这个结局是她预料到的，或者说是她努力促成的，为此她不得不做了一些违心的事，也付出了巨大的牺牲，把她丈夫（还有松本先生）变成植物人。还有一个重大牺牲是在她的意料之外：她的朋友"老贝"也为此献出了生命。

她俯在丈夫耳边轻声说："老马，战争停止了，没有战败国。你的心愿达到了，你该高兴啊！"

丈夫面无表情，他现在连饥饱都不知道，更不用说为战事停止而喜悦了。墙上是儿子的遗照，穿着戎装，英姿飒爽，从黑镜框中平静地看着她，似乎对这个结局并不吃惊。卓君慧看着儿子的眼睛，说了同样一番话。忽然，电话铃急骤地响了，她拿起话筒，液晶屏上显示的是日本的区号。电话那边史林兴奋地说：

"卓师母！战争结束了！我也可以回国了！今天上午日本警

方把我释放了。"

"小史你辛苦了，快点回来吧，我和司马老师都盼着你。"

"我是否带着松本先生一块儿回来？你说过的，他，还有司马老师，你都能治好的，是不是？"

卓君慧笑了："当然。普通医学手段对这种植物人状态无能为力，但你不要忘了，这两个病人的大脑都有神经插头啊！通过思维联网，由其他小组成员'走进去'唤醒他们，一定能成功的。小史，我已经通过外交途径和日本政府联系过，你直接去找他们，请求派一架专机将松本先生送到北京，再带上司马老师，飞到特拉维夫。我已经通知一六〇小组其他成员在那里集合，我们将合力对他俩进行治疗，另外还有亚伯拉罕的帮助呢！"

"太好了，师母，只有把两人治好，我才能多少弥补一点自己的负罪感。我这就去联系。"

第二天上午，一架波音787停在北京机场，一架舷梯车迅速开来，与机门对接。机门打开，满脸放光的史林在门口向下面招手。早就在机场等候的卓君慧让两个助手抬着丈夫，沿舷梯上了飞机。飞机内部进行过改制，几十张椅子被拆掉，腾出很大一个空场，在空场中摆了三张床，其中一张上睡着松本。护士们把司马完小心地放在另一张床上，与松本先生并肩。卓君慧走过去，端详着松本的面容，轻声问候着：

"松本你好，不要急，你马上就会醒来的。"

飞机没有耽搁，立即起飞。机舱内还有第三张床，是手术床，周围已经装好相应的照明设备、手术器械架等，这是按卓君慧的吩咐安装的。她拍拍史林的肩膀，微笑着说：

"小史，我已经口头征求了一六〇小组其他组员的意见，他们同意你加入小组，到特拉维夫后会履行正式手续。所以，你是否愿意让我现在对你进行手术？这种激光手术的刀口复原很快，明天你就能参加到思维共同体中，和大家一起唤醒这两位沉睡者。手术的安全性你不用担心，飞机在平流层飞行时，其稳定性完全可以手术。你愿意做吗？"

史林从口袋里掏出一张纸，那是他事先已经签字的加入小组的申请："我当然愿意，这是我的书面申请。谢谢师母。"

"好的，那就开始吧。"

史林躺在手术床上，卓的助手先为他剃光头发，然后进行麻醉。他还未进入深度麻醉时，手术已经开始了，由卓君慧亲自主刀。史林的头骨被钻开，一束细细的"无厚度激光"向颅腔内深入，轻轻地割开左右脑之间的胼胝体。不过史林没有感觉到疼痛，更不会感觉到激光的亮度。说来很奇怪的，大脑是人体感觉中枢，所有感觉信号都在这里被最终感知，但它本身却没有痛觉和其他任何感觉。胼胝体被切开后，一个极精巧的神经接头板被准确地插入，它是双面的，左右两面互相绝缘，分别与被切开的胼胝体两个断面紧密贴合，断面上原有的两亿条神经通路各自对应着一个触点。这些神经触点的材质是有机材料，与人脑神经原有很好的生物相容性，所以，当触点与某一条神经通路相接触后，会形成永久性连结。由于切口极光滑，这种连结是在分子范围内进行，非常快速，二十四小时内就可以完成。手术后，左右脑半球彼此独立，分别经过胼胝体的两亿条神经通路，再经相应电路传到脑腔外的左右接口。左右接口可以彼此对接（此时就恢复了大脑的原始状态），也可以与电脑或其他大脑相连。

没多久，卓君慧就把左右脑的接头对接了。这时，史林感觉还像未做手术一样。

手术顺利完成了，而此时史林才逐渐进入深度麻醉。他的意识沉入非常舒适的甜梦中，听见卓师母轻声说：

"好了，让他安静地休息吧。明天他就能正常活动了。"

史林睡了一个很长的甜觉。等他醒来已经是第二天了，睁开眼，他看见了那个熟悉的地下室，听见卓师母欣喜地说："好了，醒过来了。小史，你感觉怎么样？"

史林坐起身，晃动一下脑袋，说："一切正常，就像没做手术一样。"

"那就好。这儿一切都准备好了，就等你醒来。现在开机吧。"

一六〇小组的其他成员走过来，依次同他握手。松本和司马睡在他身边的两张床上，仍然没有知觉。随着低微的嗡嗡声，电脑屏幕亮了，亚伯拉罕的面孔像往常一样闪出来。不过今天屏幕上又出现了另一个面孔，是贝利茨先生的。电脑的相貌生成程序非常逼真。屏幕上，老人慢慢睁开眼，迷茫的目光逐渐聚焦，定到卓君慧的脸上，他高兴地说：

"哈，既然你们唤我醒来，估计战事已经结束了吧？"

卓君慧素来以安详的微笑应对一切事变，即使丈夫倒下时她也没有流泪，但这时她忍不住哽咽了："老贝你好，你说得对，各国已经达成妥协，战争结束了。"

贝利茨大笑："那么我的演技如何？我想我能赢得国会大剧院的表演奖。亲爱的卓，那会儿我决定配合你演一场逼真的戏，不过我知道，不，我确信，即使我最终未能说服我国的当权者停战，你也不会把终极能量用于战争和杀人。我说得对吗？"

卓君慧的眼泪夺眶而出！她猛烈地啜泣着，断断续续地说："是的是的……我绝不会使用……谢谢你的信任……谢谢你做的一切……"说到最后她的感情失控了，失声痛哭着，"可是我没有料到你会这样啊，你完全不必那样啊……"

贝利茨安慰她："傻女人，干吗哭啊，应该高兴呀。我不过是失去了肉体，对，还失去了我头脑中肮脏的东西，现在，一个良心清白的我，在智力网络中得到永生，有什么不好嘛？喂，"他把目光转到其他成员身上，"你们这些反应迟钝的男人，快点过来，安慰安慰那个小女人呀！"

格拉祖诺夫笑着，首先过来，把卓君慧搂到怀里，在他两米高的身体旁，卓君慧真成一个小女人了。然后西尔曼和史林也来拥抱了她，吉斯特那莫提不大习惯这样的拥抱，走过来，向卓合什致意。她的泪水还在淌着，不过脸上已经绽出笑容。贝利茨说：

"好了，开始正题吧，今天是什么日程？"

卓君慧说："请你首先主持投票，决定是否接纳史林加入小组。然后大家联网，合力唤醒松本和司马完。我想唤醒是没问题的，我对此有百分之九十九的把握。"

"好的。不过按原来的小组章程进行表决会有麻烦，因为它规定新加入者必须经全票通过，这会儿松本和司马并未失去成员的身份，但又不能进行投票，只能算做弃权。这样吧，咱们先以三分之二多数票对章程进行修改，将'全部成员同意'改为'全体成员同意或不反对'，再进行接纳表决。行不行？"

大家同意，于是首先对一六〇小组章程的修正案进行表决，五票赞成，两票弃权，刚好超过三分之二票数，修正案获得通过；再对接纳史林的动议表决，仍是相同的票数通过。贝利茨说：

"史林先生，祝贺你。你已经成为一六〇小组的正式成员。"

史林激动地说："谢谢大家的信任。我会努力去做。"

　　他随即在小组成员保密誓约上签了字。贝利茨提出第三项动议：重新选举一六〇小组的组长。"我将永远是一六〇小组的成员，但仍由我担任小组长就不合适了。显然，我以后出门不大方便。"他开着玩笑，"因此我建议大家新选一个组长。作为原组长，我推荐卓君慧继任，因为，经过这场惊天大事变，她的睿智、果断、处事周详，更不用说品行的高尚，都是有目共睹的。请大家发表意见。"

　　四个成员都表示同意。卓君慧没有客气："那我也投自己一票吧。谢谢大家，我会努力去做，不让老贝落个'荐人不当'的罪名。"

　　"我相信自己绝不会走眼。那么，我现在正式交棒，请新组长主持以下的议程吧。"

　　卓君慧为其他四人联接了神经插头。当史林头上对接的插头被打开、又同大家进行联网后，他感受到了此生最奇特的经历。首先，他的自我被突然劈开，变成史林A和史林B。两个独立的意识在空中飘浮着，像是由等离子体组成的两团球形闪电。然后，两"人"同时进入一个大的智力网，或者说他的大脑突然扩容，这两种说法是等效的。现在这儿包含了史林A和史林B、西尔曼A和西尔曼B、格拉祖诺夫A和格拉祖诺夫B、吉斯特那莫提A和吉斯特那莫提B、老贝利茨（他是以整体存在），以及一个非常大的团聚体——那是从电脑亚伯拉罕的电子元件中抽出来的意识，它对集体智力主要提供后勤支持（巨量信息）。这些智力场相对独立，各自有自己的边界，但同时它们又是互相"透明"的，每个个体都能在瞬间了解其他个体的思维。这些思维互相叠加，每一点神经火花的闪亮都以指数速率加强，扩展，形成强大的思维波。

史林（史林A和史林B）在第一时刻就感受到了合力思维的快乐。那简直是一种"痛彻心脾"的快乐，其奇妙无法向外人描述。

现在这个共同体开始了它的第一项工作——唤醒沉睡者。在智力网络中还有四个黑暗的聚合体，只能隐约见到它们的边界。它们沉睡着，其内部没有任何思维的火花。其他团聚体向这儿集中，向它们发出柔和的电脉冲，那是在呼唤：

"醒来吧，醒来吧，战争已经结束了。一六〇小组的伙伴们在等着你们，亲人在等着你们。醒来吧！"

没有回应。于是唤醒的电脉冲越来越强，像漫天飞舞的焰火。但那四个黑暗的团聚体仍执拗地保持沉睡。这时，又有两个球形亮团加入进来，是卓君慧（A和B）。她镇静地对大家说：

"不要急。如果一时唤不醒，就撇下他们，开始你们对终极理论的进攻吧！也许这样更容易唤醒他们，因为，对终极理论的思考已经成了他俩最本能的冲动，比生存欲望还要强劲。"

于是所有球形亮团掉转头，开始合力进行对终极理论的思考。史林（A和B）乍然参加进来，一时还不能适应。或者说，他还不能贡献出有效的思维，只能慢慢熟悉四周。他很快消除了与其他智力团聚体进行交流的障碍，建立了关于共同思维的直观图像。那是宇宙的生死图像，是空间的皱褶和抹平。几百秒的人类思维重演了几百亿年的宇宙生命。

这个"褶皱与抹平"的过程，在宇宙公式中已经得到圆满的解释，所以思维共同体没在这儿多停留。它们把注意力集中在奇点内部。奇点内部没有时间也没有空间，处于绝对的高熵或者说混沌，没有任何有序结构。但超级智力仔细探索着，在极度畸变的奇点之壁上发现了一种悖论式的潜结构——它们是不存在的，绝对不会有任何信息显露于奇点之外；但它们又是潜存在的，一旦奇点因量子涨落而爆炸，"下一个"宇宙仍将以同样的方式从空间中撕裂出同样的粒子。

也就是说，一个独立于宇宙之外的上帝，仍将以同样的方式创造另一个宇宙。

关于这一点也已经形成共识，所以合力思考的重点是：如何在"奇点之外"的宇宙中设法验证这种悖论式潜结构；或者说，如何在我们宇宙之内验证宇宙之外的潜结构。按照拓扑学理论，这两种说法也是完全等效的。

思考非常艰难，即使对这样的超级智力而言也是如此。一个想法在某个团聚体中产生，立即变成汹涌的光波漫向全域。随后，更多的光脉冲被激发，对原来的光波进行加强，产生正反馈，使它变得极度辉煌。但这时常常有异相的光脉冲开始闪现，慢慢加强，冲销了原来光团的亮度。于是一个灵感就被集体思维所否决。然后是下一个灵感。

思维之大潮就这样轮番拍击着。在思考中，史林（A和B）感受到强烈的欢快感，比任何快感都强烈。他迷醉于其中，尽情享受着思维的幸福。不过，今天的智力合击注定仍然得不到结果。因为，在周围辉煌光亮的诱惑下，那四个黑暗的团聚体中，忽然迸出一个微弱的火花。火花一闪即逝，在漫长的中断后，在另一个团聚体中再次出现。火花慢慢变多了，变得有序，自我激励着，明明暗暗，不再彻底熄灭了。忽然，哗地一下，一个团聚体整体闪亮，并且保持下去。接着是另一个，又一个，再一个，四个团聚体全部变得辉煌。

其他人一直沉醉于幸福的思考，没有注意到四个沉睡脑半球的变化。但卓君慧（A和B）一直在关注着。这时她欣喜地通知大家：喂，你们先停一停，他们醒了！

她从智力共同体中退出，并且断开了其他人的神经联接，最后再断开那两个原植物人的。在未断开前，松本和司马完已经醒了，他们睁开一只眼，再睁开另一只眼，生命的灵光在半边脸上掠过，再在另外半边脸上掠过。等卓君慧把他们的左右神经接头各自对接，他们才完全恢复正常。他们艰难地仰起头，司马完微微笑着：

"是不是——战争——已经结束了？"

他的话音显得很滞涩，那是沉睡太久的缘故。松本也用滞涩的语调说："肯定——结束了，我刚才——已经感受到——共同体内的——喜悦。"

卓君慧同松本拥抱，又同丈夫拥吻："对，已经结束了，而且——没人使用终极能量。也没有战败国。"她喜悦地说，"我也没有打败仗啊，在唤醒手术中我总算成功了。松本，老马，我为当时的行为向你们道歉。"

两人都很喜悦，也有些赧然，司马完自嘲地说："应该道歉的是我。很庆幸，我的激愤之念没有变成现实。"

松本也说："我和你彼此彼此吧！卓女士，谢谢你。"

其他成员都过来同两人拥抱。贝利茨在屏幕内说："别忘了还有我呢！你们向屏幕走过来吧，原谅我行动不便。"

两人还不知道贝利茨的死亡，疑惑地看着卓君慧。卓难过地说："非常不幸，老贝牺牲了，为了配合我……"

她没有往下说，因为两人已经完全理解了。他们立即向屏幕走过去。刚刚从一个月的沉睡中醒来，他们的步履显得僵硬和迟缓。两人同屏幕中的老人碰碰额头，心情既沉重，又充满敬意。贝利茨很理解他们的心情，笑道：

"我在这儿非常舒适，你们不必为我难过。司马，"他坦率地说，"多学学你的妻子，她比你更睿智。"

"我已经知道了。我会学她。"

卓君慧说："我刚才和老贝交换了看法。从某种角度上说，我们的一六〇小组是现存世界的最大危险。我们创造了远远超过时代的科技，对于还未达到相应成熟度的人类来说，它其实是一个时刻想逃出魔瓶的撒旦。当然，我们也不能因噎废食，把小组解散。但要做更周密的防范。我想再次重申和强化小组的道德公约。第一条：一六〇小组任何成果均属全人类，小组各成员不得以任何借口为人类中某一特殊群体服务。第二条：鉴于我们工作的危险性，小组成员主动放弃隐私权，在大脑联网时每人都有义务接受别人的探查，也可以对其他人进行探查。你们同意吗？如果同意，就请起誓。"

每一个人依次说："我发誓。"

司马完又加了一句："我再也不会重复过去的错误。"

他们在誓约上郑重签字。

史林急急地说："我能不能提一个动议？"大家说当然可以，"我想，我们的下一步工作是把终极能量用于全世界，当然是和平目的。能源这样紧张，把这么巨量的干净能源束之高阁，那我们就太狠心了！如果这个冰窟窿不扩大，战争早晚还会被催生出来的。当然，把终极能量投入实用前，要先对人性进行彻底净化。"

　　大家都互相看看，没有作声。屏幕中的贝利茨叹口气："我们会朝这个方向努力的。不过，你说的人性净化恐怕是另一个终极问题，现在还看不到胜利的曙光。和人打交道不是物理学家们的强项，不过，让我们尽量早日促成吧！"